獣王の嫁取り

～奥様は花の国の純潔王子～

雪下みのり

illustration: 小禄

獣王の嫁取り

～奥様は花の国の純潔王子～

その日、ルーディーン王国の港には、人々のすすり泣く声が響いていた。

埠頭《ふとう》にひしめく大勢の民は皆一様に沈痛な面持ちで、船着き場に居並ぶ地方貴族、近隣国の大使たちも暗い顔で項垂《うなだ》れている。

今日はこの国の第三王子であるエリファス・ルーディーンが、輿入《こしい》れのために出立する日だ。

本来なら盛大な祝典であるはずの出発式だが、一帯にはまるで国葬のような重い空気が漂っている。

「エリファス殿下……！」

「おいたわしい……どうしてあのようなお優しい方が、よりにもよって……！」

嘆きの声と嗚咽《おえつ》があちこちから聞こえる中、乗船を控えたエリファスは努めて明るい表情で、見送りに来た民に手を振った。

これで最後かもしれないのだ。愛する民とこうして顔を合わせられるのは。

それならせめて、晴れやかな笑顔で彼らの記憶に残りたい。

柔和で優しげだと周囲から褒められる少し垂れた目尻をさらに下げ、一人一人の顔をアイスブルーの瞳に焼きつけながら、エリファスは別れを惜しむ民からの呼びかけに懸命に応えた。顎のあたりで整えた金髪が潮風に吹かれて乱れるが、それにも構わず手を振り続ける。

エリファスが身に着けているのは、男性の王族が輿入れする際、伝統的に着られてきた衣装だ。

光沢のある白い布地でできた詰襟の長衣は、袖にゆったりとドレープがきいており、腰の部分は金糸で編まれたベルトで締められている。胸元と裾の部分には、ルーディーン王国特産の花々が絹糸で紋様のように刺繍《ししゅう》され、目にも鮮やかな花嫁衣装だ。

男性でありながら花嫁として嫁ぐ――それ自体は珍しいことではない。

ルーディーン王国を含む七つの国で構成されるカルデア大陸では、ラフィ教が信仰されている。その教えでは、世界を創造したのは二人の男神《おがみ》であったとされており、男性同士の婚姻は神聖なものとされる。さらに、男性の王族同士を結婚させれば、二つの国はより強固に結びつくと考えられ、王子が異国の王族に嫁ぐのは名誉なことなのだ。

今年で十九歳のエリファスは、結婚適齢期でもある。そのため、しかるべき時期の輿入れとして、本来なら喜びをもって送り出されるはずだ――嫁ぎ先さえ違えば。

「エリファス様。そろそろ乗船のお時間です」

後ろに控えていた侍従《じじゅう》長のアスリーが、出航の時を告げる。エリファスが幼い頃から仕えてくれているアスリーは、普段はおっとりとした老紳士だが、今日は感情をこらえるように険しい顔をしている。

アスリーに軽く頷《うなず》いて、エリファスは最後にもう一度民に手を振り、乗船口に向かおうとした。

その時、群衆の中からひときわ大きな声が聞こえて、足を止めた。

「おうじー！　エリファスおうじー！」

子どもの声だ。五歳くらいの男の子が、人ごみにもまれながらエリファスを呼んでいる。

彼は、エリファスが政務の一環でよく視察に行っていた孤児院にいる男の子で、最初はまったく懐いてくれなかったが、何度も足を運んで交流を重ねるごとにエリファスを慕うようになってくれた。

必死の顔つきで、男の子はこちらに向かってなにか差し出している。

駆け寄ると、その手に握られていたのは、色とりどりの花々で編まれた花輪だった。

「おうじ。これ、おうじのために作ったの」

「わぁ……嬉《うれ》しいなぁ、ありがとう。どうかな、似合う？」

以前、孤児院の近くにある花畑に一緒に散歩に行った際、編み方を教えてあげたことを思い出し、懐かしさに笑みがこぼれる。

頭に載せてみせると、男の子は目を輝かせ、ぱちぱちと手を叩《たた》いた。

「おうじ、ほんとうに天使さまみたい！」

天使――それはこの国に暮らす者なら誰もが知る、エリファスの二つ名だ。

もともとは、中性的なエリファスの容姿が宗教画の天使にそっくりだという話から、王族や貴族の間に広まったあだ名だった。それがいつしか、政務として孤児院や病院の支援に積極的に携わり、皆が暮らしやすい国を作ろうと努めるエリファスの姿を見た民たちが、その内面を讃《たた》え、『ルーディーンの天使』と呼ぶようになったのだ。

天使だなんて大仰だと、こそばゆく感じたこともあったけれど、その呼び名さえ今は愛《いと》おしい。

男の子の頭を軽く撫《な》で、もう一度礼を言い、今度こそ乗船口へと向かう。

要人たちと順に別れの挨拶《あいさつ》を交わしたあと、最後に二人の兄王子たちの前に立った。

「こんなにも皆から愛されているお前を、あんな国に嫁がせなければならないなんて……」

長兄のダンテが、端整な顔を歪《ゆが》めて悔しそうに俯《うつむ》く。次期国王として政務に励むダンテは、常に穏やかなほほ笑みをたたえた知的な雰囲気の美男だが、今日は朝からずっと沈んだ顔をしている。

「俺も、今日ばかりは神を恨まずにはいられない。俺たちの可愛《かわい》い弟を、こんな目に遭《あ》わせるとは」

ダンテに続けて悲嘆したのは、次兄のカイルだ。陸軍を率いる勇猛な軍人で、普段は冗談好きな明るい性格だが、さすがに今日は口数が少ない。

大好きな兄たちのつらそうな顔を見たくなくて、エリファスは二人の手をとり、明るく笑いかけた。

「二人とも、そんな顔しないで。何度も言ったけど、僕は納得の上で嫁ぐんだから。二人がそんな様子だと、僕、気がかりで出発できないよ」

「エリィ……！」

たまらず、二人がエリファスを抱きしめた。エリファスも二人の背中をしっかりと抱き返す。

「エリィ、忘れないでくれ。俺たちも、父上も母上も……家族皆、心はいつもお前とともにある」

国王夫妻である父と母とは城で別れたが、二人とも今の兄たちと同じように、エリファスを強く抱きしめてくれた。そのぬくもりを思い出しながら、エリファスは頷いた。

出航を知らせる汽笛が鳴った。名残惜しさを振り切って、船に乗りこむ。

急いで甲板に出ると、ボォーッと再び汽笛が鳴り、船がゆっくりと動き出した。

「みんな、どうか元気で……！」

兄や大勢の民が、大きく手を振ってくれている。それに応えながら、エリファスは今すぐ船を降りてしまいたい衝動を必死にこらえた。

自分がこうして嫁ぐことで、愛する母国の安寧が保たれるのだ。だからどんなにつらくても、行かなければならない。

たとえ、向かう先が化け物の巣窟だったとしても――。

気を抜くとこみあげてきそうになる恐怖に蓋をしながら、エリファスは皆の姿が完全に見えなくなるまで、手を振り続けた。


ルーディーン王国は、カルデア大陸の北部に位置する小国だ。山が少なく気候が穏やかなため花が育てやすく、大陸内でも随一の花の生産量を誇ることから、『花の国』とも呼ばれる。

この国の三番目にして末の王子として生まれたエリファスは、優しい両親と年の離れた二人の兄から愛情をいっぱいに受けて育った。

幼い頃から体が弱く、武術や運動はからきしで、兄たちのように軍隊に入って戦術を学ぶことはできなかったが、代わりに豊かな感受性を活《い》かして国の伝統音楽や舞踊を学び、その普及に努めてきた。生来の温厚さと朗らかさゆえに子どもに好かれることが多く、一年前に成人してからは政務として孤児院の支援や学校建設などの活動にも携わってきた。

すでに外交や軍事の面で立派に活躍している兄たちには遠く及ばないけれど、自分なりのやり方でこの国に貢献していきたい――それがエリファスの目標であり、夢だった。

そんな夢が脆《もろ》くも崩れ去ったのは、二月《ふたつき》前のこと。

その日、エリファスが慰問で農村の病院を訪れていると、伝令兵が血相を変えてやって来た。

「エリファス殿下！　至急、城にお戻りください。大神官様が、神託を賜りました……！」

神託を賜る――それはカルデア大陸のすべての国にとって、未来を左右する一大事だ。

ラフィ教の教えでは、この大陸と生きとし生けるものすべての命は神によって創造され、その行く末も神の御心《みこころ》によって決められる。そのため神の意志に誠実に耳を傾け、それに沿って統治を行う国こそが最も栄えるとされている。だからどの国も、神の意志を聞く力を持つ者――神託を降ろす能力者の確保に努める。大神官、預言者、国によって呼び方は違うが、神託を降ろし、神の意志を統治者に伝えることのできる能力者の存在は、民心や国政の安定に必要不可欠だ。

ルーディーン王国の場合、能力者は大神官と呼ばれ、神官の家系に稀《まれ》に現れる。今の大神官は齢《よわい》九十を超える長寿の男性で、歴代の大神官の中でも特に神託を降ろす能力が高いとされ、これまで天災や他国からの攻撃を預言し、それらを未然に防ぐための方策を神の声として示してきた。

小国であるルーディーン王国がこれまで他国に侵略されずに栄えてこられたのは、この大神官の神託に拠《よ》るところが大きい。そのため、大神官の言葉に耳を傾け、それに従うのは王族の義務であり、どんなことよりも優先される。

「すぐにまいります」

すべての予定を切り上げて、エリファスは急いで城に戻った。

大理石の床が輝く、高い天井にフラスコ画が施された議場に赴くと、そこにはすでに神官長と家臣団、国王夫妻と二人の兄が顔を揃《そろ》えていた。

議場の中央に置かれた円卓には、巻物が置かれている。神託の書かれた書状だろう。大神官は神託を降ろすと疲弊し、すぐに深い眠りに落ちてしまうため、内容を神官長が書き留め、その解釈はほかの神官や家臣たちが行うのだ。

「エリファスよ。落ち着いて聞いてくれ」

父王は深刻な顔つきで重々しく言うと、書状をエリファスに差し出した。

わずかに震える手で紐《ひも》を解き、巻物を開く。そこには、このような神託の言葉が綴《つづ》られていた。

『夜の国に天使を嫁がせよ。さすれば危難に打ち克《か》つ光が与えられよう』

夜の国——その言葉が示す国は、一つしか考えられなかった。

カルデア大陸のはるか北方、アスティア海の最果てにあるとされる小さな島国、マギルス王国だ。

もともとは無人の孤島だったが、百年前、ある種族の者たちがその地で国を興した。魔力を持った獣人——『マギト』という種族が。

伝承によれば、神がこのカルデア大陸を創造して間もない頃より、大陸にはライオンや狼《おおかみ》などの肉食獣が棲《す》んでいた。そうした肉食獣の中にごく一部、人間と同じように二足歩行をし、言葉を介する獣たちがいたという。彼らは植物を急速に成長させたり、けがを治したりする不思議な力を持っていたため、いつしか人間たちから『魔法を操る者』——マギトと呼ばれるようになった。

マギトは、かつてはこのカルデア大陸で人間と共存し、暮らしていたが、百年前、大陸全土をわがものにしようと、その魔力を用いて人間たちに攻撃を仕掛けてきたらしい。そこで大陸の国々が連合軍を結成してマギトを鎮圧し、太陽の昇らない最果ての島に追放した。

彼らは追放された先で、最も強い獣を王と仰ぎ、マギルス王国を興した。日の射さない暗い島国であることから、大陸の人々からは『夜の国』と呼ばれている――。

ここまでの話については、エリファスも幼い頃、城仕えの教師に教えられた。民の間にも、この歴史は広く伝わっている。人間を支配しようとした恐ろしい魔獣が棲む、忌むべき『夜の国』――カルデア大陸に住む人々のほとんどは、マギルス王国に対してそうした認識を持っているだろう。

そんなマギルス王国に、『天使』を嫁がせよ、という。

「神官一同といたしましては、この『天使』という言葉は、エリファス殿下のことを指すものと解釈しております。第一王子ダンテ殿下の結婚に関する神託が降りた際も、王子は二つ名により言い表されておりました。その法則に従えば、今回も……」

神官長は言いづらそうに、エリファスの様子を窺《うかが》っている。

三年前に降りた神託とは、『賢智《けんち》の君は西の王女と結ばれん』というものだ。『賢智の君』は、優れた外交術で国に利益をもたらすダンテを讃えて、民の間に広まった二つ名だった。この神託に従い、ダンテはカルデア大陸の西の大国、バスチェ王国の王女を娶《めと》った。

神託の中で、ダンテは『賢智の君』と呼ばれていたのだから、今回の『天使』はエリファスを指すと考えるのは自然ではある。

「家臣団といたしましては、神託にある『危難』という言葉が気がかりなのです。従わなければ、なにかわが国に災いが起こるのではないかと……」

「殿下もご存じの通り、この数年、わが国では天災や干ばつが続いておりました。それに加えて最近は、幼子の間で流行病もはびこる始末。この上、さらなる災いが起こるようなことがあれば……」

「それに、『光』という言葉もございます。エリファス殿下がかの国に赴いてくだされば、わが国になにか利益がもたらされるのではないかと考えております」

畳みかけるように発せられる言葉の端々には、「だから絶対に行ってほしい」という無言の圧力が滲《にじ》んでいる。

そんな家臣たちに、憤激の声をあげたのはカイルだった。

「勝手なことを言わないでください！　あの国は、この大陸を支配しようとした奴《やつ》らの国ですよ。そんなところにエリファスを嫁がせるなんて、人質として差し出すのも同然でしょう！」

「そうですよ。それに、皆さんだってご存じでしょう。マギルス王国の王は……王は――」

口にするのもおぞましいというように、ダンテが口ごもった。

エリファスも知っている。かの国の王は、伝説の魔獣と呼ばれる『ヴァルム』の獣人だという噂《うわさ》を。

ヴァルムはかつてカルデア大陸に生息していた、獣の頂点とされる種族だ。その恐ろしい姿とずば抜けた魔力から、どの獣からも畏怖されていたという。

人間が創造される前の時代には、あらゆる獣を率い服従させた指導者的存在であったらしいが、徐々にその数は減り、絶滅の危機にあったといわれている。そのため今の大陸には、ヴァルムを直接見た者はいない。

伝承によればその姿は、人間の二倍はあろうかという巨体で、体は硬い真っ黒な毛で覆われ、瞳は血のような紅《あか》い色。口には鋭い牙が生え、頭には二本の長い角があるという。

そんな獣の王の、花嫁になる――理解が追いつかず青ざめていると、神官長がためらいがちに切り出した。

「皆様のご動揺は当然のことと存じます。マギルス王国の王が、恐ろしい魔獣という噂も確かにございます。ただ、噂はあくまで噂に過ぎませんし、本当に獣なのかどうかは――」

「そんな一か八かの賭けで、大事な弟を嫁がせられるわけがないでしょう！」

カイルが怒りを抑えきれない様子で語気を強める。隣のダンテも身を乗り出した。

「それに、父上。そもそもマギルス王国と関係を結ぶことは、盟約により禁じられているはずです。いくら神託といえども、他国がこのような婚姻を許すはずがないのでは？」

盟約とは、カルデア大陸内の七つの国家が結成している、対マギルス王国軍事同盟のことだ。同盟は大陸全体でマギトを警戒し、侵攻があれば国同士協力して対抗することを取り決めている。

そしてダンテの指摘通り、同盟はマギルス王国といかなる関係を結ぶことも禁じている。大陸内の一国でもマギルス王国と国交を結び、マギトの入国を許してしまえば、また彼らからなんらかの侵略を受けるかもしれないからだ。

そうだ。他国に反対されるとなれば、婚姻を結ぶわけにはいかないはず――。

しかし、エリファスの期待はすぐに打ち砕かれた。

「……実は、神託が降りたのは、わが国だけではないのだ」

国王は、もう一つの巻物をエリファスに手渡した。

「マギルス王国から書状が届いた。大神官様が神託を賜り、われらが神殿に赴いている最中に……」

カルデア大陸とマギルス王国のちょうど中間地点には、『夜明けの島』と呼ばれる緩衝地帯だ畳たれている。島にはカルデア大陸側とマギルス王国側から同数の兵が派遣されており、やむを得ない連絡の必要が生じた場合には、彼らを介して書状のやり取りが行われる。

けれど、大陸からマギトが完全に一掃されて以降、この島を通じて連絡がとられたことは一度もないと聞いている。それなのに、かの国に関わる神託が出たのと同時期に書状が届けられるなんて……。

差し出された書状を受け取って開くと、そこには次のように記されていた。

『わが国の預言者たる神官が、託宣を賜った。曰《いわ》く、「ルーディーンの天使たる王子を花嫁として迎えよ。しからば闇に光射し、世界に益あり」とある。ついては、該当の王子に婚姻を申し入れたい。

マギルス王国第三代国王　レオン・マギルス』

書状の内容を読んだ瞬間、もはや逃げ道は残されていないことを、エリファスは悟った。

二つの国で婚姻に関する神託が同時に降りる――それは『宿命の婚姻』と呼ばれ、絶対に結ばれねばならない婚姻だからだ。

婚姻に関する神託は、当事国のうち一国だけに降りるのが普通だ。それだけでも十分、『祝福された婚姻』とされ、締結が強く推奨される。

けれどごく稀に、婚姻に関する神託が、当事国の双方に降りることがある。それは、結べば当事国のみならず、世界全体の益となる婚姻――逆に、結ばなければ世界が混乱して災いの渦に飲みこまれる。したがって、必ず結ぶべき婚姻とされている。

「『宿命の婚姻』を示す神託が出た以上、従うほかに道はございません。もはやこれはわが国一国の問題ではなく、大陸全体の安寧に関わる問題なのです」

神官長の言葉に、家臣たちも賛意を示すように深く頷いている。

同盟国の反対は期待できない。むしろこのことを知れば、同盟国はエリファスを花嫁として差し出すよう、ルーディーン王国に強く求めるだろう。断れば、自国にも危害が及ぶかもしれない。

「マギトが大陸から追放されて、今年で百年……今までは争いもなく平和でしたが、彼らが再び人間に攻撃を仕掛けようとしてきてもおかしくはございません。この神託は、それを防ぐための神のお導きではないかと、われわれは考えております」

最後には、皆がエリファスのほうを向いて跪《ひざまず》いた。

「エリファス殿下。どうか、ご英断を……！」

縋《すが》るような表情で平伏する家臣たちと神官長を、エリファスはしばらくの間、呆然《ぼうぜん》と見つめた。

兄たちはもはやなにも反論できずに苦悶《くもん》の表情を浮かべ、王妃は目いっぱいに涙を溜《た》めている。

そして国王は、感情を必死に押し殺すかのように唇を真一文字に引き結び、きつく眉根を寄せて俯いていた。ひじ掛けの上に乗せられた拳《こぶし》が、小さく震えている。

愛する家族の苦しみに満ちた表情を見ながら、エリファスは考えた。

できることなら、大好きな兄たちと一緒に父を支え、この国を守っていきたかった。

（……でも、神託に従うことこそ、なによりこの国のためになるのかもしれない）

神託に背いて、大陸に災いが降りかかったら、民が苦しむことになる。

幼い頃から、父に教えられていた。王族は、自分よりもまず民のことを考えて行動すべきなのだと。

その教えに照らせば、出すべき答えは見えている。

エリファスは顔を上げ、はっきりとした声で宣言した。

「――わかりました。これが神のご意志ならば、私は神託に従い、マギルス王国に嫁ぎます」

その後、異例の速さで輿入れの支度が進められ、神託から二月が経《た》った吉日、エリファスは母国を発《た》ったのだった。


マギルス王国側の使者とは、『夜明けの島』で合流する手筈《てはず》になっていた。

港を発って一週間。到着が近づき、エリファスは客室の鏡の前で身なりを整えていた。

「どうかな、アスリー。ちゃんと着られてる？」

「ええ、もちろん。ご立派ですとも。一分《いちぶ》の隙もない、完璧なお姿にございます」

「よかった。一人でこれを着るのも慣れておかないとね」

航行中は軽装で過ごしていたが、到着に際して再び正装に着替えた。初めて自分一人で着つけをしたので、変なところがないか不安で何度も鏡を見てしまう。

「おぉ……このアスリー、許されるならどこへでもエリファス様についてまいりますのに……！」

耐えかねたように泣きだしてしまったアスリーの肩を抱きながら、エリファスも涙をこらえた。

今回の婚姻にあたり、エリファスには侍従の一人も同伴が許されていない。

日取りを調整していた際、マギルス王国側から要請があったためだ。

『わが国への入国は、エリファス殿下お一人にしていただきたい。従者そのほかの同伴はご遠慮いただきたく、お願い申し上げる』

王族の輿入れにあたり、従者一人の同伴も許されないなど、聞いたことがない。

もともと内情のわからない危険な国に城の者を連れていくつもりはなかったけれど、こんな要請を出されると、嫁いだあとでどのような扱いを受けるのかと不安になってしまう。

神官や大臣によれば、マギルス王国に暮らすマギトたちも、かつてはカルデア大陸で暮らしていたため、ラフィ教を信奉している可能性が高いという。もしそうなら、『宿命の婚姻』がいかに重大な神託かも知っているだろうから、到着早々エリファスを害するような真似《まね》はしないはず。

ただ、婚姻を結んだあとは別だ。

婚姻を成立させた事実さえ作れば、あとは知らぬとばかりにひどくいたぶったり、嬲《なぶ》ったりしないとも限らない。なんといっても、向こうはかつて人間を攻撃し、支配しようとした種族なのだ。妃《きさき》として迎えられるどころか、奴隷のように扱われて終わりかもしれない――。

(……いけない。不安になってばかりいたら)

エリファスは首を打ち振って、不吉な考えを頭から追い出した。

確かにマギトについては恐ろしい噂が多い。ただ、その噂の真偽は、実のところ誰も知らないのだ。

この百年間、マギトが人間の前に姿を現したことはない。追放当初こそ、まだ大陸に残っている彼らを捕縛してマギルス王国に移送することもあったらしいが、それも大陸追放から五年ほどの間のことで、それ以降マギトは完全に人間の前から姿を消した。追放から百年が経った今では、彼らの姿を直接目にしたことのある者は、もう大陸にはいない。

（もしかしたら、噂が勝手に大きくなっているだけかもしれないし……うん。きっとそうだよ）

そう自分に言い聞かせていると、近衛《このえ》兵が島に到着したと告げにきた。

いよいよか――表情を引き締め、エリファスは客室を出て、船を降りた。

初めて訪れる『夜明けの島』は、緑が少なく、土も建物も赤茶色の、廃墟《はいきょ》めいた島だった。昔は重罪人を収監する刑務所があったと聞いている。収監者の減少によって刑務所が閉鎖されてからは一時無人島となったが、マギルス王国建国後、ちょうどカルデア大陸との中間地点にあることから、緩衝地帯となったのだそうだ。

岸ではカルデア大陸から派遣されたこの島の駐屯兵たちが、直立不動でエリファスを待ち構えていた。彼らは大陸の国々から各一名ずつ派遣された兵士たちで、それぞれ着ている軍服が違う。

エリファスが降り立つと、見慣れたルーディーン王国の青い軍服を着た兵士が歩み出て、胸に片手をあて頭を下げた。ほかの国の兵士たちもそれに倣《なら》う。

「エリファス殿下、お待ちしておりました。マギルス王国との境界線まで、われわれがお供させていただきます」

「ありがとうございます。よろしくお願いします」

兵士への挨拶を済ませたエリファスは、後ろに控えたアスリーや侍女たちを振り返った。

「……皆、今まで本当にありがとう。皆がそばにいてくれて、幸せだったよ」

一人一人の目を見て、心からの感謝を伝えた。侍女たちは皆、大粒の涙をこぼし、アスリーにいたっては、見たことがないほど顔をぐしゃぐしゃにして泣いている。

最後にアスリーと抱擁を交わしたあと、兵士たちに導かれ、用意されていた馬車に乗りこんだ。

動き出した馬車の窓越しに、しばらく島の様子を眺めた。

なにもない、寂しい島だ。あるのは監視のための櫓《やぐら》、駐屯所らしき平屋に厩舎《きゅうしゃ》くらいだろうか。

少し走ると、赤いレンガ造りの壁が見えてきた。人の身長の二倍はあろうかという高さだ。

この壁を境界線として、島をそれぞれの領域に分けているらしい。書状の受け渡しなどの用事がある際は、鐘を鳴らして相手に知らせ、中心に設けられた扉を開けてやり取りするのだそうだ。

「殿下。鐘を鳴らしてよろしいですか？」

この鐘を鳴らせば、いよいよマギトと対面することになる。緊張から、手に汗が滲む。

（でも、ここまで来て怖がっても仕方がない）

エリファスは腹を括《くく》り、兵士に向かって手を上げた。

兵士が扉の手前にある鐘を打ち鳴らした。乾いた鐘の音が、うらびれた島中に響き渡る。

「ルーディーン王国第三王子、エリファス殿下のご到着です！」

高らかな兵士の声に応えるように、重そうな木製の扉が、ゆっくりと開いた。

（――あれ？）

扉の向こうから現れた男を見て、エリファスは目をしばたたかせた。

立っていたのは、ほっそりとした長身の、美しい男だった。年の頃は三十歳前後で、輝くような銀色の髪を腰のあたりまで伸ばしており、頭にはピンと尖《とが》った灰色の耳がついている。肌は透き通るように白く、瞳の色はアメジストのような紫。纏《まと》っている黒い長衣には、ところどころに銀糸で繊細な刺繍が施されていて、一目見て身分の高い者だろうことが窺えた。

「エリファス殿下、お目にかかれて光栄です。私はマギルス王国宰相《さいしょう》、ジュネ・アルベールと申します。国を代表し、殿下のお迎えに上がりました」

男――ジュネはそう述べると、恭しく頭を下げた。涼やかな声は耳に心地よく、口調も丁寧だ。

（この人が、あれだけ大陸で恐れられていたマギト？）

エリファスは不思議な思いで、まじまじとジュネの姿を見た。

頭に生えた耳や、ふさふさ揺れている長い尻尾は、エリファスにとって初めて目にするもので、確かに奇異に映った。けれどそれを除けば、ジュネはまったく普通の人間に見える。もっと毛むくじゃらで、鋭い牙や角が生えているような姿を想像していたのに。

「殿下？　どうかなさいましたか」

「あ、いえ！　お出迎えくださり、ありがとうございます。どうぞよろしくお願いいたします」

緩みかけた表情を引き締め、ジュネに礼を返した。

「向こう岸に船を待たせておりますので、ご案内いたします」

ジュネの言葉に頷いて、送ってくれた大陸の兵士たちに礼を言い、マギルス王国側の領域に入った。

扉の向こうには、黒い軍服を着た兵士が十人ほど待機しており、彼らもジュネと同様、茶色や灰色の耳や尻尾が生えているだけで、人間とまったく変わらない容姿をしている。見る限り、顔も体も獣の姿をしている者はいない。

恐ろしい魔獣が棲むとされる大陸の噂は、尾ひれがついたものだったのかもしれない——まだ油断はできないが、湧き上がる安堵《あんど》を抑えきれず、エリファスは小さく吐息を漏らした。

用意されていた馬車に乗り、反対側の岸辺に移動すると、そこには立派なガレオン船が待機していた。ルーディーン王国の船に比べるとかなり古いが、百人程度は乗せられそうな大きな船だ。

ジュネの先導のもと乗船し、案内されたのは船尾にある上等の客室だった。

「お部屋はこちらです。私は隣の客室におりますので、なにかあればいつでもお呼びください」

「わかりました。ありがとうございます」

笑顔で応えると、ジュネがこらえきれないといったように、くすりと笑った。

「な……なにか？」

「いえ、失礼。……わかりやすいお方だと思いましてね。おおかた、私たちの容姿が思っていたより恐ろしくなかったので、安心されているのでしょう？」

図星を指されて、頬《ほお》に朱が走るのが自分でもわかった。そんなにも顔に出ていただろうか。

「私は狼の獣人で、耳と尻尾以外はあなた方人間とそう大差ありません。でも、この先はどうかわかりませんよ。マギルス王国は、殿下が見たこともないような怪物がうろつく魔の巣窟かもしれない。どうです、不安ならば今からでも、お国に帰られては？」

「そんなことはしません！」

子どもを脅かしてからかうような言い草に、とっさに声を荒らげた。

争いごとは好まないが、大陸の代表として、王族としての矜持《きょうじ》は守らなければならない。エリファスはジュネをまっすぐに見据えた。

「『宿命の婚姻』――それを成すのが、私の使命です。なにがあってもその使命を果たす覚悟でここに来ました。貴国がどのような国であろうと、どんな扱いを受けようと、帰る気などありません」

毅然《きぜん》と言い切るエリファスに対し、ジュネは一瞬、虚をつかれたように眉を持ち上げた。けれどすぐに表情を戻し、口元に皮肉な笑みを浮かべる。

「それはご立派な心がけですね。まあ、『宿命の婚姻』が成されなければ困るのはこちらも同じこと。心配せずとも、私どもは殿下をひどく扱うつもりはありません。あなた方、人間と違って」

「えっ……？」

あなた方、人間と違って――それは、どういう意味だろう。

最後の意味がわからず聞き返そうとしたが、ジュネは一礼して部屋を出ていってしまった。

淡々とした中に、少しだけ怒りの混じったようなジュネの声が、妙にエリファスの耳に残った。


航海開始から、どのくらい経ったのだろうか。

『夜明けの島』を出てから一気に太陽の光が弱くなり、暗い曇天続きになったので、時間の感覚が狂ってしまった。ジュネが日に三度食事を持って来てくれているので、その回数を数えるなら七日目の昼過ぎだ。

エリファスは再び花嫁衣装に着替え、下船に備えた。

先ほどジュネが知らせに来たところでは、まもなくマギルス王国に到着するとのことだった。着いたらすぐに馬車で王城に向かい、そのまま国王に謁見する予定らしい。

「はぁ……なんだか、体が重い……」

ずっと太陽の光を浴びていないからか、気分も塞ぎがちになる。

風にあたるために甲板に出ようにも、今朝からひどい濃霧で足元もおぼつかない。

ジュネによれば、これは国王であるレオンが魔力で発生させている霧らしい。

『防衛のためですよ。こうしていれば、たとえ侵入者が来ても地形がわからないし、容易に攻撃もできない。そのために陛下が島ごと霧で包んでくださっているのです』

どこか誇らしげに、ジュネはそう説明した。

「霧まで生み出せるって、一体どんなお方なんだろう……」

大陸では婚約中に姿絵の交換くらいはするものだけれど、今回はそういったこともしていないし、レオンについて一切の情報がない。

一度、食事を持って来てくれたジュネに、レオンがどんな人物なのか尋ねてみたが、『お会いすればわかります』と返すばかりで、なにも教えてくれなかった。

(でも、聞いていたほど怖くないのかも。ジュネさんや兵士の方々と同じで、ほとんど人間と変わらないんじゃないかな)

そうであってほしいと願いながら、エリファスは軽く伸びをして、体のこわばりをほぐした。

レオンと対面した暁には、あることを請願しようとエリファスは心に決めていた。

自分がこの国に嫁ぐ代わりに、今後一切、大陸に攻撃を仕掛けないと約束してほしい――そう願い出るのだ。この神託を機に、互いの領土を脅かさないという相互不可侵の掟《おきて》をマギルス王国側と結び、大陸の安全をより確かなものにしたい。

きっとそれがこの神託の意義であり、神から授かった自分の役割なのだ。そう考えれば、未知の国に輿入れする不安や恐怖も克服できるような気がする。

「エリファス殿下。到着いたしました」

船が停《と》まり、部屋の扉越しにジュネの声が聞こえた。決意を固めるようにもう一度深呼吸をし、船の出口へと向かった。

まだ昼過ぎのはずなのに、あたりは夜のように暗く、空には三日月が見える。肌を撫でる空気がひんやりと冷たくて、エリファスは小さく身震いした。

大きな灯台と見張り台、その脇に兵舎らしき建物がぽつんと置かれているだけの寂しい港だ。大陸の国々の港は、そばに必ず市場や宿場町があって活気に満ちているが、見る限りここは閑散としている。不気味なほどに静かで薄ら寒く、まさに『夜の国』といった印象を受ける。

岸には、黒い軍服に軍帽を被《かぶ》った兵士が十人ほど整列していた。『夜明けの島』から同行している兵士と違い、上着にいくつも徽章《きしょう》を着けている。

「彼らは国王直属の近衛連隊です。今後、エリファス様の警護も担当いたします」

ジュネが説明すると、兵士たちは揃って胸に手をあて一礼した。

「あちらに馬車をご用意しております。ご案内いたします」

兵士に先導され、少し先にある港の入口へと向かう。空は暗いが、港のあちこちに外灯があるので足元もよく見える。

（あの外灯の光は、なんの光だろう？）

ルーディーン王国にも、蠟燭《ろうそく》を使った外灯はある。最近ではオイルランプも普及し始めたが、この国の外灯はそれらよりはるかに強い輝きを放ちながら、あたりを明るく照らしている。

不思議に思っていると、ガラスの中を漂っていた光がシャボン玉のようにぱちんと弾《はじ》けて消えた。

外灯の脇に控えていた兵士がそれを見て、手で円を描くような仕草をした。次の瞬間、彼の手の中に光の粒子のようなものが集まって、あっという間に球ができる。兵士がそれをそっと空に放ると、光の球は行き先を心得ているかのようにガラスの中に入り、ふよふよと漂い始めた。

「すごい……！」

思わず感嘆の声が漏れた。きっと、マギトの魔力で生み出した光なのだろう。

「さあ、殿下。お早く」

「あ、すみません……！」

ほかにはどんな魔法があるのか尋ねたかったけれど、ジュネに急《せ》かされエリファスは慌てて馬車に乗りこんだ。

馬車はルーディーン王国と同じ、屋根つきの重厚な造りだった。いかにも王家のものらしく、側面には細かく紋様が彫られている。

窓には分厚い天鵞絨《ビロード》の幕が引いてあるが、隙間が少しだけある。そこから外を覗《のぞ》いた。

三角屋根の家々や、レンガ造りの建物が見える。建築様式はルーディーン王国のそれと大差ないようだ。あちこちに浮いている光の球を除けば、町並みも母国の農村地帯とあまり変わらない。

（でも、ルーディーン王国と違って、花が少ないな……。というか、全然咲いてない？）

母国は花のあふれる国だった。どの地域でも家の入口には必ず季節の花が飾られていたし、町にはいたるところに花壇があって、風景に彩りを添えていた。

けれど、ここにはまったく花が咲いていない。日が射さないのだから当然かもしれないが、それでも森は茂り、畑もあるのだ。それなのに、花だけが見あたらない。

しばらく走ると、石で造られたアーチ形の門を抜け、人通りの多い城下町に入った。大通りの両脇に商店らしき建物やテントが立ち並び、人々が行き交っている。

施された装飾と、周囲を囲む護衛の兵士たちを見て城の馬車だと悟ったのか、人々は軽く会釈をして道を開ける。物珍しいのか、馬車の中を窺うように視線を向けてくる者もいる。

「殿下。あまりお顔を出さないように」

ジュネに注意され、慌てて幕を閉めようとした。大陸の流儀でも、婚礼前の花嫁が人々に顔を晒《さら》すことは好まれない。

しかし、幕に手をかけた時、前方の商店から出てきた男と目が合った。

見られた――そう思った瞬間には、男が叫び出していた。

「人間だ！　人間の国の王子が来た！」

その声を皮切りに、あたりが騒然とし出した。周囲の者たちも馬車に向かって叫び声をあげる。

「大陸に帰れー！」

「俺たちの国に足を踏み入れるな！」

先頭を走る兵士が制止しようとしているようだが、喧騒《けんそう》はますます大きくなるばかりだ。

（やっぱり、歓迎されてない……あたり前か。蔑んでいる人間の王妃なんて）

マギトは、魔力を持つ自分たちこそが世界の覇者たる至上の種族と考えているという。そんな彼らにしてみれば、自分たちより劣る人間を王妃として仰ぐなんて、受け入れられないのだろう。

どんな扱いも覚悟して来たとはいえ、やはりこの結婚はつらいものになりそうだ。

身を包む母国の花嫁衣装だけが心の拠りどころのような気がして、エリファスは膝の上でなめらかな布地をぎゅっと握りしめた。

しばらくそうして罵声に耐えているうちに喧騒が消え、馬車が静かに停まった。

顔を上げると、そこには立派な城がそびえていた。灰色の石造りの、堅牢《けんろう》な建物だ。

「こちらがレオン様の住まう王城です。これからレオン様にご挨拶をしていただきます。本日のご予定はそれで終了ですので、お部屋にご案内ののち、お休みいただけたらと」

「それで終了、ですか？　陛下のご両親や、ほかの王族の皆さんには？」

「レオン様のご両親は、お二方ともすでに崩御されています。先王ヴィクトール様は五年前に病で。先王妃様もお体の弱い方で、レオン様がまだ幼い頃に亡くなられましたので」

また、先の国王夫妻の間に子どもはレオン一人だけで、兄弟姉妹もいないらしい。

（つまり、このお城に住んでいるのは、レオン陛下お一人だけ……？）

エリファスは驚いた。ルーディーン王国では、両親や兄王子たち、さらに祖父母たちと皆で賑《にぎ》やかに暮らしていたからだ。

（この大きな城に一人きりで、家族もいなくて、寂しくないのかな……）

そう思いかけて、首を振った。今はとにかく、初めての謁見を無事に済ませることに集中しなければならない。

言うべき文言はすでに考え、船の中で何度も復唱した。あとはレオンの気分を害さないよう、礼儀正しく到着の挨拶をした上で、こちらの願いを伝えるだけだ。

城のエントランスには黒い大理石の上に紫色の絨毯《じゅうたん》が敷かれ、黒いメイド服や燕尾《えんび》服を着た使用人たちがずらりと並んでいた。二十人ほどいるだろうか。

「エリファス殿下、ようこそいらっしゃいました。われら使用人一同、心より歓迎申し上げます」

一番手前に立っている年配の執事らしい男性が恭しく挨拶を述べ、頭《こうべ》を垂れて一礼した。

慇懃《いんぎん》なその言葉に反して男性の表情はどこか冷たく、警戒心に満ちているように見える。後ろに控えた若い使用人たちも皆、エリファスを拒むように目を逸《そ》らし唇を引き結んでいる。町の人々のように怒声を浴びせてはこないが、歓迎する気持ちがないのは一緒だろう。

長きにわたり敵対してきた国に来ているのだから仕方ない――そう自分に言い聞かせながら、彼らに挨拶を返した。

エントランスの中央にある大階段を上がり、レオンが待っているという王の間へと向かう。

王の間の場所は、すぐにわかった。廊下の奥に、甲冑《かっちゅう》を着た兵士が控えている部屋がある。

いよいよか――一歩、また一歩とその場所に近づくたび、心臓の鼓動が速まる。

両開きの重厚な扉の前に着くと、ジュネが目で合図を送り、兵士が朗々と声を張りあげた。

「ルーディーン王国第三王子、エリファス・ルーディーン殿下のお越しです！」

兵士の手により、ゆっくりと扉が開かれた。

（あれっ。暗い……）

城の廊下は光の球のランプがいくつも設置されていて明るかったのに、王の間の中は明かりがほとんどなく、数歩先も見えづらい。本当にここに王がいるのかと不安になるほどだ。

目を凝らすと、長い絨毯の先に五段ほど階段があった。あそこが玉座らしい。誰かが座っているシルエットが、暗闇の中でうっすらと見えた。

エリファスは謁見の礼儀として膝をつき、頭を垂れた。

「国王陛下、お初にお目にかかります。私はルーディーン王国第三王子、エリファス・ルーディーンにございます。此度《こたび》の神託に従い、陛下の花嫁となるべくやってまいりました」

用意していた挨拶の言葉を述べると、玉座からレオンが立ち上がる気配がした。

ゆっくりとこちらに歩み寄ってきているのだろうか。重い足音が一つ聞こえるたび、体がこわばる。

（なんだろう、この威圧感……）

姿は見えないのに、凄《すさ》まじい貫禄《かんろく》を纏っているのがわかる。

「面《おもて》を上げよ」

腹に響くような、低い声が聞こえた。覚悟を決めて顔を上げると、窓越しの月明かりに照らされて、レオンの姿がようやく見えた。

その瞬間、エリファスは目を瞠《みは》った。

そこにいたのは、黒い獣——伝承で伝えられるヴァルム獣人、そのものだった。

見上げるほど大きくて屈強そうな体。顔はライオンのように見えるが、頭にはライオンにはない長い角が二本、口元にも長い牙が生え、瞳は血のように紅い。さらに背後には、エリファスなど一振りでなぎ倒してしまえそうな太く長い尻尾が揺れている。

顔も体も、完全なる獣だ。その獣が、金の刺繍で縁取られた黒い襟つきのマントを揺らしながら、こちらに近づいてくる。

「わっ……わ、わぁっ！」

恐怖のあまり、エリファスは悲鳴をあげて後ろに倒れこんだ。尻もちをついた不格好な体勢のまま、必死にあとずさろうとするが、体が震えてうまく動けない。

「エリファス殿下。無礼ですよ！」

「あっ、す、すみませんっ……！」

ジュネに咎《とが》められ、どうにか拝礼の姿勢に戻ったが、心臓はばくばく音を立てたままだ。

（どうして……ほかのマギトの人たちと、全然違う……！）

馬車から見た限りでは、町を歩く人たちも皆、ジュネや兵士たちと同様、人間とほぼ変わらない容姿だった。だからレオンもそうだろうと、安心しきっていたのに——。

レオンはエリファスの無礼も気にしていない様子で、その場で足を止めた。

「私はこのマギルス王国第三代国王、レオン・マギルス。貴殿の夫となる男だ」

なにか言葉を返すべきなのかもしれないが、歯の根が合わず、声も出せない。エリファスはさらに深く頭を垂れることしかできなかった。

「長旅ご苦労であった。貴殿にとっても急な輿入れで、負担も大きかったであろう。神託に従うためとはいえ、遠く離れたわが国までよく来てくれた」

労《ねぎら》いの言葉をかけてくれている。そのことが意外で、エリファスは少しだけ視線を上げた。

けれど、レオンと目が合った瞬間、思わず声をあげそうになり慌てて口を押さえた。

優しい言葉に反して、レオンの目にはなんの感情も浮かんでいなかった。

侮蔑や嗜虐心《しぎゃく》など、負の情念がまったく見られない反面、花嫁への好奇心や慈しみのような感情も一切浮かんでいない。怖いほど静謐《せいひつ》な目だ。

「慣れるまでは不便もあろう。なにか望みがあれば、いつでも伝えてくれ。できる限り叶《かな》えよう」

どこか機械的な口調で、レオンはそう続ける。まるで、決められた台本でも読んでいるようだ。到着したばかりの花嫁を優しく迎える夫、その役を演じようとしているような——。

「すでに私室は用意してある。旅の疲れもあろうし、まずはゆっくり休んでくれ。ジュネ、案内を」

呆然としている間にレオンはエリファスに背を向け、最奥にある玉座に向かって歩き始める。

早々に謁見が切り上げられようとしていることに気づき、エリファスは慌てた。

「あっ……あの、待ってください！」

レオンの姿に対する衝撃ですっかり忘れていたが、自分には言わねばならないことがあるのだ。

「陛下！　早速ですが、一つ望みがございます……！」

動揺が収まらない中、エリファスが唐突に切り出すと、足を止めたレオンが軽く首を傾《かし》げた。

「望み。……なんだ」

「はいっ。此度の神託に従い私がここにやって来たのは、人間とマギトの間に友好関係を結び、大陸の平和と安寧を守るためです……！」

レオンが訝《いぶか》るように眉を寄せたが、エリファスは口早に続けた。

「百年前、マギトと人間の間で起きた争いについては存じております。しかし、こうして神託により嫁いだのもなにかのご縁。私のことはどう扱っても構いません。その代わりに、どうか今後、人間を攻撃することはおやめください……！」

小さく震えながら、必死に頭を下げて乞うた。母国の家族や民たち、大陸に住むたくさんの人々——彼らの生活を守りたいと、願いをこめながら。

返答を待つが、レオンはなにも言わない。おそるおそる顔を上げたエリファスは、この場に妙な空気が漂っていることに気づいた。ジュネは額に手をあて天を仰ぎ、レオンは目を閉じて緩く首を振っている。

「あ、あの……？」

「……どうやら、誤解があるようだ。われわれマギトには、人間を攻撃する意志など毛頭ない。過去にもそのようなことをした事実はない」

「えっ？」

聞き返すのと同時、隣のジュネが呆《あき》れたように大きくため息をついた。

「エリファス殿下。あなたはきっと、お国でこう教えられてきたのでは？　マギトは人間を害する、恐ろしい怪物のような種族。百年前、大陸の国々を支配しようと陰謀を図り、大勢の人を殺した。だから大陸の人々がマギトを成敗し、この島に追放した、と」

「は……はい。そのように聞いてきました……」

まったくその通りだ。城の教師にそう教えられたし、歴史書にだってそう書いてあった。

けれどジュネは、肩をすくめながらかぶりを振った。

「ばかばかしい作り話ですよ。マギトが大陸の国々を支配しようとしたことなどない。そもそもマギトの持つ魔力には、そこまでの攻撃能力がないので不可能です。むしろ、なんの罪もないマギトを迫害し、追放したのはあなた方のほうですよ」

「え……？」

思いもよらない話に、エリファスは呆《ほう》けたように口を開けた。

教えられてきた歴史は逆で、人間を害するといわれてきたマギトが本当は無実で、むしろ人間のほうが悪者――？

「信じられないでしょうが、生き証人もおります。あなた方人間と違ってマギトは百五十歳程度まで生きますから、かつて大陸で暮らしていた者もここには大勢いる。お疑いなら、彼らに証言してもらってもよいですよ」

「そんな——そんな……」

理解できないというより理解したくなくて、エリファスは緩く首を振った。自分の先祖が誰かを傷つけ、追放までしていたと告げられて、誰がすぐに納得できるだろう。

呼吸が浅くなっていることに気づいて胸を押さえた時、レオンの声が耳に届いた。

「そうした歴史ゆえに、ここでの貴殿の立場は難しいものとなろう。わが国の民の中には、人間を迫害者として恐れている者も、憎んでいる者も多い。従者の同伴を遠慮してもらったのも、それが理由だ。貴殿一人でも十分混乱しているところに何人も人間を連れて来られては、民がますます困惑してしまう」

エリファスは、ここに来る道中に起きた小さな騒ぎを思い返した。馬車に乗る自分を見て、帰れと叫んでいた人々。確か、『俺たちの国に足を踏み入れるな』と叫んでいた者もいた。あの叫びには、人間への怒りや怯《おび》え、いろんな感情が詰まっていたのかもしれない。

「本音を言えば、私もあなたの嫁入りには反対だったのですよ。正しく国を治めてくださるレオン様は、民からの信望も篤《あつ》い。それなのに、あなたを花嫁として迎えることを発表した途端、民がレオン様への疑念や不信感を口にし始めているのです。神託とはいえ、どうして自分たちを迫害した人間の国から、花嫁など娶るのかと」

「ジュネ」

レオンが諌《いさ》めるように制止したが、ジュネの言葉はエリファスの心に深く突き刺さった。

まだジュネの説明する歴史を完全に信じたわけではないが、もし本当なら、自分はマギトにとって憎き迫害者の子孫だ。そんな自分が、王妃として受け入れられるはずがない。恨まれ、憎まれて暮らしていくことになるのだろう。

（一体、僕はなんのためにここに来たんだろう……）

マギトという脅威から大陸の人々を守る。それを使命に嫁いだのに、そもそもの前提が間違っていたなんて……。

虚《うつ》ろな視線をただ床に落とすことしかできずにいると、レオンが再びこちらに近づく気配があった。

本能的な恐怖からビクッと肩が震えてしまう。それを見たレオンはかすかにため息を漏らし、距離をとるように数歩後ろに下がった。

「不安もあろうが、結婚する以上、私は貴殿がこの国で安全に暮らせるよう夫として貴殿を守る。その義務を果たすことは約束しよう。わが国にとっても神託は絶対の意味を持つもの。こちらとしても、貴殿にはわが妻としてここにいてもらわねば困るのだ」

「に、憎い人間の国の王子であっても、ですか……？」

「あぁ。それが神のご意志なのだから」

レオンはきっぱり即答したが、にわかには信じられない。本当はレオンもジュネと同じで、人間の花嫁など迎えたくなかったはずだ。

それに、安全に暮らせるよう守るという言葉も、本当かどうかわからない。レオンにしてみれば、祖先の敵である人間の国の王子を労せずして手中に収めているのだ。腹の中では復讐の機会を窺っているのかもしれない。油断させておいて、危害を加えようと考えているのではないか――。

そんなエリファスの疑心を感じ取ったのか、レオンは言葉を継いだ。

「因縁のある種族同士の婚姻だ。疑念や不信は拭えぬだろう。私は貴殿には不必要に近づかぬようにするし、貴殿も私に近づく必要はない。婚礼の式さえ挙げれば、『宿命の婚姻』は成されたことになる。そのあとは、形式上の夫婦でいてくれれば十分だ」

「形式上の……」

仮面夫婦でいいということだろうか。婚礼の手続きさえ済ませられれば、あとは仲を深める必要もない、と。

「安堵したか？」

平坦な口調で問われて、エリファスは答えに窮した。

まだレオンの言葉を信用することはできないが、正直にそう伝えたところでどうにもならない。結局、曖昧に首を傾けるしかなかった。

「次に会うのは婚礼の儀となろうが、それまでゆっくり休まれよ。ジュネ、彼を部屋へ」

「えっ、あっ……」

聞きたいことや知りたいことが山のようにある気がしたけれど、頭の中がぐちゃぐちゃで言葉が出てこない。結局なにも言えないまま、ジュネに引きずられるようにして部屋を出た。

扉が閉まる直前、一度だけ後ろを振り返ったけれど、レオンはもうエリファスへの興味を失ったかのように、こちらに背を向けていた。

◇◇◇

見渡す限り、一面の闇だ。

ここがどこなのか、今が何時なのかもわからない。ただ、遠くからぼんやりと声が聞こえて、エリファスは耳をそばだてる。

『おーい、エリィ、ここだよ。どうした、そんな泣きそうな顔をして。お前らしくないじゃないか』

『エリィ、安心して。ほら、私もここにいるわ。大丈夫よ』

暗闇の中に、ぽっと明かりが灯《とも》る。そこには二人の兄と母、父が揃って立っていて、優しい笑みを浮かべながらエリファスを手招いている。

（みんな……よかった。また、みんなに会えて）

安堵に顔を綻ばせながら、エリファスは家族のもとへ駆け出そうとした。

けれど足を踏み出した刹那《せつな》、視界が黒に染まった。

「ひっ……！」

獣だ。ライオンのような顔をして、頭に角を生やした黒い獣が、紅い瞳を爛々《らんらん》と光らせながら、エリファスと家族の間に立ちはだかっている。

獣は威嚇するように大きく口を開け、鋭く尖った牙を剝《む》き出しにした。そしてそのまま、エリファスに顔を近づけて――。

「――やめてっ！」

自分の叫び声に驚いて目が覚めた。浅く息をしながら、目の前に積まれた書物の山と、周りを囲む本棚に順に視線を向ける。

そうだ。ここは、エリファスに与えられた書斎だ。書物を読んでいるうちに、うたた寝をしてしまったらしい。

「また、あの夢か……」

マギルス王国に到着した日から、一週間が経った。

この一週間、眠るたびに似たような夢を見る。家族に優しく手招かれ、そちらへ歩み寄ろうとすると黒い獣に阻まれる、そんな夢。

家族への思慕と、レオンの見た目に対する衝撃――それが夢にあらわれているのだろうか。

丸窓から外を見ると、灰色の空に少しだけ光が射していて、今が昼前だとわかった。

太陽の昇らない『夜の国』と噂されるマギルス王国だが、実際にはまったく日が射さないわけではなく、早朝から正午頃までは大陸の明け方くらいにはうっすらと明るくなる。昼下がりになると完全に光は消えて真っ暗になってしまうが、ほんのわずかな弱い光が射すだけでもエリファスには救いだった。

「ええと、どこまで読んだんだったかな……」

机に戻り、開いたままにしていた書物を手にとった。

今日までエリファスはこの書斎で、ずっと書物を読んで過ごしていた。

それというのも、ほかにすることがないからだ。

本来なら今日が婚礼式の予定で、この一週間は準備にかかりきりになるはずだった。しかし、民からの反発が予想以上に強く、日取りが延期となってしまったのだ。婚礼式は王都の大聖堂で行われるのがならわしだが、今回の婚姻に反対する者たちが儀式を阻止するため座りこんでいて、レオンやエリファスを迎えられる状態にないらしい。

家臣たちは抗議行動への対処に手いっぱいのようで、式の準備も滞っている。そこでエリファスは、城の文書庫から書物を借り、マギルス王国とマギトについての勉強を始めた。

予定通りに婚礼が行えないほどに民から憎まれていると思うとつらいし、夫となるレオンが獣の姿であることに対しても、まだ動揺は消えていない。

けれど、落ちこんでばかりいても仕方がない。今はとにかく、この国について一つずつ知っていくしかないのだ。

「うーん。とはいっても、読めば読むほど混乱する」

今読んでいたのは、カルデア大陸の東の大国、グルカ王国から追放されたマギトの男性による手記だ。文書庫には、大陸を追われたマギトが書き遺《のこ》した手記や回想録が多数所蔵されているが、これは特に描写が細かい。

手記によれば、男性はグルカ王国の小さな村で、パン屋を営んで生活していた。ほかの村人とも仲がよく、商いも盛況だったそうだ。

しかしある日突然、村にやって来た官吏《かんり》に国を出るよう迫られたという。理由を聞いても『国王命令』の一点張りで、詳しいことはなにもわからなかった。

一方的に退去期限を通告され、それまでに出ていかなければ逮捕の上、厳罰に処すると脅された男性は、仕方なく妻子を連れて国境を接するルーディーン王国に移り住んだ。しばらくは畑仕事に従事して平穏に暮らせたが、半年も経たないうちに兵士がやって来て、今度は大陸から出ていくよう要求されたそうだ。船は用意してやるから、遠く離れた孤島に移住せよ、と。

そうして男性は、周辺に住んでいたマギトとともに船に乗せられ、この最果ての島にやって来た。なんの罪も犯していないのに、まるで流刑のように――。

（……やっぱりおかしい。マギトたちが総力を挙げて人間に戦争を仕掛けてきたから、鎮圧して島に追放したって聞いていたのに。どの手記を読んでも、戦争の話なんて一つも出てこない……）

大陸の伝承では、マギトとの戦争は大陸全土を巻きこんだ悲惨なものであったとされている。手記の筆者がたまたま戦争に参加していなかったのだとしても、噂の一つも聞いていないのは不自然だ。

そもそも、戦争を引き起こした罰として種族ごと流刑に処したなら、国から正式に通告が出されてしかるべきだ。それなのに、これまで読んだ手記の筆者は皆、なんの理由も知らされないまま大陸を追われている。

（やっぱりジュネさんが言っていた通り、人間が一方的に迫害を……？）

自分の祖先が理不尽な迫害をしていたなんて、信じたくはないけれど――。

表情を曇らせた時、書斎の扉がノックされた。

「エリファス様！　そろそろ昼食をとられませんと。今度こそ出てきてください！」

「あっ……ごめん、今行く！」

慌てて立ち上がり扉を開けると、従者のニコが眉をハの字にして立っていた。

「やっと出てきてくださった。お茶も飲まずにお勉強されて……。僕、エリファス様がお倒れにならないか心配です」

「ありがとう、ニコ。ごめんね、そんなに時間が経ってたなんて気づかなくて」

ニコはそばかすの散った童顔が印象的な、エリファスより一つ年下の小柄な青年だ。チーターの獣人で、オレンジ色の短髪の頭に、まだら模様の茶色い丸耳が生えている。レオンとの謁見のあと、エリファスつきの従者としてジュネから紹介され、それ以降甲斐甲斐《かいがい》しく仕えてもらっている。

「お勉強も大切ですが、ちゃんとお食事をとらないと、お体に障りますよ。さあ、お昼にしましょう。今日はエリファス様がおいしいと言ってくださったお魚のスープがありますよ！」

早く早くと急かしてくるニコの様子に笑みをこぼしながら、エリファスは居間に移動した。

母国では自分よりずっと年上の侍従に仕えられていたので、同世代の従者に最初は戸惑うこともあったけれど、この一週間でニコともずいぶん打ち解けた。今は安心して身の回りの世話を委ねている。

なにより、ニコにはほかの使用人たちのように、エリファスを警戒したり怖がったりする様子がないのがありがたい。ニコは人間や大陸の国々に純粋な興味があるようで、エリファスの母国についてもよく質問してくれる。追放を経験した世代ではないからかもしれないが、一番身近な存在である従者が無邪気に接してくれることは、エリファスにとって心の支えになっていた。

「さあ、エリファス様。こちらへ」

ニコに椅子を引かれ、食事が用意されたテーブルの前に座る。まだ着慣れないマギルス王国の衣服は裾が長く重く、踏まないよう気をつけながら進まなければならない。

到着後に採寸され、エリファスの体にぴったり合うように作られた衣服は、すべてモノトーンだ。

今着ているのは普段着で、薄灰色のシルクのシャツに、ベロアのような布でできた黒い立襟の上着を羽織っている。上着の袖口が少し広がっていて、おとぎ話に出てくる魔女のようだなと思う。

縁に金糸で刺繍がしてあるから真っ黒というわけではないけれど、やはりルーディーン王国の衣装に比べると装飾も少なく、寂しい気がしてしまう。ほかに作ってもらった脚着やマントも黒ばかりで、華やかな色の衣服がない。

「こちらもお似合いですけど、エリファス様がお持ちになったお衣装のほうが素敵なのに。なんだかもったいないです」

エリファスの足元に跪き、もたついた裾を直しながらニコが残念そうに眉を下げる。

仕立てが終わるまでの間は母国から持参した服を着ていたのだが、色とりどりの衣装の数々を見て、ニコは『世の中にこんなお衣装があるなんて！』と、いたく感動していた。

「お部屋の中だけでも、お国のお衣装で過ごされてはいかがですか。そのほうがエリファス様も寛《くつろ》げるでしょう？」

「うーん、でも、せっかく色々作ってもらったしね。早くこちらの文化にも慣れたいし」

装いについては特に指示されていないから、持参した服を着ても問題ないのだろうけれど、曲がりなりにも自分はこの国の王妃となる身だ。この国の様式に合わせる姿勢を見せるべきだろうと、なるべくこちらで用意してもらった衣服を着るようにしていた。

エリファスに配慮してくれているのか、食事はルーディーン王国のものとそれほど変わらないので助かっていた。小麦のパンにスープ、肉か魚の煮こみ料理というメニューが多い。今日の昼食はふっくら焼かれた白パンに、蒸した魚の入ったスープだ。

「エリファス様、こちらもどうぞ」

食事を終える頃合いを見計らって、ニコがゴブレットに薄紫色のジュースを注いだ。

「これ……今日も、レオン陛下が？」

「はいっ。今朝もご自身で薬草を調合されて、魔力を注がれたそうですよ！」

数日前から、食事のあとに必ず出される薬草ジュースだ。ニコによれば、レオンがみずから選び、自身の魔力を注いだ薬草から作られているらしい。大陸から突然『夜の国』にやって来て、環境の変化に体が慣れないだろうから――という、レオンの気遣いの品だそうだ。

母国では薬草ジュースなんて飲んだことがなかったし、毒を警戒する気持ちもないわけではなかったけれど、思いきって飲んでみるとおいしく、体調にも効果があった。太陽の光をほとんど浴びられないからか、到着してから体が重かったのだが、少しずつそれも解消されている気がする。

こちらに来てから書物で学んだことだが、マギトの持つ魔力には五つの種類がある。

水源を見つけたり、汚れた水を浄化したりする『水』の力。

光の粒子を集め、光源を生み出す『光』の力。

自在に火を生み出す『火』の力。

植物の成長を速め、瘦《や》せた大地に力を与える『大地』の力。

そして、けがや軽い病を癒やす『風』の力。

ほとんどの者は、五つの魔力のうち一つだけを持って生まれる。しかしごく稀に、複数の魔力を持って生まれ、それを自在に操る者もいるという。

ニコによれば、レオンはこの五つの魔力を高度に使いこなすらしい。この薬草ジュースも、自身の『風』の力をこめて作ってくれたというわけだ。

(僕のことを気にかけてはくれてるんだよね……)

あれから一度もレオンと顔を合わせていない。

大陸では花嫁の到着後、婚礼前に一度は二人で食事をともにするものだが、そんな誘いもないし、城内ですれ違うことさえない。

あまりに接触の機会がなさすぎて、エリファスの存在を無視しているのではと疑ったが、こんな風に体調を気遣ってくれるあたり、そういうわけでもなさそうだ。

数日前に一度だけ、部屋の窓越しに、馬車でどこかへ出かけるレオンの姿を目にした。

護衛の兵士たちより一回り大きな体に、頭に生える角。遠目に見ても、やはりまだ怖さはあった。

でも一度、きちんと話してみたいと思う。このジュースのお礼も言いたいし、なにより、謁見の時の非礼を詫《わ》びたい。

落ち着いて考えてみれば、どんな姿であれ、人の容姿に対して悲鳴をあげるなんて、あってはならない無礼な行いだ。それに、形式的なものだとしても、レオンは自分に対して労いの言葉を述べてくれていたのに、ろくに返事もできなかった。

（会いたいと言えば会ってくださるかなぁ。でも、断られてしまうかも……）

思案していると、居間の外から来客を告げる鈴の音が聞こえた。

「どなたでしょう。少しお待ちくださいね」

ニコが言い置いて、急いで出ていく。居間の手前には従者の控え室を兼ねた前室があり、来客にはまずそこでニコが応対することになっている。

しばらくして、ニコが戻って来た。

「エリファス様。今、ジュネ様の遣いの方がいらして、今日の夕刻から王妃教育を始めてもよいかとのお伺いです」

「王妃教育？」

「はい。わが国の歴史や文化、慣習などを学んでいただきます。本当は明日からの予定でしたが、ジュネ様の時間が空いたので、エリファス様がよろしければ今日から始めたいとのことです」

「ええ、ぜひ！」

書物を用いた独学では限界があるし、宰相に直接教えを請えるのは願ってもないことだ。エリファスは二つ返事で了承した。

私室で待っていてほしいとのことだったので、書斎に戻って待機していると、一刻ほど経ってジュネがやって来た。

ジュネは書斎に足を踏み入れるなり、机に積まれた書物の山を見て、軽く目を瞠った。

「これを読まれたのですか。この数日で？」

「はい。ニコに頼んで、この国の歴史や文化に関わる書物を持って来てもらったんです。でも、読んでもわからないことも多くて。例えば……」

早速質問しようとしたが、ジュネは書物に目を向けたまま戸惑った顔をしている。

「あの……すみません。もしかして、これは僕が読んではいけないものだったでしょうか？」

ニコに見繕ってもらい、文書庫の番人に許可を得て借りたものだ。機密にふれるものではないし、読んでも問題ないと思ったのだが、情報を盗もうとしているとでも疑われただろうか。

「あぁ、いえ。文書庫のものは、読んでも問題ありませんよ」

我に返ったジュネが早口にそう答えたので、エリファスはホッと息を吐いた。

「それで、われわれの歴史についてはどこまでご理解いただけていますか？　ここに書かれたことは、あなたがお国で学ばれたこととはかなり違っているのでしょうね」

「はい……あまりに違いすぎて、正直混乱しています。大陸ではずっと、百年前に人間とマギトの大きな戦があったと伝えられていたのに、こちらの書物にはそんな言葉は一度も出てきませんし……」

「戦、ね。ではお聞きしますが、あなたはお国で、なにか一つでも戦の傷跡をその目でご覧になったことはありますか？　具体的な被害規模は？　犠牲者の遺族に会ったことは？」

確かにそうだ。大規模な戦争が起きたなら、なんらかの戦跡があるはずだし、地域ごとの被害が官吏によって記録されているはずだが、母国でそうしたものを目にしたことはなかった。

「でも、戦がなかったなら、どうして追放なんて……」

「あなたはずいぶん幸せに暮らしてこられたようですね。明確な理由などなくても、人間は自分と異なる他者を排斥しようとするものですよ」

やれやれと言うようにため息をついたジュネが、追放の経緯について話してくれた。

「マギトはもともとこの容姿と魔力ゆえ、人間から疎まれがちだったそうです。耳と尻尾のついた得体の知れない種族として、石を投げられ、住んでいた土地を追われることもしばしばだったとか」

それでも、偏見なく受け入れる地域もあり、マギトはそうした場所を選んでひっそりと生活を営んでいた。

けれど百年前のある時、カルデア大陸の南方に位置するジグムンド王国で、悲劇が起きた。

薬草の行商人として王国を訪れていたマギトの青年が、偏見を持つ兵士によって暴行を受け、九死に一生の大けがを負ったのだ。

それを知った王国内のマギトの有志たちは、兵士への処罰を国王に訴えるため王城を訪れたが、門番の兵士たちに開門を拒まれてしまった。この国は古くからマギトに対する差別意識の強い国だったため、『マギトが国王に目通りなど図々《ずうずう》しい』と、まるで犬でも追い払うようにあしらわれてしまったそうだ。

あまりに侮蔑的な態度に憤った彼らは、兵士たちともみ合いになり、そのうちの一人を突き飛ばして負傷させてしまった。

かすり傷程度のけがだったが、兵士は激怒し、『マギトが徒党を組んでやって来て、城に攻撃を仕掛けた。わが国に害をなすつもりだ』と、王に偽りの報告をした。もともとマギトの存在を快く思っていなかった王は、兵士の言い分を信じこみ、マギトへの追放令を出したのだ。

最初は、その一国だけの問題だった。しかしその国の王は、みずからの行いを正当化するため、他国の君主にも『マギトを野放しにしては危険である』との見解を広めた。少なからぬ国の君主が、その意見に同意した。実際、特殊な力を持った少数民族のマギトを扱いあぐねている国も多かったのだ。そのうち、大陸内のほとんどの国がマギトの居住と入国を禁止した。

マギトはそれぞれの故郷を追われ、行き場を失ってしまった。さらに悪いことに、『マギトは危険』という噂が民の間にまで広がり、彼らを虐げる者も現れ始めた。マギト狩りと称し、まだ国内に隠れているマギトを捕縛しようと、自警団まで結成する地域もあったらしい。

「あなたの国、ルーディーン王国はまだましでした。最後までマギトの居住と入国を禁止せず、故郷を失った者たちを受け入れてくれたそうです。……けれど最後には、他国からの圧力に屈した」

故郷を追われたマギトたちがルーディーン王国に集まり始める頃には、大陸各国は、マギトを最果ての孤島に追放しようという計画を立てていた。『地続きのルーディーン王国にマギトがいては、近隣国が安心できない』『彼らの身柄を引き渡してほしい』――ほかの国々からの圧力に負け、ルーディーン王国も最後にはマギトの追放計画に賛同した。故郷を追われ迫害に疲弊していたマギトたちは、孤島に移住することを受け入れ、大陸を去ったのだ。

「そうしてできたのが、このマギルス王国。人間から忌み嫌われ、追い出された私たちの最果ての国」

静かにそう言って、ジュネは説明を終えた。

「事の発端となった青年は、今もこの国で生活しています。お疑いなら彼に話を聞きますか？」

「……いいえ」

そんなことをしなくても、ジュネの説明がおそらく正しいと、エリファスは感じていた。

思い返してみれば、マギトに関する大陸の伝承はどれも曖昧なものばかりだった。ここで読んだ書物やジュネの説明のほうがよほど具体的で、信憑性《しんぴょう》があるように思える。

（ルーディーン王国も追放に関わっていたなんて……）

落ちこむエリファスをよそに、ジュネは続けた。

「大陸を追われたマギトたちをまとめ上げたのが、レオン様のおじい様であるオスロ様。レオン様と同じヴァルムの完全獣人だったオスロ様が初代国王となり、この国の建国に尽力されたのです」

完全獣人という言葉は、書物で読んで学んでいた。姿は人間と同じで、獣の耳と尻尾がついた獣人を半獣人、レオンのように顔も体も獣の姿である獣人を完全獣人と呼ぶらしい。

「われわれの持つ魔力の大きさは、その獣性に比例しますから、獣の中の獣たるヴァルムの完全獣人の魔力には並外れたものがあります。オスロ様はその魔力を以《もっ》て、荒廃した土地に水源を見つけ、植物を成長させて畑を作り、疲れ果てた人々を癒やし、マギトを救ってくださったのです」

そうしてオスロの指導力により、マギルス王国は数年で国としての形を整えた。

「オスロ様は五十年ほど国を率いたのち、天寿をまっとうされました。そのあと即位されたのが、唯一のご子息だったヴィクトール様。この方もオスロ様の血を引いたヴァルムの完全獣人で、強い力で国を導かれましたが、五年前に病で亡くなられました。そのため、当時二十三歳だったレオン様が若くして王位を継がれたのです」

ということは、レオンは現在、二十八歳。ヴァルムの姿に驚き年齢を超越した存在のように思っていたけれど、意外と若いらしい。

「この国には、国王陛下のほかには完全獣人の方はいらっしゃらないのですか？」

「昔はそれなりにいたそうですがね。マギトが大陸で暮らしていた頃、人間と交わって子孫を残すにつれ、獣の血が薄れ、そのほとんどが半獣人となったのです。今では存命の完全獣人はレオン様お一人です」

「お一人だけ……」

周りは皆、人間とほぼ変わらぬ容姿で自分だけが獣の姿だなんて、孤独を感じてしまいそうだ。

けれどレオンはたった一人、若くして国王としての重責を担い、この国の民たちを守っている。

（そんな方に対して、僕はとても失礼なことをしてしまったな……）

獣の姿に怯えて悲鳴をあげただけでなく、『侵略はやめて』なんて、まるでレオンを悪者のように扱って懇願してしまった。レオンにしてみれば、見当違いもいいところだろう。

その後、マギトの生活様式についてしばらく講義を受けたが、ジュネの会議の時間が迫り、今日の王妃教育は終了となった。

「あの、ジュネさん。一度、陛下にお目通りをお願いできないでしょうか」

退室しようとするジュネに、エリファスは尋ねた。

「初日に無礼な態度をとってしまったことを、お詫びしたいんです。まだきちんとお話しもできていないですし、叶うなら近いうちに、お食事を同席したくて」

「食事ですか。まあ一応、お伝えはしますがね。ただ、あまり期待なさらないほうがよろしいかと。陛下はお忙しいですし」

そう釘《くぎ》を刺して、ジュネは去っていった。

（陛下が会ってくださるといいなぁ）

今日、レオンについても少しだけ知ることができたし、今なら初対面の時よりも落ち着いて話せるような気がする。まずはお詫びをして、それからお互いのことを理解できるよう、語り合いたい。

会えたらなにを話そうかと考えつつ書斎で書物を読んで過ごしていると、半刻ほど経ってジュネの遣いがやって来た。

「国王陛下よりお返事です。『以前申した通り、私に近づく必要はない』とのことでした」

「そうですか……」

そっけない返答に肩を落とした。食事を同席するつもりはないということだ。

やはり、初日の非礼を怒っているのだろうか。それとも、そもそもエリファスに関心がないとか。

いずれにせよ、せめてお詫びの気持ちだけは伝えたい。そのためにはどうすればいいか。

（そうだ。陛下に手紙を書くのはどうかな）

エリファスは机の隅に置いた木箱を手にとった。母国から持参した文具箱だ。

ルーディーン王国には、特殊な紙の製造技術がある。薄い羊皮紙に花びらを閉じこめた紙だ。王侯貴族のみが持つ希少な品で、祝い事や礼事《いやごと》の書状を書く時にしか用いない。

母が嫁入り道具の中に入れてくれた、大切なものだ。謝罪を書くにはふさわしいだろう。

紫の花びらで彩られた便箋を選び、エリファスは早速、レオンへの手紙をしたためた。

初日は驚いてしまい、無礼な態度をとってしまって申しわけなかったこと。今は、陛下のことを知りたいと思っていること。できれば、話をする機会をもらえたら嬉しい——丁寧に、そう記した。

書き終えた手紙を同じ紫の花を散らした封筒に入れ、蠟で封をした。

「ねぇ、ニコ。この手紙を陛下に届けたいんだけど、どうすればいいかな。誰かに預ければいい？」

「お手紙ですか。それなら、陛下の侍従長にお預けするのがいいと思いますよ」

侍従長はレオンの側近であると同時に、この城の使用人を統括する立場でもあり、普段はレオンの執務室のそばにある控えの間にいるらしい。

「僕がお預かりして渡してまいりましょうか？」

「ありがとう。でも侍従長ともお話ししてみたいから、直接渡しに行くよ」

ニコのような例外を除いて、この城の使用人たちのほとんどは自分を快く思っていないはずだ。でも、だからといって縮こまっていてはなにも変わらないし、少しでも城の人たちと交流してみたい。

ニコはすぐに侍従長のもとに赴き、在席を確認してきてくれた。控えの間にいるとのことだったので、エリファスは手紙を手に、ニコとともに侍従長のもとへ向かった。

レオンの執務室は城の三階、王の間の並びにあって、その手前に控えの間がある。

ニコがノックすると、内側から扉が開き、眼鏡をかけた初老の男性が現れた。瘦身《そうしん》で、頭には黄金色の耳が生えている。背後でふさふさ揺れている太い尻尾からして、おそらくキツネの獣人だろう。

「エリファス殿下。ご足労いただき恐縮でございます。このたびはどのようなご用件でしょうか」

口調は丁寧だが、どこか怪しむようなまなざしは、エリファスを警戒しているように見える。

気持ちが萎《しぼ》みそうになったが、こんなことでめげていてはいけない。

「実は、国王陛下にお手紙をしたためたのです。お預けしてもよろしいですか？」

そう言って、手紙を侍従長に差し出した。

「これは――」

花びらの模様がついた封筒が珍しかったのか、侍従長は一瞬、驚いたように目を見開いた。

けれどすぐに取り澄ました表情に戻り、丁重な手つきで手紙を受け取った。

「確かにお預かりしました。必ず陛下にお渡しいたします」

「ありがとうございます。よろしくお願いします」

レオンは読んでくれるだろうか。少しでもエリファスと話してみようという気持ちになってくれたらいい。レオンのほうからなにか反応をもらえたら嬉しい――。

そう思ったけれど、数日経ってもレオンから返事が来ることはなかった。

（……まあ、そうだよね。お忙しいだろうし）

けれど、一方通行でも、思いを伝えることには意味があるはずだ。

それに、母国の筆記具で手紙を書いていると、なんだか心が落ち着くような気がする。文章を書くうちに、気持ちが整理されるからだろうか。

エリファスはその後も、数日おきにレオンに手紙を書いた。重ねての謝罪に加えて、ジュネや大臣からこんなことを学んだという報告、母国ではこういう公務をしていたという自己紹介。

一方的なものだが、気が向いた時に読んで、少しでも自分のことを知ってくれたらいい。そんな思いでエリファスは筆を走らせた。


数日に一度、レオンに手紙を出し続けて半月が経った。

この半月、やはりレオンから返事はないし、会うことも、姿を見かけることすらない。

たとえ一方通行でも、もっとお互いを知りたいという気持ちを伝えるだけでも意味はある——そう思っていたけれど、ここまでなんの反応もないと、さすがに心が折れそうになる。

(婚礼の日まで本当に一度も陛下に会えないのかな)

昨日ジュネから伝えられたが、延期されていた婚礼の日取りが半月後の祭日に決まった。

式にはマギルス王国の家臣と神官一同、軍の高官、レオンの血縁である王族など、百名ほどが参加するという。

一方、ルーディーン王国側からは来賓は招かれない。人間が何人も入国すれば民がますます混乱するし、来賓にとっても危険だからだ。

マギトと人間の確執を知った今、たとえ許可されても両親や兄たちをこちらに呼ぶつもりはなかったけれど、一生に一度の婚礼に家族も呼べないのはやはり寂しい。

祝福もされず、夫に見向きもされない結婚は、予想以上につらいものだ。

（でも、『宿命の婚姻』を成すためにも、きちんと式を済ませないと）

日取りが決まって以降、式の準備もようやく本格化した。エリファスも今日は私室にこもり、式の手順や列席者について家臣からの説明を受けている。

一通り聞き終え、ニコの淹《い》れたお茶で一息入れていると、いったん退室していた先ほどの家臣が部屋の扉を叩いた。

「エリファス様。婚礼に先立ち、大神官様が殿下にご挨拶したいそうでございます」

「大神官様が？」

ルーディーン王国にも大神官はいたが、エリファスは会ったことがない。大神官は城内にある神殿で昼夜問わず祈りを捧げており、滅多に姿を見せない存在だった。

（この国の大神官様は、どんなお方なんだろう）

家臣に促され、エリファスは城の二階にある謁見の間へと向かった。国王以外の王族が正式に人と会う場合には、この謁見の間を使うらしい。

暗い王の間と違って、シャンデリアが輝く明るい広間の一番奥に、紫の天鵞絨張りの豪奢《ごうしゃ》な椅子がある。その椅子に座り、大神官を待った。

ほどなくして、朗々とした兵士の声が扉の外から聞こえた。

「大神官様のお越しです！」

両開きの扉がゆっくりと開く。その先にいた人物の姿を見て、エリファスは目を疑った。

「おぉ、おぉ。天使たる王子よ。よくぞお越しくださった」

おっとりとした朗らかな声でとことこと近づいてくるのは、エリファスの半分ほどの背丈の男性だった。年の頃は八十代くらいだろうか。白い肌に輝くような白髪を腰まで垂らし、頭には丸くて小さな白い耳がついている。

妖精めいた大神官の容姿に驚いていると、背後に控えていた家臣がエリファスに耳打ちした。

「大神官様は、フェレットの半獣人です。希少なフェレットの獣人は代々、神からの神託を降ろす特殊な力を持つといわれています」

（フェレット……！）

言われてみれば、小柄な体格や少し離れた目元が、フェレットらしい気がする。

大神官は小さな歩幅で目の前にやって来ると、つぶらな黒い瞳でエリファスを見上げた。

「天使たる王子よ。この国の神官を代表し、歓迎申し上げる」

「あ……ありがとうございます、大神官様。お会いできて光栄です」

膝を折って会釈をすると、大神官はまた一歩近づき、慰めるようにそっと手をとった。

「単身嫁いでこられて、ご心労も多いでしょう。いかがです、城にはお慣れになりましたかな？」

「あ……えぇと――」

エリファスは返答に困ってしまった。あたり障りなく頷いておくべきだろうが、まだお世辞にも慣れたとは言えないし、神に仕える大神官の前で嘘《うそ》をつくのは気が引ける。

口ごもるエリファスに、大神官は労《いた》わるようなまなざしを向けた。

「ご苦労なさっているのですな。しかし殿下、此度の神託は確かに神の強固なる意志によるもの。あなた様とレオン陛下がご結婚なされることは、まぎれもなく宿命なのです」

「宿命……」

「えぇ。この婚姻は両国にとって――否、人間とマギト、両種族にとって、必ずや意味のあるものとなるはずでございます。どうか、神のご加護があらんことを」

そう言って大神官は右手で円を描き、最後に左から右に指でまっすぐ一文字を書いた。ラフィ教において、祝福を授ける所作だ。

この国に来て初めて心から歓迎してもらえた気がして、涙がこみあげそうになる。それをぐっとこらえて感謝を述べると、大神官は満足そうに目を細めて謁見の間を出ていった。

「意味のあるもの……かぁ」

今はまだ自分がここに来た意味を見出《みいだ》せていないけれど、いつかわかる日が来るのだろうか。

いずれにせよ、大神官の言葉のおかげで前向きな気持ちが蘇《よみがえ》ってきた。

少しだけ表情を明るくして謁見の間を出ると、待機していた家臣がエリファスに声をかけてきた。

「エリファス様。このあとは、婚礼のお衣装をご試着いただきます」

「お衣装、もうできあがっているんですか？」

「えぇ。これからお部屋にお持ちいたします」

家臣に言われ、エリファスは私室で衣装の到着を楽しみに待った。

婚礼と聞いてエリファスが思い出すのは、三年前に母国で行われた長兄ダンテの式だ。

今でも、あの幸福に満ちた景色を鮮明に思い出せる。正装である淡いブルーのマントに身を包んだダンテと、ふんだんにレースがあしらわれた、白いドレスを纏った花嫁。

もちろん、自分の場合は事情が違う。ダンテの時のように祝福に満ちた婚姻ではないし、まったく歓迎されていないのだから、あそこまで煌《きら》びやかな式にはならないだろう。

それでも、婚礼衣装には国の文化や技術が凝縮されるものだ。この国の服飾文化はどのようなものなのだろうかと、期待がふくらむ。

けれど、部屋に運ばれた衣装を見て、エリファスは落胆する気持ちを抑えられなかった。

(も、喪服……?)

口に出すことこそこらえたが、目の前の衣装はどう見ても、母国でいうところの喪服だ。

裾広がりの黒い長袖のドレスで、腰の部分を金の腰巻で絞るようになっている。厚い布でできているので体のラインが出づらく、男性が着ても違和感がなさそうだ。エリファスが男性であることを考慮してのデザインだろうか。

上等の布で仕立ててくれているのはわかるが、なにしろ黒い。よく見れば胸元にアメジストのような宝石が散らされ、裾には金糸の刺繍も施してあるが、遠目に見ればやはり喪服のようだ。

到着後に作ってもらった普段着もほとんどが黒だったので、そういうものなのだろうとは思っていたけれど、婚礼の衣装まで黒で、ここまで装飾の少ないものだとは思っていなかった。

一瞬、自分が人間の国の王子で、歓迎されていないから――?　と、卑屈な思いが頭をよぎったが、衣装係とともに試着を手伝ってくれるニコは、無邪気に目をきらきらさせている。

「すごく素敵なお衣装ですね。宝石もたくさんで、とっても豪華です！」

素直にはしゃいでいる様子を見ると、ニコにとってこの衣装は違和感がないようだ。

そんなニコに、エリファスはこっそり耳打ちした。

「ねぇ、ニコ。この国の服は、ほとんどが黒だよね。どうしてかわかる？」

「うーん……考えたことがありませんでした。僕は、こういうお洋服しか見たことがなくて……」

この国で生まれ育ったニコにとっては、これが普通らしい。

そういえばニコは、エリファスが母国から持参した衣服を見て色彩の豊かさに感動していた。華やかな色の衣服がこの国にはないのだろう。

どうしてだろうと思案していると、跪いて裾を直していた衣装係の女性が口を開いた。

「染料がないからですよ」

「染料……？」

ゆっくりと顔を上げた女性は、わずかに眉間に皺《しわ》を寄せ、憮然《ぶぜん》とした表情を浮かべている。年齢は六十代くらいで、オレンジ色をしたまだら模様の耳を見るに、トラの獣人だろう。

「糸や布を染めるには、染料が必要。殿下のお国にはきっと豊富な植物染料があったのでしょうが、この国は植物の種類が少ないのです。大陸から種や苗を持ってこられなかったんですから」

女性の口調に、かすかな怒りが滲んだ。

彼女によると、大陸からこの最果ての地に移住してくる際、マギトたちは生活に必要な穀物や野菜の種をどうにか持参した。でもそれが精いっぱいで、観賞用や染物用の花の種を持ち出す余裕はなかった。だから大陸に比べ、この国の植物の種類は圧倒的に少ないのだそうだ。

代わりの染料として、貝などの動物染料を使ったり、島内にある鉱山でとれた鉱物を砕いて染料にしたりしているが、明るい色の貝や鉱物がほとんどなく、黒や濃い紫しか作れないらしい。

「お国の婚礼衣装に比べれば、こちらの衣装は暗く、貧相でしょう。けれど、これがわれわれの精いっぱい。どうぞご理解ください」

衣装係はそう言って頭を下げた。

自分の無知に心の底から羞恥が湧いてきて、エリファスは頬を染めた。

暗くて寂しい、喪服のようだと落胆したけれど、それは人間がマギトを追放した結果なのだ。

(町にも花がないと思っていたけど、それが理由だったんだ……)

到着した日、馬車の中から外の様子を眺めた際に感じた違和感を思い出す。

そもそも、この国にはどれほどの花があるのだろうか。城には小さな庭園があり、植えこみにほんの小さな白い小花は咲いているけれど、今のところエリファスが見た花といえばそのくらいだ。

「ニコ、ちょっと教えてほしいんだけど……この国に、お花ってどのくらい咲いてる?」

衣装合わせのあと尋ねてみると、ニコは困ったように考えこんでしまった。

「どのくらい……? お庭に咲いている小さくて白いお花なら、城下でも見かけますよ」

「ほかの種類はないのかな? もっと大きいのとか、違う色のとか」

「それは見たことがないです。大陸にはもっと違う種類があるんですか?」

「うん。僕が持って来た服に刺繍がしてあったでしょう? ああいうお花とか」

『花の国』と呼ばれるルーディーン王国の王族の衣装には、どれも花の刺繍が施されている。ニコも何度も見ているので、すぐにそれとわかったようだ。

「あんなに綺麗《きれい》なお花が咲くんですか。いいなぁ。僕もいつか見てみたいです」

ニコは興味津々の様子だ。もともとエリファスの母国の文化に興味を持ってくれているし、衣服を見た時も感激していた。

刺繍でなく本物の花を見せてあげたら、どれほど喜ぶだろう――そう思った時、嫁入り道具として持って来ていた、あるものを思い出した。

「そうだ、種があるよ！　少しだけど持って来てたんだった」

ニコに手伝ってもらい、クローゼットにしまった嫁入り道具の品々の中から木彫りの小箱を取り出す。中には花の種を入れた麻の袋が、種類別にいくつも入っていた。

嫁入りの支度をしていた時は、こちらでの生活がどんなものになるかわからなかったけれど、もし平和に暮らすことができたなら、母国を想って花を育てたいと考えていた。だから、ピンクや水色、黄色など、鮮やかな色の花の種を持って来ていたのだ。

「これを蒔《ま》けば、お花が咲くんですか？」

「うん。ただ、ここできちんと咲くかどうかはちょっと不安だけど……」

日陰に強い種類を選んだつもりだが、日照時間がほとんどないこの場所でも育つかどうかは疑問だし、土との相性もある。そう説明すると、ニコは肩を落とした。

「そっかぁ。僕だもっと強い魔力を持っていたら、きっと咲かせられるのに。残念です」

ニコは大地の魔力使いだ。しかし平均的な魔力では、植物の寿命を少し長持ちさせたり、土に栄養を送って肥やしたりすることが精いっぱいらしい。

「強い魔力の持ち主なら、植物を一気に成長させられるんです。初代国王のオスロ様なんて、それはすごかったそうですよ。枯れていた大地に、たった一晩で森林を作ったって伝説があるんです！」

そういえばジュネも似たようなことを話してくれた。ヴァルムの完全獣人として強い魔力を持つオスロが、荒れ果てた土地だったこの場所を耕したとか――。

「そうだ。陛下なら、咲かせられたりしないかな？」

レオンも祖父と同じヴァルムの完全獣人だし、その魔力は並外れたものだと聞いている。花を咲かせることも、レオンならたやすいのではないか。

「こ、国王陛下ですか⁉　もちろん陛下なら、咲かせられるとは思いますけど……」

エリファスの発想に、ニコは慌てたように目を白黒させている。

「花を咲かせてほしい」なんて小さなことで、国王を呼びつけるのは常識外れのことだろうか。でも、ニコに花を見せてあげたいし、エリファス自身、久々に母国の花を堪能したい。

（『望みがあればなんでも伝えてくれ』って言ってくれていたし……頼んでみてもいいよね？）

頼んだところで食事の時のように断られてしまう可能性も高いが、もしレオンが応じてくれれば初日以来初めて話ができる。

「よし。僕、陛下に頼んでみる！」

「ええっ⁉　ほ、本当ですか？」

こんなに大ごとになるとは思っていなかったのか、ニコは尻ごみしている。そんなニコを伴って侍従長のもとへ行き、レオンに言づてを頼んだ。

『陛下にお力を貸していただきたいことがあります。近く、お会いできないでしょうか』

エリファスの伝言を、侍従長は訝しそうな顔をしながらも預ってくれた。

(お会いしてくださるといいな)

期待しちゃ駄目だ——そう思いつつも、そわそわしながら私室で書物を読んでレオンを待った。けれど、昼食を終えて夕刻を過ぎてもなんの音沙汰もない。

結局その日は、レオンがエリファスのもとを訪れることはなかった。

(やっぱり駄目か……)

これまで食事の誘いも断られ、手紙の返事も一度も返ってきていない。今回も無視されて終わりかも——とは覚悟していたが、なんの反応もないとやはり気落ちしてしまう。

(いけない。じっとしてるとすぐ悪いほうに考えちゃう)

翌日の朝食後、エリファスはニコに声をかけ、気分転換にバルコニーへと向かった。

エリファスの部屋と同じ階には、城下を臨める広々としたバルコニーがある。朝はそこで雲間から弱く差しこむ光を浴びたり城下に灯る明かりを眺めたりするのが、最近のエリファスの日課だった。

(いつか町を見て回れるかな。でも、僕が外に出たらまた騒ぎになるから無理か……)

到着した日のことを思い出して、また後ろ向きな感情が頭をもたげる。軽く首を振ってそれを打ち消しバルコニーへと続く角を曲がろうとしたが、なにか大きなものにぶつかって阻まれた。

「あっ、ごめんなさ――わぁっ⁉」

顔を上げたエリファスは、思わず肩をびくつかせてあとずさった。

こちらを見下ろす紅い瞳。頭に生えた大きな角。圧倒的な貫禄を醸し出す巨軀《きょく》。

レオンだ。黒いシャツの上にゆったりとした黒い長衣を纏ったレオンが、侍従長を後ろに従えこちらに視線を落としている。

「し……失礼いたしました！　陛下っ……」

エリファスはとっさに膝をつき、礼の姿勢をとった。

頭を下げながら、大声を出したことを後悔した。初日の無礼を詫びたいと思っていたのに、突然の邂逅《かいこう》に驚き、またしても同じような反応をしてしまった。

レオンは無言のままだ。ぶつかったことに腹を立てているのだろうか。

不安に思っていると、淡々としたレオンの声が降ってきた。

「構わない。ちょうど貴殿を訪ねるところだった」

「僕を？」

「あぁ。遅くなってすまなかった。昨日のうちに訪ねたかったのだが、あいにく夜まで会議が長引いた。……力を貸してほしいことがあると聞いたが、なにか困ったことでも？」

「……」

初対面の時は薄暗がりだったけれど、ランプのついた明るい廊下で見ると、口元から覗く牙や鋭い頭の角が際立つ。

（でも、なんだろう。前よりは怖くないかも……）

会うのが二度目で少しは慣れたのか、初めての時ほどの恐怖はない。

それに、エリファスからの伝言を聞き、わざわざ時間を作ってこうして出向いてくれた。こちらからの働きかけにレオンが初めて応えてくれて、嬉しくなる。

緊張で高鳴っていた心臓が少しずつ落ち着いて、話したかったことをすんなり口に出せた。

「足をお運びくださり、ありがとうございます。実は、陛下のお力をお借りしたいことがあって」

エリファスはレオンを自室へと誘い、麻の袋に入った花の種を見せた。

「母国から持参した、花の種を咲かせたいのです。陛下ならもしかして咲かせられるのではと」

袋を差し出して説明すると、レオンはちらと中を見やったあと、わずかに顎を引いて踵《きびす》を返した。

「ついてまいれ」

「さ、咲かせてくださるのですか？」

問いかけに、レオンは一度立ち止まり、ゆっくりとこちらを振り返った。

「見たいのだろう？　母国の花が」

そう言って、再び歩き出す。

（もしかして、僕の気持ちを汲《く》んでくれた……？）

故郷を恋しく思い、少しでも母国のものを見たいという気持ちを慮《おもんぱか》ってくれたのだろうか。

「どうした。来ないのか？」

「い、いえ！　すみません、今まいります！」

いつの間にか距離が開いてしまっている。エリファスは早足にレオンのあとを追った。歩幅の大きなレオンの後ろを必死に歩き、着いたのは城の庭園だった。

「種を、そこへ」

レオンに指示され、袋の中から種を取り出した。ルーディーン王国の国花、フランカの花の種だ。ニコに手伝ってもらい、土の中にいくつかの種を蒔く。

「離れていてくれ」

短く告げてエリファスを下がらせると、レオンは種の埋まった場所に近づき、黒い毛で覆われた厚い手をかざした。

次の瞬間――信じられない光景を目にした。

土が内側から発光している。明かりの球でも埋めたかのように、レオンが手をかざした場所だけが、オレンジ色の柔らかい光を放っているのだ。

レオンの手から無数の光の粒子がきらきらと生まれて、螺旋《らせん》を描きながら土の上に降り注ぐ。

土はその粒子を受けると、ますます強く内側から輝きを放った。

一体なにが起きているのか――思考が追いつかないエリファスの眼前で、光の中から生まれ出るように、小さな緑色の芽が土からひょっこりと顔を出した。

「あっ！」

エリファスが驚いている間にも、次から次へと芽が出てくる。その芽はどんどん大きくなり、先端に花の蕾《つぼみ》をつける。今度はその蕾がみるみるうちにふくらみ、今にも綻びそうになった。

そして、レオンが小さくなにか呟《つぶや》いたのと同時、蕾が一斉に花びらを開かせた。

降り注ぐ光の粒子の中で、淡いブルーの花が揺れている。

「すごい……すごい！　咲いた！　本当に！」

咲いている。母国の花が。フランカの花が――。

「嬉しい……嬉しいです。綺麗……」

涙が出そうになる。大好きだった花。生まれ育った国の、そこかしこに咲いていた花。

遠く離れたこの夜の国で、またこの花に会えるなんて――。

「陛下、ありがとうございます！」

感動した勢いのまま、エリファスは涙を滲ませた目でレオンを見上げた。

しかしレオンは、エリファスの声も聞こえていない様子で、じっと花を見つめている。

表情は読みづらいが、その顔には少しだけ、驚嘆の色が見えた。

（もしかして――）

レオンはこのマギルス王国で生まれ育っている。だからニコと同じで、こんなに色鮮やかな花は見たことがなかったのかもしれない。

大きな体に近づいて、腕にそっとふれてみる。途端、レオンが弾かれたようにこちらを向いた。

「あの、この花……僕の瞳と同じ色なんです。アイスブルーといって、僕の国では幸福の色と呼ばれていました」

「幸福の色……」

まるで異国の言葉を口にするように、どこかたどたどしくレオンが繰り返した。

興味を持ってくれている様子に胸が弾み、瞳をもっとよく見せようと、少し身を乗り出してレオンに顔を近づけた。

レオンは軽く身じろいだものの、瞬《まばた》きもせず、エリファスと目を合わせたままでいる。

「……陛下の目の色は、宝石みたいでとても美しいですね」

血のように深い紅――ヴァルムの目の色について、大陸ではそう言い伝えられていた。

でも、血というより、ガーネットやルビーになぞらえたほうがふさわしいような気がする。

ついまじまじと見つめていると、レオンがおもむろに口を開いた。

「幸福とは、一体なんだ」

「えっ？」

「言葉は知っているが、意味を知らない。このような色をしているのか。幸福、というのは」

淡々と尋ねながら、レオンはエリファスの瞳を覗きこむように首を傾げる。

レオンの態度からは、難しいことを尋ねてエリファスを試そうとか困らせようとか、そういう意図は感じられなかった。ただ純粋に、わからないから聞いている、そんな雰囲気だ。

「えっと……」

どう返したらよいかわからず、エリファスは口ごもった。

レオンのほうからなにか質問してくるなんて初めてのことだから誠実に答えたいが、なにも言葉が出てこない。幸福の意味なんて、今まで真剣に考えたことがなかった。

「すみません、陛下。うまく説明できなくて……今度、ちゃんと答えを用意してきます」

「いや、よい。つまらぬことを聞いた。忘れてくれ」

落胆した風でもなく、レオンは緩く首を振り、城のほうへと視線を向けた。

「もういいだろうか。政務に戻らねば」

「はい。陛下、お時間を作っていただき、本当にありがとうございました」

レオンは軽く頷き歩き出したが、すぐになにかを思い出したかのように立ち止まり、エリファスに向き直った。

「貴殿からの、あの手紙……あれも、貴国の花か」

「は、はい！　リラの花びらで、ルーディーン王国の特産品なんです」

「そうか。……貴殿の思いは確かに受け取った。私の容姿に驚くのは当然だし、われわれマギトの歴史について知らなかった貴殿に罪はない。気に病むことはない」

レオンはそれだけ言うと、マントを靡《なび》かせて庭園を去っていった。

「ありがとうございます……！」

自然と頬が緩み、声が弾んだ。手紙を、ちゃんと読んでくれていたのだ。

(それにしても、さっきの質問はなんだったんだろう……？)

幸福とはなんだ――その意味を知らないなんて……。

「エリファス様！　それがエリファス様のお国のお花ですか？」

レオンの発言の真意が気がかりだったけれど、後ろから軽やかな足音とニコの声が聞こえたので、ひとまず考えを中断した。

「こんな綺麗な色のお花、初めて見ました。大陸にはこういうお花がいっぱい咲いてるんですね」

「うん。僕の国は特に花を育てやすい気候だったから……ところでニコ、どうしてさっきは遠くにいたの？」

　種を蒔き終えてから、ニコはレオンとエリファスから距離をとって、少し離れた城壁の陰に隠れるように立っていたのだ。いつもはエリファスのすぐ後ろにいてくれるのに。

「なんでもございません！　ちょっと、その、国王陛下が……」

「陛下が？」

「いえっ！　それより、お花、近くで見てもいいですか？」

　話を変えるように、ニコが花の前にしゃがみこむ。あまり深く追及してほしくない様子なので、今は聞かずにおくことにした。

　ニコは目を輝かせ、色んな角度から花を眺めている。感動している姿を見ていたら、勇気を出してレオンに頼んでよかったという思いが湧いてくる。

「エリファス様。使用人のみんなにも、このお花を見せてあげてもいいでしょうか？　きっとみんな、驚くと思うんです」

「うん、もちろん。僕も皆さんに見てほしいし」

　とは言っても、自分は皆から疎まれている身だ。人間の国の王子が持ちこんだものに、関心を示してくれるだろうか――。

不安に思っていると、ニコがなにかに気づいたように手を上げた。

「あっ、エマさん！　リリア！」

ニコの視線の先には、トラ獣人の若いメイドが二人立っていた。井戸に向かう途中なのか、洗濯かごを手に遠巻きにこちらを窺っている。

二人はエリファスを恐れるように距離を保ちながらも、好奇心の滲んだ目で花のほうを見ている。

エリファスは思いきって彼女たちに近づいた。

「こんにちは。よかったら、ご覧になりますか？」

わずかにあとずさった二人は、困ったような顔で互いに目配せし合っている。

やはり迷惑だったかと提案を引っこめようとした矢先、ニコが後ろから二人を手招いた。

「二人とも、見てください。すごく綺麗なお花なんですよ！」

同僚のニコに笑いかけられて安心したのだろう。二人はまだ戸惑った表情をしながらも、エリファスに一礼し花のそばへと近寄った。

「これ……お花なんですか？　こんなに大きくて立派なお花、見たことがないわ」

女性たちはかごを小脇にかかえたまま、しげしげと花を眺めている。

「僕の母国の国花です。幸福を象徴する花といわれていて、婚礼の際、花嫁がこの色のものをどこかに身に着けたりします。あとは生まれた赤ちゃんの部屋に飾ったり、好きな人に贈ったり」

女性たちは少し警戒心を解いた様子で、エリファスの説明に興味深そうに耳を傾けている。

「殿下のお国には、このお花のほかにも綺麗なお花がたくさん咲いているんですか……？」

「はい。色も大きさも、花びらの形も、いろんな種類があります。あっ、そうだ」

エリファスは、胸元に入れているハンカチを取り出した。

母国を出立する際、城のお針子がエリファスに贈ってくれたものだ。光沢のある白い布地に、色とりどりの糸でルーディーン王国に咲く花々が刺繍されている。

ハンカチを広げてみせると、二人は瞳を輝かせて感嘆の声を漏らした。

「この小さなお花はラリア。こちらの大輪の花はフリージアといいます。この黄色の花はすごく背が高いんです」

「まぁ。素敵……！　こんな明るい色、見たことがないわ」

二人はうっとりとハンカチに咲く花々を眺め、「これはなんていう花なんですか？」「こちらは？」と尋ねてくる。興味を示してくれるのが嬉しくて、エリファスは二人の問いに丁寧に答えた。

「こんなに素敵なお花がたくさんあるなんて……ほかのお花も、じかに見てみたいわ」

思わず、というようにメイドの一人が呟いた。もう一人も、興奮を隠しきれない声で「そうねぇ」と応じている。

(僕も、もっといろんな花を見てほしいな)

こんなに喜んでもらえるなら、できる限り多くの花を咲かせたい。

「実は、ほかの花の種もいくつか持っているんです。ただ、どう育てたらいいのか……今日は国王陛下が咲かせてくださったけど、お忙しい陛下に毎回頼るわけにもいかないですし」

「そうですよね……。エリファス様のお国では、どんな風にお花を育てていたんですか？—

「畑に種を蒔いたり、あとは温室の中で育てたり、でしょうか」

「温室って？」

幕を張ったり小屋を建てたりして、その中で植物を育てるのだと説明すると、二人はなにかひらめいたように顔を見合わせた。

「それって、光宮《こうきゅう》のことじゃない？」

城の裏手に野菜や穀物を育てる小屋があるのだと、二人は教えてくれた。城の中だけでなく、城下にも普及している設備で、この国では光宮と呼ばれているらしい。

「うちの旦那が城の光宮で働いているんですよ。今日もいるでしょうから、中が見られるかもしれません。よかったら、ご案内しましょうか？」

「ぜひ、お願いします！」

光宮は城の裏手にあるらしい。庭園を出て、ニコとともに二人のあとをついていく。

道中、二人が遠慮がちに自己紹介してくれた。リリアは十八歳で、城で働き始めて二年目。エマは城仕え七年目の二十五歳で、同じく城に勤めている庭師と結婚しているらしい。

城の裏手には泉があり、その向こうは森になっている。そして泉の手前に、ドーム型の建物があった。

「あれが光宮です。中に光の球がたくさん放たれていて、その光で植物を育てるんです」

ドームは半透明のガラス張りになっていて、中にあたたかそうなオレンジ色の光の球が無数に浮いているのが見える。

「植物を育てるだけじゃなくて、光宮の中で明るい光を楽しむ人も多いんですよ。植物を眺めながら光を浴びられるように、中にベンチを置いている光宮も城下にはいくつかあります」

光宮の中で、擬似的な日光浴を楽しんでいるということだろうか。ほとんど日の射さないこの国では、光宮は民にとって明るさを存分に堪能できる唯一の場所なのかもしれない。

「少し待ってくださいね」と言い置き、エマが小走りでドームの中に入っていった。

ほどなくして、エマは若いライオン獣人の青年を伴って戻ってきた。エマより少し年下くらいの長身の男性で、動きやすそうな黒の作業服を着ている。

「うちの旦那のリオットです。一応ここの責任者なので、なんでも聞いてください」

リオットはどこか怯えたような顔をしながらも、エリファスを見ると儀礼的に頭を下げた。

「こ、これはエリファス様……なにかご用で……？」

こわごわ尋ねるリオットに、エリファスはできるだけ丁重に話しかけた。

「突然すみません。城の中で花を育てたいのです。それで、光宮を見せていただけたらと……」

「いいでしょう？　せっかくなんだから」

エマがせっつくように肩を叩くと、リオットは戸惑いながらも了承してくれた。

「まあ、お見せするのはいいですけど……そんな珍しいもんじゃないですよ？」

そう言いながら、リオットはエリファスをドームの入口に案内し、扉を開けた。

「わぁ……！」

中に一歩足を踏み入れた途端、驚きのあまり動けなくなった。

光宮の中は無数の光の球のおかげで、まるで昼間のように明るかった。地面には緑の野菜が茂り、ドーム型の高い天井に向かって伸びるように、大木が何本も生えている。その枝には、見たことのない果物のようなものが生《な》っていた。

「すごい！」

実り豊かな環境に感動するエリファスの横で、リオットは気をよくしたように鼻をこすった。

リオットによれば、光の魔力を持った庭師がこの部屋の中に定期的に球を飛ばし、植物や野菜に光をあて続けるらしい。同時に、大地の魔力を持った者が土に力を注ぐことで、成長が速まる。

「じゃあ、この部屋の中なら花も育てられるでしょうか？」

「育てたことはありませんが、多分……。なんなら、空いてるところに種を蒔いてもらっても構いませんよ」

「本当ですか!?」

「あっ、でも、俺は花の世話の仕方はわからないですよ？」

「いいんです。場所をいただけるだけで十分です。お世話は僕が責任を持ってしますから」

「それなら、まあ……」

エリファスが満面の笑みで答えると、リオットはようやく緊張を解いたように自然な顔で笑ってくれた。

その後、皆に手伝ってもらいながら、光宮に花の種を植えた。

薄紫の花弁が特徴のカポラ。大輪の黄色の花を咲かせるマリールル。

土に一つ種を落とすたび、エリファスの心に前向きな気持ちが根づいていくような気がする。

すべての種を蒔き終え、手についた土を払っていると、エマがおずおずと声をかけてきた。

「あの、エリファス様。花のお世話、よかったら私たちもお手伝いしますわ」

「えっ、いいんですか？」

「ええ。エリファス様がいらっしゃる前は、その……どんなお方なのかしらって、不安もあったのですけれど。こうしてお話ししてみると、お優しい方のようですし……」

リリアと目配せしながら、エマは少し照れくさそうにほほ笑んでいる。その後ろで、リオットも同意するように小さく頷いた。

「ありがとうございます！」

愛するルーディーン王国の花と、それを咲かせてくれたレオンのおかげで、城の人たちと少し心を通わせられたような気がする。

(ありがとうございます。陛下)

不思議なものだ。初めての対面の時は、レオンをあれだけ恐れたのに。

今、レオンに対して感じるのは、心からの感謝――それだけだった。


それから、毎日光宮に赴いて花に水をやることがエリファスの日課になった。

「このくらいかな？　あんまり水をやりすぎると根腐れしちゃうもんね」

リオットから借りたじょうろで、心をこめて水を撒《ま》く。

「元気に育つんだよ。早く会いたいなぁ」

まだ芽も出ていない平らな土に優しく声をかけていると、光宮の扉が開き、リリアが誰かを伴ってこちらに向かってきた。

「エリファス様、こんにちは。実は私の同僚が、お花を育てるのを手伝いたいと言ってるんです」

リリアの後ろからおずおずと顔を出したのは、若いチーター獣人の女性だ。

「彼女、大地の魔力使いなんです。あの庭のお花を見て、興味を持ったんですって」

「なにか、お力になれればいいんですけど……」

控えめにそう言ってくるメイドに、エリファスは「ありがとうございます」と笑いかけた。

この数日、こんな風に光宮を訪れ、手伝いを申し出てくれる人が現れ始めた。エマやリリア、リオットが、『エリファス様が光宮で花を育てている』と、使用人仲間に話しているからだ。

「エリファス様は怖くなんてないし、私たちと親しくしたがっている、って言ったら、皆、話してみようかなって。エリファス様と話したがっている人は多いんですよ」

「本当ですか。そういえば最近、すれ違った時にほほ笑んでくださる方も増えたような……」

若い世代の使用人たちは追放を経験していないし、人間についても実際は多くを知らない。人間は恐ろしい、憎むべき存在――そう教えられてきた者も多いようだが、実際にエリファスの姿を見て、少しずつ警戒心を解いてくれている人もいるようだ。年配の使用人とはまだ打ち解けられていないが、城内で笑みを交わせる人が増えただけでも心強かった。

その後、リリアたちと話しながら水やりを終え、仕事に戻る二人と別れ、レオンが咲かせてくれた花のある庭園へと足を運んだ。

フランカの花はまだ綺麗に咲いていて、花びらにも張りがある。

「早くほかの花も見たいな」

ニコや使用人の皆にも、早くたくさんの花を見せたい。色とりどりの花を見たら、きっと喜んでくれるだろうし、まだ話したことのない使用人との会話の糸口になるかもしれない。

明るい想像をしながら立ち上がり、軽く伸びをする。月の位置を見るに、もう夕刻だ。

そろそろ私室に戻ろうとした時、視界の端に黒い影が映った。ハッとして、そちらに視線を向ける。

「あ、陛下……！」

レオンだった。城のバルコニーに一人佇《たたず》み、静かにこちらを見下ろしている。

膝を折ってお辞儀をすると、レオンは応えるように軽く顎を引いた。

とっさにバルコニーに向かおうと足を踏み出しかけた。レオンが咲かせてくれた花をきっかけとして城の人たちと交流できていることを報告し、お礼を言いたいと考えていたからだ。

けれどレオンは、エリファスを制するように手を上げると、バルコニーから立ち去ってしまった。

「行っちゃった……」

せっかく顔を合わせられたのにと肩を落としたエリファスは、あることに気づいた。

最近、こんな風にレオンを見かける機会が増えた気がする。

花を咲かせてもらう前は、城内でレオンとすれ違うことすらなかった。それなのに、庭で話をしたあの日以降、二日に一度はこうして姿を見ている。

こちらに関心を持ってくれているなら嬉しいが、そういうわけでもなさそうだ。エリファスがレオンに気づいて近づこうとすると、今のようにすぐにその場を離れてしまう。

（もしかして、監視されてる？）

使用人たちと交流していることを、誰かから聞いたのかもしれない。それで、人間の国の王子がマギトに害をなそうとしていないか、目を光らせているとか。

人間とマギトの確執を思えば警戒されるのも仕方のないことだけれど、夫となるレオンにも信用されていないのだとしたらショックだ。

エリファスのほうは、何度か姿を見かけるうち、ヴァルム獣人の姿にも徐々に慣れてきた。今は近づくのを恐れる気持ちはないし、むしろもっと話してみたいと思っている。

でも、レオンはいつも人を寄せつけない雰囲気を放っている。

母国では、国王である父はいつも人に囲まれていた。周りを取り巻く家臣ももっと多かったし、使用人も大勢使っていた。

それに比べて、レオンは周囲にほとんど人を侍《はべ》らせていない。ジュネや侍従長を伴っていることはあるが、たいていは一人だ。

（他人が嫌い、なのかな）

エリファスに対して『形式上の夫婦でいい』と言った、あの言葉の真意もまだよくわからない。エリファスに対する気遣いなのか、人間の国の王子に近づくのが本当は嫌なのか、それとも単にエリファスに興味がないのか。

もう一つ解せないのは、庭で投げかけられた、あの質問だ。

幸福の意味を知らないと、レオンは言った。あの言葉は本当だろうか。生まれてこのかた、幸せだと感じたことがないということか。

もっとレオンと話をして、その内面を理解したい。けれどその機会すら与えてもらえないことが、ひどくもどかしい。

エリファスは、仲睦《むつ》まじかった両親のことを思い出した。政略結婚だったそうだが、二人は息子の目から見てもほほ笑ましいほど愛し合い、いつも互いを気にかけ、支え合っていた。

母はよく言っていた。お前もいつか結婚することになるだろうけれど、相手がどんな人であろうと、自分から歩み寄りなさい。相手の心に寄り添おうと努めることが大切なのよ——と。

でも、近づこうとするたび遠ざかっていく相手に、どう寄り添えばいいのだろう。

レオンとの距離が縮まらない中でも光宮の花は確実に成長し、種を蒔いてから半月が経つと、平らだった土から小さな芽が出始めた。

「本当に芽が出ましたね！　よかったわ」

「あとどれくらいで咲くのかしら。楽しみですね」

花壇の前にしゃがんだエマとリリアが、目を細めて緑色の若芽を愛《め》でている。

レオンのように一日で咲かせられるわけではないが、ほとんど日の射さないこの国でもマギトの生み出した光をあて、大地の魔力を注げば花を育てられることがわかった。

いつしか、光宮に芽を見に来る人の数が増えた。ニコによれば、いまや城のほとんどの使用人が、光宮にある花のことを話題にし、気にかけてくれているらしい。

「庭のお花も、まだ綺麗に咲いていますね。あとどのくらい保ちそうですか？」

「うーん、半月くらいでしょうか。大陸とは条件が違うから、なんとも言えないですけど」

「半月……もっと楽しんでいたいわ。せっかく咲いたのに、もったいないですね」

「そうですね。でも、種をとればまた蒔くことができますし。あ、それに、切り花にして乾燥させて、ドライフラワーにすることもできるんですよ」

エリファスが答えると、エマとリリアは頰を染めて目を輝かせた。

「そうだわ、エリファス様。あのお花を切り花にして、婚礼の日に飾られてはいかがですか？　胸元に刺すとか。以前、おっしゃっていたでしょう？　お国では、婚礼の時に花嫁がこのお花を身に着けるって」

エマの言葉に、リリアも「素敵！」とはしゃいでいる。

思ってもみなかった提案に、エリファスは驚きながらも賛同した。

「僕も、この花と一緒に婚礼を迎えられたら嬉しいです」

母国からの招待客が一人もいない婚礼式だ。せめて愛する母国の花に、花嫁姿を見守ってほしい。

（でも、勝手に衣装に手を加えていいのかな……）

正式な式典の衣装だし、独断で装飾を加えるのは気が引ける。

どうしようかと思案しながら光宮を出て、城への帰路を歩いていると、蹄《ひづめ》と車輪の音が聞こえた。

一台の馬車が、城の入口に停車するところだった。通常のものより一回り大きな車体——あれは、レオンの乗る馬車だ。

考えるより先に、エリファスはそちらに向かって駆けていた。

この半月、姿を見かけて話しかけようとしても、やはり遠ざけられてばかりだった。でも今なら、レオンが立ち去ってしまう前に追いつけるはずだ。

迎えの兵士が恭しく扉を開け、中からジュネ、そしてレオンが降りてくる。

「陛下！」

エリファスの声に反応し、城の中に入ろうとしていたレオンが歩みを止めてこちらを向いた。突然声をかけられて驚いたのか、ぱち、ぱちと、大きく瞬きをしている。

「いかがいたした」

「えっと……お伺いしたいことがあるんです。陛下に咲かせていただいたお花を、婚礼のお衣装に飾ってもいいでしょうか？」

「あの花を？」

「はい。あのお花と一緒に婚礼を迎えられたら、嬉しいなと思って……」

説明しているうちに、なんだか恥ずかしくなってきた。レオンの背後にいるジュネが変な顔をしている。そんなことで国王を引き留めるなんてと、呆れられているに違いない。

けれどレオンは気にした素振りもなく、泰然と頷いた。

「あぁ。貴殿の衣装だ。好きに飾るとよい」

相変わらずの無表情だけれど、鬱陶《うっとう》しく思っている様子は感じられない。

エリファスは少しホッとして、頬を緩めた。

「あの……この前は、お花を咲かせてくださってありがとうございました。あのお花のおかげで、お城の人たちとも話せるようになったんです」

ずっと伝えたかった感謝を、エリファスはまっすぐ言葉にした。レオンが花を咲かせてくれなかったら、今でも城の人たちと交流できずにいただろうから、ずっとお礼が言いたかったのだ。

レオンは無言のまま、エリファスをじっと見据えている。その瞳の中に感情のかけらを探したくて、エリファスも臆さずレオンを見つめ返したが、なにも見つけることはできなかった。

やがてレオンは、視線を外してエリファスに背を向けた。

「礼を言われるほどのことはしていない。なにかがよいほうに変わったとしたら、それは貴殿自身の力だ」

「あっ……待ってください！」

もう一つだけ、伝えたいことがあった。思わずマントを摑《つか》んで引き留めると、レオンが弾かれたように振り返った。

「幸福とはなんだって、尋ねてくださいましたよね。お庭で、花を咲かせてくださった時に」

「あぁ。確かに聞いた」

「あれからずっと、考えていたのですが……多分、大切な人と一緒にいて楽しいとか、そういう気持ちのことだと思います」

自分にとって幸福とはなんだろう。そう考えた時、答えはそれしか浮かばなかった。

父や母、兄たちと笑い合いながら食事をした、あのあたたかい時間。王子として民と言葉を交わし、幼い子どもたちとふれ合った、充実の時間。

大切な人のそばにいる時の、胸が弾んで自然と笑顔になるあの感覚――それこそが、エリファスにとっての幸福だった。

「そうか。それは……私が知らぬはずだな」

ひとり言のように呟いて、レオンが城へと去っていく。

ジュネがなにか言いたげにこちらを見たが、諦めたように唇を結び、レオンを追っていった。

「余計なことを言っちゃったかな……」

半月前の会話を蒸し返したりして、しつこかっただろうか。エリファスとしては、レオンからの問いに真摯《しんし》に向き合いたくて答えを探したのだけれど。

それにしても、レオンの先ほどの返答が気にかかる。

大切な人と一緒にいて楽しい――そういう気持ちを、経験したことがないということだろうか。

レオンにいつも一人でいる。他人が嫌いで、みずからそうしているのかと思っていたけれど、もしそうではないとしたら。幸福の意味を、知る機会すらなかったのだとしたら――。
それはなんて寂しいことなのだろう。

◇　◇　◇

細い筆が、唇に紅を引いていく。くすぐったさに身じろぎしそうになるのを、必死にこらえる。

ついに迎えた、婚礼の日。

婚礼衣装に着替えたエリファスは、私室の鏡台で化粧を施されていた。

「エリファス様、とってもお綺麗ですよ！」

後ろに控えるニコが笑顔でそう言ってくれるが、化粧なんて初めてで、正直落ち着かない。

目を瞑《つむ》ってくすぐったさに耐えていると、化粧師に「終わりました」と声をかけられた。

エリファスは椅子から立ち上がり、姿見の前に立った。

試着の際と変わらない、黒い長袖のドレスだ。胸元に縫われた紫の宝石と刺繍のほかは装飾のない、シンプルな衣装——でも、試着の時とは違うことが一つだけある。

衣装の胸元には、レオンが咲かせてくれたフランカの花が刺されている。

レオンにいいと言われたので、衣装係にも相談し、胸元に飾ったのだ。

庭園に咲いた花の中から一輪、エマやリリア、リオットが一緒に選んでくれた。これがいい、あっちのほうが衣装に合うと、自分のことのように真剣に選んでくれた様子を思い出すと、自然と笑みがこぼれる。

準備が整うと、頃合いを見計らったかのように家臣と近衛兵が迎えに来た。

これからレオンとともに城を出て、王都の大聖堂で婚礼の式を挙げる。

城の外に出るのは到着した日以来なので、それだけで緊張してしまう。

頭から被った黒いベールに視界を遮られながら、慎重に階段を降りる。踊り場から見下ろしたエントランスには、二十人ほどの使用人たちが見送りのためにずらりと並んでいた。

まだ警戒心のこもった目を向けてくる者もいるけれど、エリファスを見て笑みを浮かべてくれる者もいる。列に並んだエマやリリア、リオットは、ひときわ明るい笑顔で、励ますようにエリファスを見てくれている。その表情を心強く感じながら、最後の階段を降りた。

家臣に促され、扉の前に立つ。しばらく待っていると、侍従長が声を張りあげた。

「国王陛下のお越しです！」

使用人が一斉に跪き、レオンを迎える。エリファスも膝を折って待った。

コツ、コツと、重い足音が近づき、階段の上にレオンが姿を現した。

（わぁ……）

少しだけ視線を持ち上げたエリファスは、普段と違う装いのレオンに思わず息をのんだ。

軍服のような黒い立ち襟の衣装に、光沢のある分厚い黒のマント。肩からは儀礼用のサッシュがかけられ、マントには金糸銀糸で刺繡が施されている。中に着ている衣装の胸元には宝石のブローチがいくつも着けられ、マントを留める金色の鎖も、とりわけ強く光を放っている。

威厳あふれる姿だ。この国の、マギトの王としての姿――。

レオンは悠然と階段を降り、こちらに向かって歩いてくる。

結局今日まで、レオンとの距離を縮めることはできなかった。

（このまま、本当に仮面夫婦みたいになっちゃうのかな……）

交流の糸口さえ摑めず、途方に暮れる気持ちもある。

でも、ここへ来てからまだ二月も経っていないのだから、諦めるには早いとも思う。

城の人たちとも少しずつ打ち解けることができたのだ。レオンとも、ゆっくりでいいから親しくなりたい――婚礼を前に、エリファスはそんな思いでいた。

今日は夫婦としての始まりの日だ。きちんと前を向いて、顔を上げて臨みたい。

（あれ――？）

気を引き締めてすぐ、視界の隅に映る様子にふと違和感を覚えた。ピリピリと張りつめた空気が頬を撫でる。

そこには体を硬直させ、きつく拳を握りしめる使用人たちがいた。その様子はまるで、極限の緊張状態に身を置いているかのように見える。

まさかとは思ったが、深々と頭を下げているニコも、どこかビクビクしている様子だ。

（そういえば……花を咲かせてもらったあの日も、ニコは陛下がいる間、離れていた）

皆の態度を不審に思っている間に、レオンが目の前に立っていた。

「まいろうか」

感情の読み取れない平坦な口調でそう言って、レオンは大きな手を差し出した。

「はい、陛下」

その大きな手に対する恐怖はもうない。母国の花を咲かせてくれた手だ。エリファスは落ち着いた気持ちで、レオンの手に自分の手を重ねた。

「いってらっしゃいませ」

使用人たちの硬い声に送られ、エリファスは馬車に乗り、レオンとともに大聖堂へと向かった。


王都の中心にある大聖堂は、灰色の石造りの、見上げるほど大きな建物だった。ドーム型になった天井にはステンドグラスがはめこまれ、荘厳な雰囲気を醸している。

入口から祭壇まで伸びた紫色の絨毯の上を、レオンの腕に手を添えながら、ゆっくりと歩く。

聖堂の最奥では、大神官が祭壇を背に、聖杖《せいじょう》を持って立っている。

二人の両脇には、総勢百名ほどの招待客が顔を揃えている。軍服を着ているのが軍の高官たち。黒いタキシード姿の紳士やドレス姿の夫人はきっと、レオンの親族である地方貴族たちだろう。

（やっぱり、ヴァルムの獣人は陛下だけなんだな）

軍人はもちろん、地方貴族たちも皆、ライオンや狼の半獣人のようで、レオンのようなヴァルムの完全獣人は見あたらない。ジュネに教えられた通り、レオンは王族の中でも唯一のヴァルムの末裔《まつえい》であり、マギトの中でも際立った存在なのだろう。

（それにしても、視線が気になる……）

単に物珍しそうな視線を向けてくる者もいれば、冷たいまなざしを向けてくる者もいる。視線でちくちく刺されているようで、つい俯きそうになってしまう。

でも、前を向き、顔を上げて臨もうと決めたばかりだ。その決意通り、毅然と前を見据えて歩く。

そこでふと、気がついた。

来客はエリファスに視線を向けたあと、決まってレオンをちらりと見て、遠慮ぎみに逸らす。レオンの親族であるはずの地方貴族たちまで、皆がそのような態度なのだ。

（やっぱり……この人たちも陛下のことを怖がっているんだ。もしかして、陛下がいつも一人でいるのもそのせい……？）

自分が畏怖されていると知っているから、レオンはあえて人を遠ざけているのかもしれない。もしそうなら、幸福の意味を知らないというあの発言にも合点がいくような気がした。周囲から怯えられる容姿のせいで孤独を選ばざるを得なかったのだとしたら、誰かとともにいて楽しいという気持ちを感じる機会もなかったのではないか――。

表情をぴくりとも動かさずに歩くレオンの横顔を窺っているうちに、祭壇の前にたどり着いた。

「これより、婚礼の儀を執り行う」

大神官の朗らかな声が、聖堂に響く。

「汝《なんじ》、レオン・マギルスは、エリファス・ルーディーンを生涯の伴侶とし、その頬に涙伝う時は拭い、その顔に笑み浮かぶ時はともに喜び、死が二人を分かつまで、ともに生きることを誓うか」

「誓約する」

レオンが短く答えると、大神官がエリファスのほうを向いた。

「汝、エリファス・ルーディーンは、レオン・マギルスを生涯の伴侶とし、その頬に涙伝う時は拭い、その顔に笑み浮かぶ時はともに喜び、死が二人を分かつまで、ともに生きることを誓うか」

「誓います」

頷きながら、はっきりと答えた。

大神官が二人に歩み寄り、手にした聖杖を持ち上げた。まずレオンにそれをかざし、大きく振る。先についた金銀の飾りが、シャラシャラと音を立てた。

続いて、大神官はエリファスにも同じ仕草をした。

二人の魂が強く結びつき、未来永劫《えいごう》離れぬようにとのまじないだ。

「これにて婚儀は成立した。新たな夫婦に、祝福があらんことを」

大神官の言葉に続いて、来賓たちから拍手が贈られる。

これで『宿命の婚姻』は成された。神の意志である神託の内容は果たされたのだから、この国や母国に神罰が下ることはないだろう。

レオンの言葉に従うなら、あとは肩書き上の王妃として、この国にただいるだけでいい。神託の内容を果たすための仮面夫婦なのだから、仲を深めて理解し合う必要はない。

(でも、僕は……できるなら、陛下ともっと親しくなりたい)

ラフィ教において、離婚は大罪だ。婚姻の誓約を交わした以上、エリファスにとっての伴侶は生涯、隣に立つレオンただ一人。そしてレオンにとっても、伴侶はエリファスただ一人となる。

経緯はどうあれ、こうして出会い、誓いを交わし合い、互いにとって唯一の相手となった。それなら誓いの言葉通りに、喜びや悲しみを分かち合える夫婦になりたい。

(それに――)

いつかレオンに、一緒にいて楽しいと――幸せだと、そう感じてほしい。エリファスはいつしか、そう思うようになっていた。

押しつけがましい考えかもしれない。でも、幸福とはなんだと尋ねてきた、あの時のレオンの不思議そうな表情を思い出すと、胸が締めつけられるような切なさに襲われ、レオンのためになにかしたいという気持ちになるのだ。

今やエリファスは、レオンにとって唯一の家族だ。この先、命が尽きるまでともに過ごしていくのなら、互いに幸せを感じ合える関係を育みたい。いや、そうできるよう、努力しよう。

大聖堂にこだまする拍手の中、エリファスは静かに決意を固めていた。


婚礼の式が終わると、エリファスはレオンとともに大聖堂を出た。

出入口には、ここまで乗って来たのと同じ、二頭立ての重厚な馬車が待機している。

ここに来るまでの道中は馬車の窓に幕が引かれていたが、今は開け放たれていた。

大聖堂から王城に戻るまでの道中は、馬車の中から国王と新王妃が民に手を振る、お披露目の馬車行列が行われる。

大陸の国々でも行われているしきたりだ。国王に嫁いだ花嫁は、民の前にその姿を見せて初めて正式に王妃として認められる。そのため、この馬車行列は必要不可欠の儀式なのだ。

到着初日のことを思い出すと、馬車行列は正直怖い。またあんな風に騒ぎになり罵声を浴びせられるのかと思うと、体がこわばってしまう。

「どうした。気分が悪いか？」

「い、いえ。大丈夫です！」

レオンが馬車の中から手を差し出している。胸に渦巻く不安を振り払い、その手をとって馬車に乗りこんだ。

レオンとの関係を育むために努力したい——先ほどそう決意したが、それはこの国の民に対しても同じだ。王妃としてこの国の人たちに認めてもらえるよう、自分からマギトに歩み寄らねばならない。怖がっている場合ではないのだ。

「国王陛下、ならびに新王妃、ご出立ー！」

近衛連隊の兵士が朗々と声を張りあげたのと同時に、馬車が走り出した。

馬車はまず、三角屋根の家々が並ぶ住宅地を走り始めた。

大聖堂から城までは、商店の立ち並ぶ大通りを駆けていけばすぐらしいが、多くの民に新王妃の姿をお披露目するため、あえて遠回りするのだという。

エリファスは軽く頬を叩いて、硬くなった顔の筋肉をほぐした。沿道に人が見えたら、こちらのほうから笑顔で手を振るのだ。マギトに対して敵意は持っていないと、態度で示すために。

けれど、しばらく窓の外を眺めるうちに違和感を覚え始めた。

（なんだか静かだな……）

いくら走っても、沿道には人の姿が見えない。今日、馬車行列が行われることは、城下にも通達されているはずなのに。

通り過ぎる家の窓はすべて閉め切られている。

もしかして、王妃の姿を見たくないから、誰も通りに出ていないのではないか？

噴水のある広場のような場所を通り過ぎ、商店の並ぶ大通りを走り始めた時、エリファスの予感は確信に変わった。

（やっぱりそうだ。人がいない……！）

大聖堂に向かうまでの間にも、違和感はあった。大陸では、王族の結婚式の日は朝から屋台や市が立ってお祭り騒ぎになる。でも今朝、町は祝福ムードのひとかけらもなく、静まり返っていた。

今も、まるで国中が喪に服しているのかと疑うほどの静寂が、あたり一帯に漂っている。

青ざめながら閑散とした町を見つめていると、前方の家の門が開き子どもが駆け出してきた。五歳くらいの男の子だ。馬車の音に興味を惹《ひ》かれたのか、物珍しそうな顔をこちらに向けている。

エリファスが勇気を出して手を振ると、男の子はきょとんとしながらも手を振り返してくれた。

けれどすぐに母親が家から飛び出してきて、必死の形相で子どもを抱きかかえていった。

まるで恐ろしい罪人から子どもを守ろうとするかのようなその様子を見て、エリファスは思い知らされた。

自分がどれほど疎まれ、怯えられているのかを。

自分たちを迫害し、追放した人間の国。そんな国から来た花嫁など見たくない。歓迎するつもりもない——この寂しい光景は、マギトたちの意志表示だ。

「どうした、王妃。顔色が悪い」

「あ……いえ。あの……」

レオンが様子を窺うように、こちらに顔を向けている。笑顔を作ってごまかそうとしたが、頬が引き攣《つ》るばかりで表情は少しも動いてくれない。

「……申しわけありません。陛下」

「なぜ謝る？」

「僕のせいで、こんなに寂しいお披露目になってしまって……」

話しているうちに、声がみっともなく震えた。

わかっているつもりだった。この国の人たちに歓迎されていないことは。

でもそれを、晴れの日である婚礼当日に、まざまざと見せつけられるとは思っていなかった。

この数週間で、城の人たちと打ち解けることができたから、楽観的に考えすぎたのかもしれない。

到着初日、ジュネは言っていた。『あなたを花嫁として迎えることを発表した途端、民がレオン様への疑念や不信感を口にし始めている』と。

やはり自分はこの国にとって、災厄でしかないのではないか――。

気を抜いたら涙があふれそうで、きつく唇を噛《か》んだその時、レオンが言った。

「気にすることはない。見物人が少ないのは、貴殿のせいではない。私の問題でもある」

「え？」

「私の姿は、民にとっても恐ろしいもののようだから」

つけ足されたその言葉に、エリファスは今朝から感じていた違和感が正しかったことを悟った。やはりマギトにとっても、獣の中の獣であるヴァルム獣人の姿は恐ろしいのだろう。

ただ、今のこの状況はレオンのせいではないはずだ。

ジュネは、レオンへの民の信頼は篤いと話していた。畏怖の気持ちはあれ、国王としては信望されているのだろうし、王妃が自分ではなくマギトだったなら、こんなことにはなっていないだろう。

でも、レオンは気遣って、エリファスのせいではない、気にするなと言ってくれている。

「……お気遣い、ありがとうございます。陛下」

どうにか唇の端を持ち上げて、レオンにほほ笑みかけた。

レオンは変わらず無表情のままだ。目は合っているものの、本当にエリファスを見ているのかさえ判然としない。

この一月《ひとつき》もそうだった。レオンは時々、エリファスを遠くから見ていたが、その瞳にはおよそ感情が浮かんでいなかった。加えて、ほとんど喋《しゃべ》らないからなにを考えているのかわからない。

「あの……陛下。今、どんなことを思っていらっしゃいますか？」

エリファスの問いに、レオンが訝るように眉根を寄せた。

「僕は、陛下の考えていることをもっと理解したいと思っています。だから、今感じていることを言葉にしていただけませんか」

「言葉に……」

「はい。どんな些細《ささい》なことでもいいんです」

「疲れた」でも「腹が減った」でも、エリファスに対する疑念であっても構わない。なにかレオンの口から、感情を表現する言葉が聞きたかった。顔に出なくとも、レオンも色々なことを感じ考えているはずで、その一端でも教えてほしいと思う。

レオンは何度か目をしばたたかせたあと、思案するように顎にふれた。たてがみを撫でる手は徐々に下へと下がり、胸のあたりで止まる。

自分の心になにか問うように、レオンはじっと胸に手をあてている。

しばらくして、ためらいがちに顔を上げたレオンが、うっすらと口を開いた。なにか話してくれるだろうかと、期待に身を乗り出す。

しかし次の瞬間、目の前の顔に険しい表情が浮かんだ。

「動くな」

「えっ？」

視界が黒で覆われた。レオンに抱き寄せられているのだと理解するのに、数秒かかった。

（えっ……えっ⁉）

厚く逞《たくま》しい胸板に顔を押しつけられ、あたたかい体温に包まれている。

「身を低くしていろ」

頭を抱きかかえるようにして、レオンがエリファスの体ごと腕に閉じこめてくる。

次の瞬間、エリファス側の窓になにかがぶつかった。鈍い音がして、ガラスに衝撃が走る。

レオンの腕の中から窓を振り返った時、エリファスは信じられないものを目にした。

火の玉だ。小さな火の玉が、次々に馬車めがけて飛んでくる。

「ひっ……！」

ひときわ大きな火の玉が、ガラスの真ん中に命中した。ひびが入ったのか、嫌な音がした。

思わず身をすくめると、エリファスを抱くレオンの腕に力がこもる。

「案ずるな。必ず守る」

レオンが短くそう囁《ささや》いた。驚いて見上げようとしたけれど、囲いこむように抱きしめられていて、それも叶わない。

窓越しに、兵士たちの怒声が聞こえる。ほどなくして、馬車が速度を落として停まった。

兵士が誰かと言い争う声がする。レオンの腕から抜け出し、そっと窓の外を窺うと、兵士が五、六人の男女を捕らえ、腕をねじり上げて地面に伏せさせていた。

外灯の光に照らされて、彼らの顔が見える。

六十代か七十代くらいの男女だ。彼らは兵士に対して激しく抵抗し、口々になにか喚《わめ》いている。

耳を澄ませると、狂気を帯びた怒声がエリファスの鼓膜を震わせた。

「こんな結婚は無効だ！　人間の王妃なんていらない！」

「人間は大陸に帰れー！」

「人間は俺たちの敵だー！」

自分の嫁入りに抗議する人々が、馬車を攻撃したのだ。

（陛下だって乗っているのに……それほどまでに、僕は憎まれている……？）

じわりと涙が滲んだその時、耳にあたたかなものがふれて一気に音が遠くなった。

レオンの大きな手が、エリファスの両耳を塞いでいる。

「聞かなくてよい。貴殿はなにも悪くはない」

塞がれている中でも、レオンの低く響く声は、なぜかエリファスの耳に届いた。

「ここにいろ」

「あっ、陛下！」

レオンが馬車の扉を開け、外に出た。

「陛下！　中にいてください！」

止める兵士を手で制して、レオンはゆっくりと彼らに近づいていく。

捕らえられた者たちは、まさか国王が目の前までやって来ると思っていなかったのか、抵抗をやめ、硬直したように身を固めている。

息をのむ彼らの前に立つと、レオンが無造作に太く長い尻尾をブンと一振りした。途端、ひぃっと大きな悲鳴があがる。

「――わが妃に危害を加えるとは、どのような了見だ」

地響きのように声が轟《とどろ》き、空気が一気に凍りつくのが馬車の中にいるエリファスにもわかった。

「この者は神の意志により正当に選ばれた、わが妃。その妃への愚弄は、この私が許さぬ。彼に唾吐く行いは、私に唾吐く行いと同じと思え」

そう言い放つレオンの背中からは、恐ろしいほどの覇気が放たれていた。

兵士に取り押さえられた者たちは震えあがり、言葉を失っている。レオンは彼らを睥睨《へいげい》すると、マントを翻し馬車に戻ってきた。

「馬車行列は中止だ。できる限り早く城へ。王妃の安全が第一である」

「は……はっ、承知しました！」

兵士が我に返ったように敬礼し、御者《ぎょしゃ》に指示を出す。馬車は転がるように城へと戻っていった。


城に到着すると、レオンはエリファスを横抱きにかかえ上げ、中へと入った。

「陛下、王妃殿下！　どうなさったのですか!?」

うろたえる使用人の声にも耳を貸さず、レオンはまっすぐに王妃の私室に向かい、ソファにそっとエリファスを降ろした。

「大事ないか。けがは？」

「大丈夫、です……」

まだ事態を飲みこみ切れず呆然としたまま返事をするエリファスの前に、黒く大きな体が膝をついた。

「すまなかった」

「どうして、陛下が謝るんですか……？」

その真意がわからず尋ねると、レオンは視線を床に落としたまま、苦さを含んだ口調で答えた。

「貴殿がこの国で安全に暮らせるよう取り計らうのは、夫である私の最大の義務だ。その義務を果たせるよう、日頃から努めてきたつもりではあったが……結局、このような目に遭わせてしまった。すまなかった」

角の生えた頭をさらに深く下げられて、エリファスは慌てた。一国の王に伏して詫びられては、こちらのほうが困惑してしまう。

とにかく顔を上げてもらわなければと、レオンの肩にふれようとした直前、エリファスはここ最近のことを思い出した。

（お城の中で、陛下に見張られているような気がしていたけど……もしかしてあれは、僕が危険な目に遭っていないか、気にかけてくれていた？）

どうして遠くからこちらを見ているのか、ずっと腑《ふ》に落ちなかった。でも、今のレオンの言葉と照らし合わせれば、あの行動の意図がわかったような気がした。

エリファスが城の中で問題なく過ごせているか、つらい思いをしていないか、レオンなりに見守ってくれていたのではないか。

(この方は……本当は、優しい方なんだな)

花を咲かせてくれた時から薄々感じていたけれど、今、確信に変わった。

寡黙で、表情もいつも変わらないから心の内がわかりづらい。人を遠ざけ、常に一人でいるせいで、自分の気持ちを誰かに伝えるのが苦手なのだろう。

でもレオンには、他者を気遣う心がある。

エリファスは、まだ頭を下げているレオンの肩に、そっと手を置いた。

「陛下。どうか頭を上げてください。むしろ僕はお礼を言いたいです」

逡巡《しゅんじゅん》するような間ののち、レオンがゆっくりと顔を上げる。

「確かに怖かったけど……陛下が『守る』と言ってくださって、心強かったです。だから……ありがとうございます」

ソファを降り、片膝をついて一度頭を下げたあと、エリファスはレオンにほほ笑みかけた。感謝の思いをこめて。

その刹那、深紅の瞳がわずかに見開かれた。

この表情は見たことがある。城の庭園で、母国の花を咲かせてもらった時だ。

あの時と同じで、レオンは今、驚いているのだろうか。

心情を読み取りたくて、じっと瞳を見つめていると、牙の生えた口がうっすらと開いた。

なにか言おうとしている。もしかしたら、先ほどのエリファスの願いを受け、感じていることを言葉にしようとしてくれているのかもしれない。

思わず身を乗り出したところで、扉がノックされた。ハッと息をのんだレオンが立ち上がり、「入れ」と短く告げる。

レオンの言葉を聞きそびれたことを残念に感じたが、扉を開けて入室してきたジュネの表情を見て、今はそれどころではないと思い直した。いつも冷静な態度を崩さないジュネが、いかにも深刻そうな顔をしている。

「襲撃の詳細はわかったか」

「はい。ご報告申し上げます。ただ、場所を変えたほうがよろしいかと」

ジュネがこちらを一瞥《いちべつ》した。きっと、エリファスには聞かせたくない話なのだろう。

でも、今回の騒動のきっかけになったのは間違いなく自分だ。それなのに、なにも知らずに安穏と休んでいるわけにはいかない。

「僕にも聞かせていただけませんか。彼らは僕に対して抗議していたんですよね。それなら、僕は彼らの主張を知る義務があると思います」

「しかし――」

「よい。ここで話そう」

反対しようとしたジュネをレオンが制し、説明を促すような目線を送る。ジュネはなにか言いたげな顔をしながらも、話し始めた。

「拘束された人々はいずれも、人間たちの迫害によって家族を失った遺族たちです。エリファス殿下の王妃即位に抗議の意志を示すために、魔力を使って馬車に攻撃したとのこと」

彼らも、護衛の厳しい馬車行列で危害を加えることができるとは思っておらず、単にエリファスに対して自分たちの怒りを直接示したかっただけらしい。それでも、捕らえられ処刑されるのも覚悟で今回の行動に及んだようだ。

（処刑さえ覚悟で……）

大陸から来た自分がいかに憎まれているかを実感し、言葉を失ってしまった。増悪の対象であることへの恐怖ではなく、マギトと人間の間に横たわる溝の深さを改めて思い知らされて、愕然《がくぜん》とする思いだった。

「彼らは、どう処罰されるのですか？」

「王族に対する侮辱行為ですから、軽罰というわけにはいかないでしょう。厳しく対処しなければ、レオン様の威厳にも関わりますから。あなたの国でも、王族への襲撃は重罪でしょう？」

確かにそうだ。ルーディーン王国でも、国が安定する前の時代には、移動中の王族を襲う襲撃事件があったと聞いている。当時の国王が強権的な人物だったこともあり、下された処罰は極刑だった。

極刑か、それでなくても終身刑か――それくらいの罪にあたるのはわかっている。

（だけど……）

エリファスはレオンとジュネに一歩歩み寄り、懇願した。

「お願いです。どうか……どうか彼らに、重い罰は下さないでいただけませんか」

エリファスの訴えに、レオンは眉を顰《ひそ》めた。

「貴殿は、それでよいのか？」

「はい。僕は、彼らを罰するのではなく……この国の王妃として、彼らに向き合いたいです」

自分を王妃として認めない者は許さないと、彼らを厳罰に処すのは簡単だ。でもそれでは、根本的な解決にはならない。

時間がかかったとしても、この国の民と誠実に向き合い、マギトのことを理解したい。その上で、人間である自分を受け入れてもらえるよう努力するのが、王妃となった自分の務めだと思うのだ。

レオンは思案するように、顎の下のたてがみを撫でている。軽く首を傾げて、どこか困っているようにも見える。かすかに尻尾が揺れているのは、思いあぐねているからだろうか。

「どうか、お願いします。陛下」

重ねて乞うと、レオンは一度目を閉じたあと、エリファスを見据えて首肯した。

「わかった。貴殿の意志を尊重しよう。厳罰に処すことのないよう、家臣らにも言い含める」

「しかし、陛下……！」

「襲撃を受けた、王妃本人の願いだ」

ジュネの反論を退け、レオンは静かに踵を返した。

「疲れたであろう。今日はよく休んでくれ」

「あ、ありがとうございます！」

靴音を響かせて、レオンが去っていく。慌てたように、ジュネもそれに続いて出ていった。

二人の足音が消えて静寂が訪れると、急に疲労感が襲ってきて、エリファスはソファに身を沈めた。

取り押さえられていた彼らの表情を思い出す。怒りと憎しみに歪んだ、あの表情――。

(受け入れてもらうには、どうすればいいんだろう)

すぐに解決策は思いつかないけれど、自分から動いて彼らに歩み寄らなければ、きっとまた同じことが起きてしまう。そうなれば、抗議をした民がいつか重い罰を受けることになるかもしれない。

エリファスは、数日前に大神官からかけられた言葉を思い出した。

『この婚姻は両国にとって――否、人間とマギト、両種族にとって、必ずや意味のあるものとなるはずでございます』

自分がここに来たことの意味はなんだろう。到着してからも、ずっとわからなかった。

でも今、おぼろげにそれが見えてきた気がする。

人間の大陸から来た者として、マギトを理解し、彼らとの距離を縮めること――それが自分の使命なのではないか。そしてそれこそが、この『宿命の婚姻』の意味なのではないか。その先に、『危難に打ち克つ光』が与えられる。

そう考えたら、この孤島で、たった一人の人間として生きていく勇気が湧いてくる気がした。

◇　◇　◇

婚礼の日から一週間。

正式に王妃に即位したものの、エリファスの日常は変わらなかった。

出会った日の言葉通り、レオンは婚礼後もエリファスに近づくことはなかった。二人の寝室はいまだ別々だし、食事も別室でとるので会う機会もない。

王妃になったら政務に携わるだろうし、レオンと協力してなにか仕事をすることもあるかと思ったのに、家臣たちはエリファスになにも振ってこない。人間の国から来た王妃をどこまで信頼し、どこまで仕事を任せるべきか計りかねているのかもしれない。

光宮に花の様子を見にいったり、書物を借りてこの国のことを学んだりはしているけれど、いつまでもこのままでは駄目だとエリファスは思っていた。

婚礼の日、マギトを理解することこそが自分のすべきことではないかと感じた。そのためになにか行動したいのに、なにをしたらいいかもわからず、もどかしい。

バルコニーに出て、ちらほら明かりの灯る城下をぼんやりと眺めた。

することのないエリファスとは対照的に、ジュネや家臣たちは目に見えて忙しそうだ。難しい顔で話し合いながら城内を歩いているのをよく目にする。

あの襲撃の後始末に追われているのだろうことは、エリファスにも想像がついた。エリファスは家臣たちとの会議には出席を許されていないので詳しい状況はわからないが、使用人から聞いた話では、襲撃犯たちの処罰の件でもめているようだ。

（あの人たち、どうなるんだろう）

馬車の窓越しに見た、怒りに満ちたまなざし。

火の玉を投げつけられて、恐ろしかった。でも、彼らをあのような行動に駆りたてたのは、かつて大陸で暮らしていた人間たちなのだ。

どうか極刑だけは避けてほしい。話し合う機会さえ失われるような罰だけは。

レオンは、エリファスの意志を尊重すると言ってくれた。あの真剣な目に嘘はなかったし、レオンのことを信じている。

でも、いくらレオンがそう言っても、家臣たちの反対が強ければ、もしかしたら——。

「あっ。陛下！」

ひときわ大きく重厚な馬車が城門を抜けるのが見えて、エリファスは急いでエントランスへと向かった。

「陛下、おかえりなさい！」

帰城したレオンは、ジュネとなにか話しながら、眉を寄せて難しい顔をしている。しかしエリファスが駆け寄ると、虚をつかれたように眉間の皺を解き、薄く口を開けた。

「——いかがした、妃よ。私になにか用でも？」

「襲撃の件がどうなったか、気になっていたのです。今日もその件で外出されていたのですか？」

「あなたは知らなくてもよいことです」

ジュネがすげなく遮ろうとする。しかしそれを制するように、レオンが一歩前に出た。

「いや。確かに貴殿にも、知る権利がある。……ついてまいれ」

言うが早いか、レオンが階段を上がっていく。不満そうなジュネの視線を感じながら、エリファスは広い背中を追った。

廊下を進み、着いたのは執務室だった。壁面に書棚が並んだ書斎のような部屋で、中央にはレオンの巨軀に合わせた大きな机と革張りの椅子、その手前に応接用のソファがある。

レオンはエリファスをソファに促すと、自分もその向かいに座り、話を切り出した。

「あの場にいた者たち六名のほかにも、別の場所で待機していた者が四名いたようだ。襲撃犯は全部で十名。うち九名は、すでに牢を出ている」

「つまり、軽い罰で済んだということでしょうか？」

「最も軽い罰ですよ。私や家臣は反対したのですがね。陛下があなたの意志を尊重すると言って、一定期間、奉仕活動に従事させることで決着しました」

ジュネがため息まじりに補足した。確かに、王族襲撃に対する罰としては、破格に軽いものだろう。

「ただ問題は、残る一名――首謀者の男が、牢から出ようとしないのだ」

処罰を言い渡す際、家臣の一人が、『王妃殿下の恩情により、このような軽罰で済んだ。感謝せよ』と言ったらしい。男はそれに逆上し、『王妃の恩情などいらない』『それならいっそ殺せ』と、牢に座りこんだのだという。無理やり出そうにも、解放されたらまた同じことをすると喚くので、兵士たちも対応に窮しているそうだ。

「そんな……」

それほどまでにその男は、自分のことを憎んでいるのか。大陸の人間に恩情をかけられるくらいなら、死を選ぶほどに。

その憎悪と怒りの根源は、一体どこにあるのだろう。彼は大陸でどんな経験をして、人間に対していかなる感情を抱いているのか。

それを知りたい――否。この国の王妃として、知らなければならない。

エリファスは居住まいを正し、できるだけ落ち着いた口調で願い出た。

「陛下、お願いがあります。その方と話をさせていただけないでしょうか」

「話……？　貴殿を襲撃した男と、か？」

「はい」

答えた途端、その場の空気が固まったかのように感じられた。理解できないとでも言うようにあんぐり口を開けたジュネの横で、レオンもまた眉を持ち上げ、はっきりと驚きの表情を見せている。

「そのような危険なことはさせられない。貴殿はなにも心配せず、城にいればよい」

「でも、僕が彼らに向き合わないとなにも解決しません。彼らのことをちゃんと知った上で、受け入れてもらうためにはどうすればいいか、考えたいのです。どうかお願いします、陛下」

困惑しているのか、レオンが顎に手をあてて、ぐぅ、と小さく唸《うな》った。床に落とされた視線は、迷いを示すようにかすかに揺れている。

どうか許してほしい――そう願いつつ、息を詰めて返答を待っていると、レオンが面を上げた。

「……わかった。それが貴殿の望みならば、叶えよう」

「本当ですか⁉」

「あぁ。私みずから同伴したいところだが、あいにく政務で埋まっている。ジュネ、お前に頼もう」

「私ですか？」

いつも冷静なジュネが、珍しく素っ頓狂な声で聞き返している。

エリファスは少し身構えた。ジュネは自分を快く思っていない。断られてしまうのではないか――。

けれど予想に反して、ジュネはあっさり承諾した。

「承知しました。明日の夕刻なら時間がとれます。それでよろしいですか？　エリファス王妃」

「は……はい。ありがとうございます！」

同行を受け入れてくれたが、ジュネの表情からは、エリファスの行動を本心ではどう思っているのか読み取れない。

それでもひとまず、問題の男と話をする機会をもらえそうで、安堵した。


翌日、エリファスはジュネとともに馬車に乗り、郊外にある牢獄へと向かった。

「男の名はブルーノ・ベッカー。百二十歳で、大陸の出身です。数年前まで王都の役場で働いていましたが、今は隠居生活を送っているとか。気性の荒い男ですから、そのつもりで」

「はい……」

頷きながら、隣に座るジュネをちらりと見た。

王妃の外出だと民に気取られないよう、付き添いは最小限に——というジュネの指示で、ニコは城に残ったため、車内にはジュネとエリファスしかいない。

彼と二人きりの空間は少々気詰まりだ。王妃教育を受けた際も、ジュネは淡々と講義を進めるばかりで、雑談の一つもしたことがない。

沈黙が気まずくて膝に乗せた書物の表紙をいたずらに撫でていると、ジュネがエリファスの手元に視線を向けた。

「それは？」

「あっ、これは、僕が母国から持参した書物です」

嫁入りが決まってすぐ、城の図書係に頼んで、マギトやマギルス王国に関係する伝承を集めてもらった。持って来た書物は何十冊にものぼるが、これはそのうちの一冊だ。

「出発前は準備で忙しかったですし、その……正直、読むと嫁ぐのが不安になりそうで、手をつけていなかったんです。でも最近、改めてこの書物を開いてみたら気づいたことがあって」

エリファスは書物の真ん中ほどのページを開き、ジュネに示した。

「例えば、ここ……ルーディーン王国のある村から、マギトを追放した記録です。退去させた日付と村長の署名だけ記されているんですけど、その下に詩の走り書きがあるんです」

変色したページの一番下、注意深く見なければ見逃しそうなほど小さいその箇所を指し示すと、ジュネが怪訝《けげん》な顔で覗きこんできた。

「ユーリエの花をわれらが友に……夜に消えゆく君を忘れじ……？」

「はい。ユーリエは秋に咲く白いお花です。花言葉は、惜別。あなたを忘れない……」

ハッとしたように、ジュネが顔を上げた。

「僕は、この村に視察で行ったことがあります。その時、この詩を聞いたことがあって……花摘みの女性たちが仕事歌として歌っていたんです」

推測でしかないけれど、マギトの追放をしのびなく思った村長が、迫害に対するせめてもの抗議として詩を書き残したのではないか。そしてそれが民謡になり、百年を経た今も歌い継がれている。

この村のように民謡として歌われているかどうかはわからないが、書物を読むと、ほかの村の記録にも同様の詩が書かれている例がいくつかあった。

「これを持っていったところで、役に立つわけではないかもしれないけど……少しでも対話の糸口になればいいなと思って」

それに、この詩はエリファスにとっても救いだった。すべての人間が噂に翻弄されて迫害に加わったわけではなく、マギトを友と思っていた者もいたという証《あかし》だからだ。男と対面する前に、この詩を見て自分を勇気づけたい気持ちもあった。

ふぅ、と小さなため息が聞こえて、エリファスは走り書きから視線を上げた。隣を窺うと、ジュネがなんとも言えない顔でこちらを見ている。眉を寄せ、口をへの字に曲げているその表情は、呆れているようにも困惑しているようにも見える。

「あ……あの、僕、なにかおかしなことを言いました？」

「いいえ。ただ……」

視線を彷徨《さまよ》わせ、ほっそりした指で頬をかくジュネは、どこかそわそわした様子だ。

「……正直、あなたがここまで積極的にわれわれに関わろうとするとは思いませんでした。因縁のある国に単身嫁いできて、到着早々民に罵声を浴びせられたのですから、部屋に閉じこもるか逃亡を企てるだろうと踏んでいたのです。それなのに、いつの間にか城の者と花なんて育てているし、自分を襲撃した男と話したいなどと言って私に面倒をかけるし……」

「す、すみません！」

非難されたのかと小さくなっていると、ジュネが前に向き直り、ほほ笑むように吐息を漏らした。

「いえ。……よいほうに、予想を裏切られたということです」

ジュネの声音が、急に穏やかな丸みを帯びる。

「あなたなら、国王陛下の孤独に寄り添えるかもしれない。今は少しだけ、期待をしています」

「孤独、というのは……？」

どこか寂しい響きをオウム返しで尋ねると、アメジストの瞳が痛ましげに細められた。

「陛下は、自分の周囲にほとんど人を侍らせません。近しい側近は私と侍従長くらいで、そのほかの家臣や侍従たちとは一線を引いています。民に対しても同じで、城下に出るのも必要最低限に留《とど》めている。近寄れば怯えさせるとわかっているから、自分から人を遠ざけているのです」

やはりそうだったのかと、合点がいった。婚礼式の日に浮かんだ予想はあたっていたのだ。

「でも、それは……陛下にとって寂しいことではないでしょうか」

国を束ね民を守るという重責を担う国王には、多くの支えが必要なはず。それなのに、心を許している側近がたった二人だけだなんて。

「寂しい、という感情も捨ててしまわれたかもしれませんね」

ジュネはぽつりと呟いて、彼の知るレオンについて語ってくれた。

「レオン様は先王ヴィクトール様が高齢になってから生まれた、待望の第一子。しかもヴァルムの完全獣人ですから、お世継ぎとなるべきお方として幼い頃からそれは厳しく育てられたのです」

国王は感情を排し、国のためにすべてを捧げなければならない――先王ヴィクトールは、そんな考えの持ち主だった。そのため、幼いレオンが泣いたり笑ったりすると、決まって激しく叱責《しっせき》したのだそうだ。次期国王が感情をあらわにするなどなにごとか――と。

「お母様である先王妃ミラ様はお優しく慈愛に満ちた方でしたが、レオン様が五歳の頃に病でこの世を去ってしまった。お母様に甘えることもできず、レオン様は厳しい帝王教育に耐えてきました。そうするうちに、だんだんと感情そのものを殺すようになっていきました」

それでも幼い頃は、乳母や近しいメイドに甘えることもあったようだが、成長して体が大きくなると、側仕《そばづか》えの者もレオンを恐れるようになった。自分より強い者に怯えるのは、獣の本能――最強の魔獣と呼ばれるヴァルム獣人を前にすれば、どの獣人も畏怖の念に駆られてしまう。聡《さと》いレオンは、周囲の人々が自分に怯えていることにも気づいていた。そして十歳を過ぎる頃には、ごく限られた者以外はそばに寄らせず、感情も表に出さない鉄仮面のようになっていたという。

「私は父が先王ヴィクトール様の宰相だったよしみから、レオン様が小さな頃から世話係兼遊び相手を務めてきました。幼少期のレオン様はもっと表情を表に出す方だった。それなのに、いつの間にかあのように寡黙で無表情な方におなりになった。それが私には、残念でなりません」

ジュネの口調には、やるせなさが滲んでいた。大切な主人が心を閉ざしていくのを間近で見るのは、彼にとってもつらいことだったのだろう。

「あの方は感情を捨て、他人を遠ざけ、日々政務だけに注力している。その結果、国を守るにふさわしい立派な国王におなりになった。……けれど、私は思うのです。このままで、あの方は幸せなのだろうかと」

ずっと前方を見ていたジュネが、ゆっくりとこちらを向いた。衣擦《きぬず》れの音を鳴らし、体ごとエリファスに向き直る。

「あなたがもし、固く閉じた陛下のお心を開いてくださるなら――この結婚も、意味のあるものになるかもしれませんね」

一語一語、噛み締めるように発せられたその言葉には、レオンの忠臣である彼の願いがこめられているように感じられた。

エリファスは表情を引き締め、その強いまなざしを正面から受け止めた。

「……はい。僕も、そうしたいです」

もっとレオンの心を知りたい。エリファスもそう思っていたし、婚礼式の日、本当は優しい人なのだと知った。叶うならレオンの孤独に寄り添いたいし、互いに支え合える夫婦になりたいと思う。

「私の期待を、裏切らないでくださいね」

形のよい唇がぎこちなく弧を描き、切れ長の目が細められる。眉を下げたその表情は、困っているようにも見えるけれど。

でもきっと、これが初めて見る、ジュネの心からのほほ笑みだ——そう思えた。

牢獄は王都のはずれにある、茶色いレンガ造りの小さな建物だった。槍《やり》を持った兵士たちが守る鉄の扉を抜け、階段を降りて地下へ向かうと、長い廊下に鉄格子をはめた独房が連なっていた。

「こちらです」

ジュネが足を止めた独房の中では、一人の男がこちらに背を向け、あぐらをかいて座っていた。

中肉中背で、オレンジの髪に同色の耳が生えている。尻尾の形からして、ライオンの半獣人だろう。

「ブルーノ・ベッカー。こちらを向きなさい」

ジュネの声に反応するように、片方の耳がぴくっと動いた。ゆっくりと男が振り返る。

(百二十歳には全然見えないな……)

マギトは人間より老化が遅いと聞いた。顔には確かに皺が刻まれているけれど、それでも人間でいえば七十代くらいの見た目だろう。一文字に結ばれた口と、くっきり眉間に寄った皺、切れ長の目から放たれる鋭い眼光が、意志の強さを感じさせる。

男――ブルーノは、エリファスが誰なのか、すぐにはわからなかったようだ。馬車行列の時も遠目にしか姿を見ていなかったのだろう。けれど、耳や尻尾がついていないことから人間の王妃と悟ったのか、みるみるうちに怒りに頬を染めて叫んだ。

「帰れ！　なにしに来た！」

「ベッカー、無礼ですよ！」

「うるさい！　わしはこいつを王妃だなんて認めていない。どうしてこいつがここにいる！」

ブルーノは勢いよく立ち上がり、激昂《げっこう》した様子でエリファスを指さす。鉄格子に阻まれているから危害を加えられる心配はないけれど、それでも恐怖を覚えるほどの気迫だ。

震えそうになる自分を叱咤《しった》しながら、エリファスは一歩、鉄格子越しのブルーノに近づいた。

「今日は、あなたと話をしたくてまいりました。僕に、聞かせてほしいのです。あなたが大陸でどのように暮らしていたのか……そして、どのようにしてこの国に来たのかを」

ブルーノが怪訝そうに眉を顰める。剣呑《けんのん》なまなざしに気圧《けお》されそうになりながら、続けた。

「僕はここに来るまで、マギトの皆さんの歴史について知りませんでした。この国に嫁いできて初めて、あなた方がこの島に移住しなければならなくなった経緯を知って……今までなにも知らなかったことを、恥ずかしく思いました」

マギトについてまったくの無知で、恐ろしい化け物のように思っていた。過去の人間たちの行いを知らず、マギトは大陸を侵略しようとしているとさえ考えていた。

「後悔しても仕方ないけれど……せめてこれからは、あなた方のことをきちんと知っていきたい。そう思うんです」

「今さらなんだ。調子がいい。お前らの仕打ちはなかったことにできない。過去は消えないぞ」

「それは、その通りです。でも過去を知らなければ、償うことも未来を変えることもできません。だから、あなた方の過去を知りたいと願うことを許していただけませんか」

理不尽に追放されたマギトの苦しみや悲しみを、きちんと理解したい。そうすれば、マギトのために自分になにができるか見えてくるかもしれない――そう思うのだ。

「……ふん。そんな耳障りのいいことを言っても、本気でわしらのことを理解するつもりなんてないくせに」

険しい表情のまま、ブルーノが吐き捨てた。

「わしらを悪者に仕立て上げて、こんな場所に厄介払いして、自分たちは明るい場所で楽しく暮らしているくせに。わしらマギトのことなんて忘れて」

そう言って、ブルーノはまたエリファスに背を向けた。

マギトのことなんて忘れて――その言葉に、エリファスはなにも反論できなかった。

忘れているどころか、大陸の人間は今なおマギトを悪者扱いし、化け物のように言い伝えている。

「……でも、大陸の人たちの中にも、マギトの方々との別れを悲しく思っていた人たちもいたと思います。あなた方のことを、語り継ごうとした人たちもいたのだと思います」

エリファスは一つ息を吐くと、記憶を頼りに歌い始めた。

『ユーリエの花をわれらが友に　夜に消えゆく君を忘れじ』

短くも美しい旋律を歌い終えると同時に、ブルーノが首だけを回してわずかにこちらを見た。

「なんだ。急に歌なんて歌って……」

エリファスは持っていた書物を開き、牢越しにブルーノに示しながら記録に書き残された詩の話をした。そしてそれが民謡になり、ある村で歌い継がれていることも。

ブルーノは背を向けたままで、書物を見ようともしない。それでもエリファスは続けた。

「きっとこの詩を残した村長は、マギトは確かに自分たちの村の中で仲間として生活していたんだということを、なんとかして後世に伝えたかったんじゃないでしょうか」

マギトを追放する国王命令が出ている中、あからさまにマギトをしのぶ言葉は書けない。だからこんな風に見逃しそうなほど小さな文字で、詩の形で残したのではないか。

「この村だけではないんです。この詩はカデル村という農村のものですが、ほかの村にも――」

「ちょっと待て」

床を這《は》っていた尻尾をピンと立たせ、ブルーノが振り向いた。

「カデル村……って言ったか、今」

「え……ええ。ルーディーン王国の北部にある、小さな農村です」

ブルーノは目を見開きながらこちらに近づき、牢越しに書物を食い入るように凝視した。

皺の刻まれた乾いた手が、牢の隙間から伸ばされた。署名欄に書かれた村長の名前を、震える指先がなぞっていく。

「う――う、ぅ……っ」

しわがれた唸り声をあげたかと思うと、ブルーノはうずくまるように身を折った。

「どうされたんですか。ご気分が――」

慌てて身を乗り出し、ブルーノを覗きこんだエリファスは、目を瞠った。

泣いている。嗚咽をこらえるように手で口を覆いながらも、顔をくしゃくしゃに歪ませ、目からは大粒の涙をぼろぼろこぼしている。

（もしかして――）

「もしかして、カデル村のご出身ですか……？」

エリファスの推測を否定するように、オレンジ色の頭が小さく横に振られた。

「住んでいたのは隣の村だ。ただ、カデル村にはわしらのようなマギトが多く、村長も親切で……よく野菜を買いにいったもんだ」

鼻をすすりながら顔を上げたブルーノは、潤んだ目で書物を愛おしそうに見つめた。

「そうか。村長が、こんな詩を……たちの悪い官吏に見咎められたら大変だったろうに……」

聞き取りづらいほどに、語尾が震えていく。涙に濡《ぬ》れた顔を両手で覆い、ブルーノは今度こそ嗚咽し始めた。

大陸で暮らしていたことは聞いていたけれど、まさかルーディーン王国の出身だとは思わなかった。

「……聞かせていただけませんか。あなたが、ルーディーン王国でどのように暮らしていたのかを」

しゃくりあげて震えている肩に手を伸ばし、そっとふれてみると、力なく伏せられていたオレンジ色の耳がぴくりと反応した。

ゆっくりと、ブルーノが顔を上げる。その目は痛々しいほどに真っ赤だった。迷いをあらわすように、視線はエリファスと床の間を頼りなく往復している。

長い逡巡ののち、ブルーノは一度深く息を吐き、語り出した。

「――わしもルーディーン王国の生まれ。カデル村の隣の、ディール村に住んでいた」

ディール村は王都から馬車で一時間ほど走った先にある小さな村で、楽器工房が多いことから『音楽の村』とも呼ばれていた。ブルーノはそこで、マギトの父と人間の母のもとに生まれた。母はブルーノが幼い頃に病で亡くなってしまったが、父と二人、助け合いながら生活していたという。

父はライオンの半獣人で、ブルーノと同じ火の魔力使いだったが、日常の中では特に魔力を使うこともなく、村の多くの男たちと同じように楽器職人として働いていた。レオンのようなヴァルム獣人の場合は別だが、マギトの魔力は多くの場合、日常生活を少し便利にする程度のものなので、魔力を活かして金を稼いだり職業にしたりする者は少なく、ほとんどのマギトは人間と同じように畑を耕したり店を営んだりして暮らしていたらしい。

父の影響で幼い頃から楽器に親しんできたブルーノは、いつしか音楽家を志すようになった。父が職人として作っていた、コッティリアと呼ばれる弦楽器を演奏し、腕を磨いていたそうだ。

最初は道で投げ銭を稼ぐのが精いっぱいだったが、そのうち才能を認められ、楽師として王城にも呼ばれるようになり、夢への道を着実に歩んでいたという。愛情深い父も、ブルーノの夢を応援してくれていた。

「だが、マギト迫害の波がルーディーン王国にも押し寄せ、わしは親父《おやじ》と一緒に故郷を去らねばならなくなった」

　ある日、ブルーノの家に兵士がやって来て、荷物をまとめてすぐに家を出ろと命じたのだという。今夜出航する船に乗り、はるか遠くの島へ移住せよと。拒否する権利はもちろん与えられなかった。

「兵士に怒鳴られながら荷造りして、近くに住んでいたマギトと一緒に港へ連行された。その道中が一番つらかったよ。集まってきた野次馬どもが、にやつきながらわしらを見てるんだ。まるで見世物でも眺めるみたいに」

　さらにひどいことに、必死の思いで持ち出した楽器を野次馬に奪われてしまったのだそうだ。こんな贅沢品《ぜいたく》、追放されるお前たちには必要ないだろうと。

　音楽家としての夢も矜持も奪われ、失意のうちにこの島に到着したブルーノだったが、不幸はまだ続いた。高齢だった父親は、島に到着したのち、環境の変化に耐えきれずに病にかかって亡くなってしまった。

　すべてを失ったブルーノは、悲しみをまぎらわすように、この国の一員として土地の開墾や住環境の整備に尽力してきた。

「ここで強い国王陛下に守られ、マギトの仲間と平和に暮らせるようになった。今の生活に不満はないさ。ただ……悔しいんだ。犬でも追い払うみたいに故郷を追われて、夢も家族も奪われたことが」

　行き場のない気持ちをぶつけるように、ブルーノは自分の膝を何度か拳で叩いた。

「村長のように優しい人間もいることはわかっていた。だがほとんどの人間にとって、わしらは侮蔑の対象でしかない。あの港への道中で、そう痛感したんだ。何年経っても、あの時のことを思い出すと、つらくて苦しくて……」

見世物のように嘲笑されながら厄介者として大陸を追われる――その苦しみは、エリファスの想像を超えていた。きっとブルーノは、決して癒えることのない傷を、人間への憎しみに転化させることで、どうにか生きてきたのだろう。

「ここにお前の居場所はないと言われ、愛する母国から追い出される。しかも、誰も助けちゃくれない――その苦しみがわかるかい。王子様よ」

また潤み始めた目が、エリファスを見据える。

王妃ではなく、王子と呼んだ。ブルーノにとってエリファスは、かつて自分が暮らしていた国の王子であり、自分を追放した王の子孫なのだ。

「わしだって、あの美しいルーディーン王国が好きだった。ずっとあそこにいたかったさ。それなのに……」

薄いオレンジの瞳から、大粒の涙がこぼれる。つられて、エリファスの目頭も熱くなった。

迫害などなければ、自分は王子として、彼とルーディーン王国で穏やかに交流していたかもしれない。そう思うと、やりきれない気持ちになる。

「……もういいだろう。帰ってくれ」

ブルーノは静かにそう言って立ち上がり、再びこちらに背を向け、独房の隅に座った。

小さく震えているその背中にどんな言葉をかけたらいいのか、エリファスにはわからなかった。

今日のところはここまでに、というジュネの言葉に従って独房をあとにし、馬車に乗った。窓から星空を眺めて気を落ち着かせようとしたけれど、ブルーノの泣き顔が何度も頭をよぎり、心が揺れる。

百年前の国王といえば、エリファスの曽祖父だ。民に慕われたよき王だったと聞いていたけれど、ブルーノにとっては自分たちの追放に手を貸した憎むべき存在でしかないだろう。

想像していたより何倍もマギトの受けた傷は深く、彼らと人間との溝は深い。


ジュネとともに城に戻ると、すっかり親しくなったメイドたちが笑顔で出迎えてくれた。

「エリファス様、おかえりなさいませ。先に湯浴みをなさいますか？　それともお食事に？」

「ありがとう。えぇと……そうだなぁ。食事にしようかな」

本当は食欲もないけれど、そんなことを言えば心配をかけてしまう。力なくほほ笑んで大階段を上がっていると、前方に人の気配を感じた。

「へ、陛下？」

階段の踊り場に、レオンが立っていた。

レオンは銀糸で縁取りされた立ち襟の黒い長衣を纏い、普段着よりもフォーマルないでたちだ。今日は外戚である地方貴族との会議があるとジュネから聞いていたが、もう終わったのだろうか。

「陛下、どうしてここに？」

尋ねかけて、ハッとした。ブルーノを牢から出すことができたか、聞きに来たのだろう。

「あの……すみません、陛下。実は、牢を出てもらうことができなくて――」

言い終えるか否かで、レオンが緩く首を横に振った。

「それは構わない。ただ、貴殿の無事を確認したかっただけだ」

「えっ……」

「なにごともなかったようで、よかった」

そう言って、レオンはすぐにその場を去ろうとする。

「あっ、待ってください！」

とっさにマントの裾を握り、引き留めた。レオンは歩みを止めたが、こちらに背を向けたままだ。

「もしかして、僕を心配してくださっていたんですか……？」

牢で危険な目に遭っていないかどうか、心配して待っていてくれたのだろうか。そうだったらいいな――と、期待とともに返答を待っていると、ゆっくりとレオンが振り向いた。

「心配、というのか、よくわからないが……気がかりだったのだ。貴殿のことが」

歯切れ悪く答えたレオンは、軽く首を傾げ、顎のたてがみを撫でつけている。いつも静謐な紅い瞳は、困ったように忙しく揺れている。

ばつが悪そうな様子を見ているうちに、エリファスの胸にあたたかいものがこみあげてきた。

ずっと感情を殺して育ってきたから、身近な誰かを気遣い、心配する気持ちもうまく理解できていないのかもしれない。それでもエリファスのために行動してくれたのだ。

「ありがとうございます、陛下。心配してもらえて、すごく嬉しいです」

笑顔で見上げると、レオンが何度か目をしばたたかせた。感謝されると思っていなかったのか、意外そうな様子だ。

「あの、よかったら、少しお話しできませんか？　相談にのっていただきたいんです」

嬉しさに任せ、エリファスはそう切り出した。

馬車で帰ってくる道中に思い悩んでいたことを、レオンに聞いてほしいと思ったのだ。

「相談、か。相手が私でよいのか？」

「もちろんです。だって、夫婦なんですから」

どちらかが悩んだ時はどちらかが支える――幼い頃から両親を見てきて、夫婦とはそういうものだと学んだ。レオンとも、できるならそうなりたいと思う。

レオンはかすかに唇を動かして、夫婦、と繰り返したあと、ためらいがちに頷いた。

その後、二人でエリファスの私室に赴き、居間のソファに並んで座った。

レオンと二人きりになるのは、婚礼式の日以来だ。ニコがおどおどしながら二人分の紅茶を持って来て、すぐ前室に消えていった。

エリファスは紅茶を一口飲んで気持ちを落ち着かせたあと、ぽつぽつと感情を言葉にした。

「この国の人たちのことをもっと知りたい、距離を縮めたいって思っているんですけど……僕が思っていた何倍も、マギトの皆さんの苦しみが深いことを知って、なにをすればいいのかわからなくなってしまったんです。なにをすれば人間である僕に心を開いてもらえるのか……」

王妃となった以上、この国の民に受け入れてもらえるよう努力したいけれど、どう頑張ればいいのかわからない。思いだけが空回っている――そう打ち明けると、レオンは考えこむように緩く腕を組んだあと、口を開いた。

「貴殿は、私の侍従長を知っているな」

「はい、もちろん。お手紙や伝言を預かっていただいて、とてもお世話になりました」

「あの者は追放を直接経験している。五歳の時、両親とともにここへ来たそうだ。追放前も差別を受けていたそうで、人間への憎しみは深く、此度の神託が出た際も婚姻に反対意見を述べた」

「そう、だったんですか……」

てっきり六十代くらいだと思っていたから、百歳を超えていたことも意外だったが、それ以上に、エリファスの嫁入りに反対していたことに動揺を隠せなかった。用事で控えの間に行った際はいつも慇懃に対応してくれたけれど、内心では不快に思っていたのだろうか。

「人間は皆、マギトを見下し蔑んでいる。嫁いでくる者もきっとそうだ。そんな者を、王妃として仰ぐことなどできない――そう力説していたのだが」

レオンの声音が少しだけ柔らかくなった気がして、エリファスは俯けていた顔を上げた。

「最近は考えを改めたようだ。私に何度も手紙を書いたり、使用人たちとともに光宮で花を育てたり……自分からわれわれマギトに歩み寄ろうとしている貴殿の姿を見て、ああいう人間もいるのかと感心していた。この頃は、ひそかに光宮に花を見にいくこともあるとか」

まさか侍従長がそんな風に思ってくれていたなんて知らなかった。光宮では会ったことがないし、城内ですれ違う時も、いつも澄ました態度なのに。

「私も同じだ。迫害を経験していないとはいえ、私も祖父からわが種族の苦難の歴史について聞いている。マギトを一方的に迫害し、追い出した人間の国の王子――きっと傲慢で身勝手な人物に違いないと思っていた。しかし、貴殿はまったくそうではなかった。慣れない土地でも常に自分にできることを探し、懸命に行動している。健気《けなげ》な貴殿の姿を見ているうちに、人間に対してこれまで抱いてきた負の感情が和らいでいった」

レオンは大きな体を少し屈《かが》め、エリファスに目線を合わせてきた。

「特別なことをする必要はないのではないか。この国とマギトを理解したいという心を持ち続け、できる範囲で交流を重ねる――まずは、それで十分ではないか」

「それで十分……？」

「あぁ。すべての者とわかり合えるかどうかはわからぬし、時間もかかるだろう。しかし、私や侍従長のように貴殿の心を理解する者も必ず現れるはずだ。そうすれば、人々の人間への認識が変わる。人間は恐れを抱く対象ではなく、自分たちと同じ生き物なのだと。マギトを理解したいという貴殿の心が伝われば、おのずと人々も人間を理解したいと思うようになるかもしれない」

レオンの口調は力強く、不思議な説得力がある。その言葉に、エリファスは励まされた。

「そっか……そうですよね。僕、なにか特別なことをしなきゃって、力んでいたかもしれません。でも、僕にできることをやるしかないですよね」

人間とマギトの間に横たわる深い溝を前に途方に暮れていたけれど、焦らず一歩ずつ、やれることをやるしかない。

「ありがとうございます、陛下。なんだか元気が出ました」

さっきまで胸を覆っていた靄《もや》が薄れた気がして、エリファスは晴れやかな顔でレオンに笑いかけた。

すると、エリファスにつられたようにレオンが口角を上げ、目を細めた――エリファスの目にそれはほほ笑んだ、かのように見えた。

「陛下。今、笑ってくださいましたね！」

喜びのあまり勢いよく顔を近づけると、レオンが焦ったように身を引いた。

「笑う……？　私は今、笑っていたのか？」

「はい。すっごく素敵な笑顔でした！」

自覚がなかったのか、レオンは自分の頬を撫でて首を傾げている。

「もう一度見たいです。笑ってみせてください、陛下！」

「……よく、わからない」

「ほら、こういう風に、口角を上げるんです。にーって……！」

子どもにお手本を見せるように、少し大げさに口角を上げてみせる。エリファスを真似ようとしているのか、レオンは口を横に広げたが、頬のあたりがぎこちなくひくついている。

「違いますってば……ふふっ、あはは！」

おかしくて、つい笑い声がこぼれてしまったが、レオンがふいに真顔になったので、失礼だったかと口を噤《つぐ》んだ。しかし次の瞬間、レオンが再びまなじりを下げた。

（あ……）

慈しむような優しいそのほほ笑みに、エリファスは一瞬見惚《みと》れた。

今までの無表情なレオンからは考えられない、あたたかみのある表情とまなざしだ。それを前に、なぜか気恥ずかしいような落ち着かない気持ちになってしまう。

「どうした。急に黙りこんで」

「い……いえ、なんでもないです！」

慌てて首を横に振った。なんだか体温が上がったような気がして、頬が赤くなっていないか不安だ。ごまかすように咳払《せきばら》いをして、エリファスはレオンに向き直った。

「ブルーノさんのことなんですけど……僕、もう一度、話をしに行こうと思います」

しつこいと思われてしまうかもしれないし、もう話してもらえないかもしれない。でも、村長の詩をきっかけに、ブルーノがほんの少し心の蓋を開けてくれたような気がするのだ。

「もう一度だけでも、お話ししてみたいんです。陛下のおかげで、その勇気が湧いてきました」

「……そうだな。次は、私もともに行こう」

「えっ、牢へ？　いいんですか？」

「あぁ。明日の夕刻なら、時間がとれるはずだ」

まさかレオンが同伴してくれるとは思わなかった。政務で忙しいだろうし、民の前にはあまり姿を見せないと聞いていたのに。

でも、一緒に来てくれるのは心強い。ありがたさに、エリファスは思わずレオンの手を握った。

「ありがとうございます、陛下！」

レオンは面食らったように何度か瞬きをしたあと、ふいとエリファスから視線を逸らした。片手で頬のあたりの豊かな毛を撫でつけながら、鼻先をわずかにひくつかせている。

（陛下、照れてるのかな……？）

たてがみや頬を撫でるのは、レオンなりの照れ隠しの行動なのかもしれない。

今日一日で、今まで見たことのなかったレオンの表情や仕草をたくさん目にすることができた。そのことに、ふつふつと喜びがこみあげてくる。

まるで秘密の宝物を内緒で見せてもらえたような、そんな気分だった。


翌日、レオンの政務が終わったあと、二人でともに牢へと向かった。

牢獄の看守は、国王の突然の来訪に狼狽《ろうばい》しながらも、ブルーノの独房へと案内してくれた。

「ブルーノさん」

こちらに背を向け、あぐらをかいている背中に声をかけると、ブルーノがわずかに身じろいだ。

「また来たのか。なにしに来たんだ」

ぶっきらぼうな口調ではあるが、昨日のような過度な敵意や怒りは感じられない。そのことに少しだけホッとしてしまう。

首だけ動かしてこちらを見やったブルーノは、エリファスの隣に立つレオンの姿を認めると、大きく肩を震わせてうろたえた。

「おぉっ！　し、失礼いたしました。陛下……！」

慌てて立膝をつき身を縮こまらせるその姿には、完全獣人に対する畏怖が滲んでいる。それでもマギトの王であるレオンに敬意は抱いているようで、深々と頭を垂れる。

「面を上げよ。私は妃の供として来たまでである。わが妃の話に耳を傾けてほしい」

レオンの言葉にブルーノは迷うように視線を泳がせていたが、やがて諦めたかのように息を吐き、エリファスに向き直った。

「今日はあなたと、これを奏でたくて来たんです」

エリファスは持参した木箱を開け、中の楽器を取り出して見せた。

コッティリア――ブルーノが昔、音楽家として奏でていたという楽器だ。半月の形をした弦楽器で、丸みを帯びた木製のボディに八本の細い弦が張ってあり、それを指でつま弾くことで音を出す。

あのあと、ブルーノが音楽家だったと知ったレオンは、エリファスに提案してくれた。

『貴殿は手紙で楽器が得意だと書いていたな。もしそのコッティリアを持って来ているなら、彼とともに音を奏でてはどうだ。言葉で話すよりも、深い交流になるかもしれない』

幸い、コッティリアを含め、母国の楽器はいくつか持参していた。エリファス自身、ブルーノの音色を聞きたいと思っていたので、レオンの提案に背中を押され、ここまで持って来たのだ。

コッティリアを見たブルーノは息をのんだが、次の瞬間にはきつく目を閉じ首を振った。

「やめてくれ。わしはもう音楽はやめたんだ。楽器なんか見たくない」

「でも、僕は……聞きたいんです。あなたの音色を」

エリファスは看守に楽器を渡した。看守が丁重に受け取り、牢の中に入ってブルーノに差し出す。

「お願いします。聞かせていただけませんか？」

ブルーノは動こうとしないが、目はコッティリアに釘づけだ。焦がれるような視線に、楽器に対する思いが垣間《かいま》見える。

「私からも頼む。聞かせてはもらえないだろうか」

「へ、陛下……！」

「貴殿がいかに音楽を愛しているか、その顔を見ればわかる。そんな貴殿の奏でる音を、私も聞きたい」

王みずからの願いに感極まったのか、ブルーノは泣きだす寸前の幼子のように顔を歪ませた。

そして、ゆっくり看守に向き直ると、意を決したように唇を引き結び、楽器を受け取った。

壊れ物を扱うような手つきでコッティリアを腹に構え、弦を一本つま弾く。

ぽろん……と、高めの音が静かな牢に響いた瞬間、ブルーノの纏う雰囲気が変わった。表情から迷いが消えて、落ち着いた、老練な音楽家の顔つきになる。

演奏が始まった。聴きなじみのあるこの曲は、ルーディーン王国に伝わる民謡だ。親が子を寝かしつける時、よく歌う歌。その旋律をアレンジし、弦楽曲として奏でている。

（優しい音色……）

一音一音が柔らかく、まろやかな丸みを帯びている。耳に心地よく、聴く者を丸ごと包みこむような、あたたかい音色だ。

音には人柄や性格が出る。きっと本来のブルーノは、心根の優しい穏やかな男なのだろう。

懐かしいメロディに耳を傾けながら、持参していたもう一つの木箱に手をかけた。その中には、コッティリアと同じくらいの大きさの弦楽器、ヴィオリーヌが入っている。優美な曲線を描く楕円《だえん》形のボディに硬めの弦が五本張られていて、弓で弦をこすって音を出す。

ヴィオリーヌを肩と顎の間に挟み、エリファスはブルーノの弾く主旋律に伴奏をつけ始めた。彼の音に寄り添うように、控えめに。

手を動かしたまま、ブルーノが顔を上げた。目が合う。そのまなざしには一切の敵意はなく、ただ純粋に、ともに演奏する者に対する敬意と親しみが滲んでいた。

視線を絡ませながらリズムを合わせ、丁寧に音を作りあげていく。

最後の一音を弾き終えると、二人揃って、ふうっと息を吐いた。吐息のタイミングがぴったり同時だったのがおかしかったのか、ブルーノがこちらを見やり、ぷっと吹き出すように笑った。

「……ふっ、ははっ。なんだ、あんたも緊張してたのか」

「え、ええ。僕も楽器を弾くのは久しぶりでしたし、伴奏はあまりやったことがなくて……」

「そうかい。うまかったがね。……しかし、やっぱり楽しいなぁ。音楽は……」

くつくつと笑うブルーノの目に、徐々に涙の幕が張っていく。笑いながらぽろぽろ涙をこぼすその表情は、先ほどまでとは別人のように明るい。

やがて笑いを引っこめたブルーノは、愛しい赤子を慈しむようにコッティリアをかかえ、その輪郭をそっと撫でた。

しばらくの間、ブルーノはコッティリアを抱いたまま、ただ静かに泣いていた。あまりに長くそうしているので看守が楽器を取り上げようと動きかけたが、エリファスとレオンが揃って制した。

ようやく涙が引いた頃、ブルーノは立ち上がり、牢越しにエリファスの前に立った。

「……牢を、出てもいいか」

「えっ……」

「あんたに、これを直接返したい」

エリファスは一度、隣のレオンを見上げた。レオンが促すように背中を押してくれたので、看守に目で合図を送る。

軋《きし》んだ音を立てて、鉄の牢が開けられた。ブルーノは一歩一歩、踏みしめるように歩いて牢を出ると、エリファスの前に立ち、おもむろに立膝をついて頭を垂れた。

「……ありがとうございました」

神聖なものを捧げ持つように、ブルーノは両手でコッティリアを差し出している。

「ここへ来た時、わしは大陸での思い出は全部捨てたつもりだった。音楽への思いも全部。でも本当は捨てきれなくて、忘れられなくてつらかった。……今、また楽器にふれられて、少し気が晴れた」

橙色《だいだい》の瞳はきらきらと輝き、表情も憑《つ》き物が落ちたかのように晴れやかだ。

「あんたと話せて、よかったかもしれない。……感謝するよ」

乱暴に鼻をこすり、ブルーノはぎこちないながらも、ほほ笑んでくれた。

「……こちらこそ、ありがとうございます」

エリファスや人間に対する負の感情が、完全になくなったわけではないだろう。それでも、少しでもブルーノが歩み寄ってくれた気がして、エリファスは嬉しかった。

こんな風に、少しずつでも対話を重ねていきたい――。

「ブルーノさん。僕はあなた方マギトについて、まだ多くを知りません。これからもっと、この国の皆さんと話をして、マギトのことを理解したいと思っています。だから……僕とマギトの皆さんの間の、架け橋になっていただけませんか」

「架け橋……？」

ジュネに聞いた話では、ブルーノは建国初期からこのマギルス王国にいて、あとから移住してくる者たちの世話もしていた人物だ。そのため、大陸で暮らしていたマギトの多くはブルーノのことを知っていて、恩人として彼を慕っている。そんな彼に仲介してもらえば、大陸で暮らした経験のある高齢のマギトとの交流の機会も持てるのではないかと思った。

「そんな、架け橋といわれても……それに、わしが協力したからといって、皆があんたへの態度を変えるとは限らんよ」

「それはわかっています。お話しする機会を取り持っていただくだけでいいんです」

そこから先は、エリファス自身の努力次第だ。ただ、対話のための糸口が欲しい。

突然の要求に戸惑っているのか、ブルーノは目を白黒させている。そんなブルーノに、レオンが言葉をかけた。

「貴殿がもし協力してくれれば、この国の民のためにもなろう。引き受けてもらえぬだろうか」

「民のために……？」

「あぁ。民の中には貴殿のように、生まれ育った大陸に郷愁を抱いている者もいるかもしれぬ。妃との交流は、そうした者たちにとっても有意義なものになるのではないか」

レオンの言葉に、ブルーノはハッとしたように目を見開いた。

「陛下のおっしゃる通り……この楽器の音色を聞きたい者は、わしのほかにも大勢いると思います」

ブルーノは迷いを振り切るように顔を上げると、エリファスとレオンを交互に見つめ、首肯した。

「わかりました。わしのような老いぼれでよければ、協力いたしましょう」

「本当ですか……！」

嬉しさのあまりレオンを見上げると、レオンもこちらを見て、ほんの少し口角を上げてくれる。

レオンはブルーノに視線を戻し、厳かに告げた。

「では、ブルーノ・ベッカー。わが名において命ずる。王妃の協力者として、王妃と民との対話の架け橋となってほしい」

ブルーノは片膝をついて頭を深く下げる最敬礼の姿勢をとり、はっきりと答えた。

「確かに、拝命いたしました」

◇　◇　◇

牢獄でブルーノと話をした日から一週間。

あれからブルーノは牢を出て、正式に王妃の協力者に任命された。王妃に町を案内し、マギトの生活について教え、彼らとの対話の場を作ること――それがブルーノに課せられた『罰』だ。

今日は初めて、ブルーノが登城している。茶色い脚衣にベージュのシャツ、その上に脚衣と同色の上衣を羽織ったブルーノは、いかにも上品な老紳士といった風情で、牢にいた時とは別人のようだ。

「大陸にいた頃、よく着ていた服ですよ。ずっとしまいこんでいたんですが、久々に着ました」

城の門で出迎えたエリファスに対し、ブルーノは照れくさそうに笑った。まだぎこちなさの残る笑顔ではあるが、エリファスに対する敵意はもう感じられない。

「今日は早速、城下に出るんですよね。まずは打ち合わせですか？」

「ええ。でもその前に、見ていただきたいものがあるんです」

エリファスはブルーノを連れて城の裏手に回り、光宮へと向かった。

光宮の前には、リオットが待っていた。エリファスの姿を認めると、はにかんだ笑顔で軽く頭を下げ、扉を開けてくれる。

戸惑うブルーノを促して中に入り、奥へと進んだ。

「母国から持参した種をここに蒔いたんです。一月と少し経って、最近咲き始めました」

「おぉ――これは……！」

追放前に何度も目にしていたであろう花々を前に、ブルーノは言葉を失っている。

一週間ほど前から、いくつかの品種が花を咲かせ始めたのだ。紫色のリラ、薄桃色のラリア。最初に蕾が綻んだ時は、気づいたリオットが大慌てでエリファスに知らせに来て、その後メイドたちもこぞって見に来て大騒ぎだった。

「まさか、生きている間にこの花をまた見られるとは……」

ブルーノは感極まったように声を詰まらせている。

「城の人たちも、すごく喜んでくれて。まだ種があるので、いつかこれを町にも植えたいなと思うんです。もちろん、大陸のものを見たくない人もいるかもしれませんけど……」

「いいや。この花を見て喜ばない者はおらんでしょう」

目の端に浮かんだ涙を拭いながら、ブルーノはそう断言した。

「わしらマギトにとっては、『ない』ことが痛みなんです。大陸ではあたり前にあったものが、ここにはない。それが苦しくて、つらいんです。王妃様がその空白を埋めてくれるなら、皆の心も救われると思いますよ」

「本当ですか。よかった……」

自分のしようとしていることが独りよがりかもしれないという不安があったけれど、ブルーノにも賛同してもらえてホッとした。

「まあひとまずは、皆の暮らしを見て回ることから始めましょうか。どこに花を植えるか、その下見もかねて町を見て回りましょう。まだきちんと外に出たことはないんでしょう？」

応接室に移動するや、ブルーノは鞄《かばん》から大判の紙を取り出し、机に広げた。この国の地図のようだ。

「一番往来が激しいのは、王都の市場。老若男女集まりますし、商いの様子も見られますから、そこから始めましょう。そのあと、ほかの街区なんかにも足を伸ばしたいですね」

マギルス王国は十二の街区に分かれていて、それぞれの街区を地方貴族が監督している。最も人口が多く賑わっているのはやはり王都で、郊外にいくほど高齢のマギトの割合が高くなる。その中には大陸への恨みを抱いている者も多いから、まずは若者の多い王都から交流を始めていくのがいいのではないか――それがブルーノの考えだった。

「今日はこのあと、町へ出られるんですよね？」

「はい。陛下にも許可をもらっています」

「じゃあ、市場から行きましょうか。市場の長《おさ》には話を通してありますから」

応接室を出て、エントランスへと向かう。その途中、エリファスはブルーノに断りを入れ、レオンの執務室へと向かった。

ブルーノとともに町に出てマギトと交流するにあたり、レオンから頼まれたのだ。出かける前に必ず自分に顔を見せ、どこへ行くのか報告してほしいと。

（きっと、心配してくれてるんだろうな）

ジュネから聞いた話では、レオンは政務で忙しいにもかかわらず、エリファスとともに町へ行けないかと、予定を調整しようとしていたそうだ。そんなことをしたら徹夜で政務をすることになると、ジュネや家臣が説得し、ようやく断念したのだとか。

出会った時はかけらもエリファスに興味のなさそうだったレオンが、こうして気にかけてくれていることが、くすぐったくも嬉しい。

控えの間にいる侍従長に声をかけると、ちょうど部屋にいたようで、すぐに取り次いでもらえた。

執務室の椅子に座るレオンは、今日は黒いシャツに脚衣という普段着姿だ。

「陛下、おはようございます。今日はブルーノさんと市場に行ってきますね」

エリファスが声をかけると、レオンは手にしていた書類から顔を上げた。

「承知した。ともに行くことができず、すまないな」

「いいえ！　お忙しいですし、当然です」

「気をつけて行ってまいれ。なにか問題があればすぐ城に使者を送るように。それから……」

なにか言いかけたレオンだが、そこで言葉を切り、エリファスの目の前までやって来た。

「今夜……可能なら、夕食をともにしないか」

「えっ、いいんですか？」

政務で多忙なレオンは、いつも仕事の合間に自室で手短に食事を済ませているらしい。エリファスと同席していたら、そのぶん時間をとられてしまう――そんなエリファスの心配をよそに、レオンはなんてことはないという顔で答えた。

「私自身、城下の民とはあまり交流したことがない。貴殿が町で見聞きしたことを報告してもらえるなら、私にとってもありがたい」

「本当ですか。それなら、ぜひ……！」

思いがけない誘いに、心が浮き立った。嫁いできて初めて一緒に食事ができる。それに、レオンからの誘いだ。なにより、自分の行動がレオンの役に立つのだと言ってもらえて、誇らしい気持ちが湧いてくる。

「では、また夜に」

「はいっ。行ってまいります！」

目尻を下げて見送ってくれるレオンのまなざしは優しく、ずっと目を合わせていたいような気分になる。それをこらえて、エリファスは城下へと向かった。


初めて訪れる市場は、城から馬車で半刻ほどの場所にあった。中央に噴水がある広場で、婚礼式の日に馬車で通った覚えがある。あの日はひっそりと静まり返っていたが、今はところ狭しとテントが立ち並んでいて、大勢の買い物客で賑わっている。商品をよく見せるためか、光の球を閉じこめたランタンがいたるところに吊《つ》るされていて、市場全体がとても明るい。

（わぁ、すごく活気がある）

シンプルな黒いワンピースにエプロンをかけた女性たちが、かごを手にテントを回っている。男性は薄灰色か黒のシャツにベスト、ゆったりした脚衣という装いが多いようだ。

（やっぱり僕も、もっと軽装で来たほうがよかったかも……）

エリファスが今着ているのは、レースの襟のついた黒い長衣で、足元にかけて裾がふんわり広がった女性的なシルエットのものだ。胸元には金の飾りボタンが四つ、腰にも金色の腰巻を巻いている。儀礼用の正装に比べれば装飾は控えめだが、それでも城下では目立つだろう。

エリファスとしては町になじむ軽装で出かけたかったのだが、侍従長に止められてしまったのだ。王妃として町に出る以上は、王妃らしい風格ある装いをしてほしいと。侍従長の言い分ももっともなので、外出着として用意されたこの長衣を着てきたのだが、場違いのような気がして心もとない。

威勢のいい呼びこみの声を聞いているうちに市場の入口に到着し、馬車が停まった。護衛つきの馬車に気づいた人々が、不思議そうにこちらを見ている。

「ちょっと待っていてくださいね。まずはわしが降りますから」

ブルーノはエリファスに言い置いて、先に馬車を降りた。

「あれっ、ブルーノさんじゃないか！」

「牢に入れられてたって聞いたけど、大丈夫だったのかい？」

市場の人々が親しげにブルーノに話しかけている。建国時からこの国にいて、町づくりに率先して関わっていたブルーノはやはり、マギトたちからの信頼も篤いようだ。

ブルーノはしばらく市場の人々と歓談したあと、声を張りあげた。

「皆、聞いてくれ。今日は皆に、紹介したい人がいる」

ブルーノに目で合図され、エリファスは馬車を降りた。

自分たちとは異なる身なりと、耳も尻尾もない姿、四方を囲む近衛兵の存在で、市場の人々はエリファスが誰かをすぐに悟ったようだ。賑やかだった市場が、一気に静まりかえった。

皆、遠巻きにエリファスを見ている。ある者は怯えるように、ある者は気味悪いものを見るように。

警戒と敵意に満ちた視線に晒されて、心が挫《くじ》けそうになる。

けれど意識して、今朝のレオンのまなざしを思い出した。

そばにはいられないけれど、きっと今も、レオンはエリファスのことを気にしてくれている。

そう考えたら、心に一本、まっすぐで太い芯が通ったような気がした。

エリファスは敵対視するようにこちらを見る人々を見渡し、できるだけ大きく口を開いた。

「突然お邪魔してごめんなさい。私はこの国に嫁いできたエリファス・ルーディーン・マギルスです。今日はマギトの皆さんの暮らしについて少しでも知りたくて、ブルーノさんに案内を頼んでここへまいりました。どうか少しの間、お邪魔させてもらえませんか」

人々は顔を見合わせて、口々になにか囁き合っている。険しい表情を保ったままの者もいれば、戸惑ったようにきょろきょろ周りの反応を窺う者もいる。

気まずい雰囲気が漂う中、一歩前に歩み出たのはブルーノだった。

「皆、知っての通り、わしは国王夫妻の乗る馬車を攻撃して捕らえられた。本当なら縛り首にされても仕方ないくらいの罪だ。だがこの王妃様は、わしを罰するどころか、わしらマギトのことを知りたい、理解したいと言ってきた」

確認するようにエリファスを見やり、ブルーノは軽く目を細めた。それに応えて、大きく首を縦に振る。

「最初はわしもただの偽善だと思っていたが、このお方はどうも本気なんだ。……皆、わしからも頼む。王妃様に、俺たちの生活を見せてやってくれないか」

自分たちの仲間であるブルーノの真摯な言葉に、先ほどより少しだけ空気が和らいだようだ。ブルーノがここまで言うなんて――と、意外そうに眉を持ち上げ、エリファスを見る者もいる。

ブルーノの言葉に勇気づけられ、エリファスはもう一度、皆を見渡して頭を下げた。

「皆さん、どうかお願いします。僕に、あなた方のことを知る機会をいただけませんか」

人間の国から来た王妃が、頭を下げている――そのことに驚いたのか、市場にどよめきが走る。

しばらくして、囁き声が小さくなった。顔を上げると、人々は曖昧に頷いたり、エリファスに小さく礼を返したりしながら、商いや買い物を再開した。

歓迎されてはいないが、出ていけと拒絶されているわけでもない――今は、それで十分だ。

「さ、王妃様。とりあえず、ぶらぶらしましょうか」

空気を変えるように、ブルーノが明るく手を叩いて促す。エリファスも笑顔で同意し、ブルーノと並んで市場を回ることにした。道幅も狭いため、近衛兵は前後に一人ずつ、そしてニコがエリファスの後ろについている。

市場には、いくつものテントが立ち並んでいる。食料品や衣服、薬草を売っているテントもある。

「わぁ、これはなんですか？」

一つのテントの前で、エリファスは足を止めた。

白い砂糖をまぶした小さな菓子が売られている。焼き菓子だろうか。あたりには砂糖の甘い匂いと、ナッツのような香ばしい香りが漂っている。

「これはコルシュといって、今城下で流行《はや》っている菓子ですよ。蜂蜜を小麦粉で固めて、中にナッツを入れるんです」

ブルーノの説明に耳を傾けていると、店主の女性がこわごわではあるが、声をかけてきた。

「もしよろしければ、召し上がりますか……？」

「はい、ぜひ！」

ころんとした丸い菓子を、女性が手渡してくれる。早速食べてみると、口いっぱいに甘みが広がって頬が緩んだ。口どけのよい柔らかい食感の中に、ナッツの歯ごたえを感じる。

「おいしい……！」

はしゃいだ声を出してしまい、はしたなかったかと慌てて口を押さえたが、店主の女性は緊張を解いた様子で笑みを向けてくれた。

(そうだ。これ、陛下にも食べてもらいたい)

夕食の際、土産《みやげ》として渡せるものがあればと考えていたところだった。エリファスは後ろに控えていたニコに頼み、コルシュを一袋購入してもらった。

「そんなに気に入ったんですかい？　王妃様」

「はい。でも自分用じゃなくて、陛下へのお土産に」

エリファスの返答に、ブルーノが意外そうに眉を持ち上げた。

「牢でお会いした時も思ったんですが……王妃様は、陛下と自然に話してますよね」

「はい。なにか変でしょうか？」

「いや、その……怖いと思ったりはしないんですかい？」

後ろに控える近衛兵を気にしてか、ブルーノが声をひそめた。

国を治める王として、レオンのことは尊敬している。でもあの姿を見ると、同じ種族のマギトであってもやはり臆してしまうのだと、ブルーノは話した。

「わしらでもそうなんですから、人間の王妃様にしてみりゃ、もっと恐ろしいでしょう。なのに、牢でも仲よく並んでましたし、今も土産を買っていくと言うし……」

「うーん。確かに最初は怖かったですし、悲鳴もあげてしまいました。でも何度か接するうちに、お優しい方だとわかったので、怖さは消えていきました」

「へぇ……まあ、わしも牢で実際にお会いしてみたら、想像していたより穏やかな方だと感じましたよ。陛下はあまり民の前にお姿を見せませんから雲の上のお方のように思ってたんですが、わしのような民にもちゃんと目線を合わせてくれましたしね」

納得した様子で頷くブルーノに笑みを返しながら、エリファスは考えた。

レオンは、自分が恐れられていることを知っているからこそ、民の前に進んで姿を見せようとしない。皆を怖がらせたくないという、レオンなりの優しさなのだ。

でもその優しさゆえに、民との間に溝ができ、遠い存在のように思われているのだとしたら、それは悲しいことだ。もっとレオンの人柄を知ってもらえたら、関係も変わるかもしれないのに――。

「さあ、王妃様。こっちには装飾品もありますよ」

ブルーノの呼びかけに、エリファスは我に返り、あとを追った。

装飾品の屋台には、鉱石を使ったペンダントや髪飾りが売られている。この島の沿岸には鉱山洞窟があり、そこから鉱石が豊富にとれるそうだ。飾りに使うだけでなく、溶かして染料に使用することもあるらしい。

隣には衣服の屋台も並んでいる。綿花の栽培が盛んではないのか、衣服は麻などの素材が多い。

ブルーノによれば、マギトが移り住んで来た時から、この土地には大麻や亜麻などが生い茂っていたらしい。製糸や織物の知識を持ったマギトがそれらを用いて布を作るようになり、この国の衣服に広く用いられるようになったそうだ。

「こっちは食料品や飲み物の屋台ですよ。このあたりは果物ですね。大陸から持ちこんで育てたものも多いですが、この島にもともと育っていたものもあるんですよ」

確かに、果物をかごいっぱいに積んでいる屋台には、柑橘《かんきつ》類や葡萄《ぶどう》のほかに、初めて目にするようなものも陳列されている。

（これはなんだろう？）

表皮に棘《とげ》のようなものが生えた緑色の果物が珍しくて、テントの軒先に近づいた。

しかし、店主らしい年配の男性が中から足早に出てきて、軒先にぶら下げていたカーテンのような幕を勢いよく閉めてしまう。

「あっ……」

あからさまな拒絶の態度に立ちすくんでいると、その隣の屋台からも人が出てきて、同じようにカーテンを閉めた。

「おい、皆……」

ブルーノが困ったように眉を下げる。その間にほかの店主も次々動き出し、三分の一ほどのテントの幕が閉められてしまった。

（……そうだよね。今日初めてここに来て、すぐに受け入れてもらえるわけがない）

こういう反応をされることも覚悟の上でここへ来たのだ。下を向いてはいけないと、縮こまりそうになる体を叱咤して背筋を伸ばした。

「王妃様。今日のところは開いている店を見て回りましょうか。わしも、あとでみんなとじっくり話しますんで」

どこか申しわけなさそうなブルーノの言葉に、エリファスは頷きを返した。

彼らの大切な場所にお邪魔しているのは自分だ。対応を強いることはしたくない。

それに、すべての者がエリファスを拒絶しているわけではない。果物の屋台が並んだ先には肉やパンなどの屋台があるが、若い店主が好奇心を滲ませた目でこちらを見ている。

ふと、向かいの屋台で店番をしている青年と目が合った。見たところエリファスと同世代で、耳と尻尾の形を見るに、サーバル獣人だろうか。

「こんにちは」

「こ、こんちは……」

　エリファスが挨拶をすると、青年は緊張した様子で軽く一礼したあと、エリファスの頭や背後に視線を向けた。

「すげぇ。耳も尻尾もない人、初めて見た……」

「こら、そんなにじろじろ見たら失礼だろう」

　ブルーノが諫めているが、エリファスはくすくす笑って首を振った。人間に対して関心を持ってもらえているならなによりだ。

「よかったら、見ていきます……？　うち、ミルクを売ってるんですけど」

　ひとしきりエリファスを眺めた青年が遠慮がちに誘ってくれたので、喜んで足を向けた。

　テントの中には、ミルクの詰まった白い瓶がずらりと並んでいる。青年が瓶を手にとりながら、たどたどしく商品を紹介してくれた。

「えぇと、こっちがヤギのミルクで、こっちは木の実のミルクです……」

「木の実のミルク？」

　大陸では牛乳が主流なので首を傾げると、ブルーノが説明を加えてくれた。

　大陸から追放される際、マギトは家畜を連れていくことが許されなかったらしい。牛はこの地に生息していなかったため、ヤギの乳を搾ったり、木の実からミルクをとる方法を編み出したそうだ。

　ヤギのミルクは飲んだことがあるが、木の実のミルクは初めてだ。ニコに頼み、一つ購入してもらった。

「ど、どうですかね。お口に合うかどうか……」

感想が気になるのか、青年が窺うようにエリファスを見る。その視線に急かされるように瓶を開けて飲んでみると、舌ざわりがなめらかで、ほのかな甘みが口に広がった。

「おいしいです！　癖もなくて、飲みやすいんですね」

立て続けに瓶に口をつけると、青年はホッとした様子で破顔した。

それから、食用肉や総菜のテントを見て回った。

食用肉は猪《いのしし》や鹿、鳥の肉が多く、それを酒と一緒に煮こんだ料理も総菜として売られている。ミートパイや、ひき肉の炒《いた》め物をパンに挟んだものなど、ルーディーン王国で見たことのある料理もあるけれど、使っている肉や野菜が違うから独特の料理に見える。魚の酢漬けや塩漬けなど、大陸にいた頃に近隣国で目にしたことのある料理もあるが、そちらも微妙に調理法が違うように見える。

「マギトはあちこちから追放されてここへ来ていますからね。ある意味、大陸じゅうの食文化がここには集まっているんですよ。とはいえ向こうより食材が少ないですから、代わりの材料を使ったりアレンジを加えたりしているうちに、マギト流の料理に発展したんです」

「なるほど……」

大陸から持ちこめなかったものも数多くある中で、マギトたちはこの土地にあるものをうまく活用しながら、独自の文化を築いてきたのだ。

エリファスの中に、マギトへの尊敬の気持ちが生まれた。

（これから、もっと知っていきたいな。この国のこと）

このマギルス王国の王妃として。

その後、数刻市場を回り、今日は城に戻ることにした。もっと店主たちと話したり交流したりしたいけれど、あまり長居しすぎると余計な緊張を生んでしまう。

市場の入口に戻る途中、ブルーノがエリファスに耳打ちしてきた。

「王妃様。例のものは持って来てくださったんですよね？」

「あっ、はい！　一応……」

エリファスが頷くと、控えていたニコが馬車に走っていって、二つの木箱を持って戻ってきた。

市場を視察したら、そのお礼に一曲演奏したらどうか——城を出る際、ブルーノがそう提案したのだ。ブルーノが伴奏してくれるというので、コッティリアとヴィオリーヌを持って来たのだが。

（でも、お礼っていっても、喜んでもらえるかな……）

対応を拒否し、カーテンを閉めたままのテントも近くにある。楽器なんて弾いたら、ますます不愉快な思いをさせてしまうかもしれない——。

木箱を前にためらっていると、キツネ獣人の少年が、とことことエリファスに近寄ってきた。

「ねぇ、お兄ちゃん。それなぁに？」

大きな目をくりくりさせながら、少年はエリファスの持った楽器のケースを指さしている。

「お兄ちゃんの国の楽器なんだ。こうやって弾くと、綺麗な音が出るよ」

エリファスはヴィオリーヌを取り出し、軽く弓を引いて音を出してみせた。

「すごーい！」

少年の顔が、ぱあっと明るくなる。屈託のない反応に、エリファスの頬も緩んだ。

「お兄ちゃん、もっと弾いて！」

ブルーノを見ると、勇気づけるように片目を瞑り、コッティリアを構えてくれる。

気がつけば、なにが始まるのか興味を持った人々が、遠巻きにこちらを見ていた。

「じゃあ、弾くね。……皆さんに、お礼の気持ちをこめて」

一つ深呼吸をしたあと、ブルーノと目で合図を交わし、母国に伝わる民謡を弾いた。テンポのよい、心の弾むような曲だ。

多くの視線が、一気にこちらへ向けられたのがわかった。

緊張しながら指を動かすエリファスの横で、ブルーノは体を揺らしながら陽気に音を奏でている。追放される前は道端で投げ銭を稼いだというだけあって、周りを楽しませながら演奏する術《すべ》に長《た》けているようだ。

ブルーノの姿に影響され、エリファスの肩からも徐々に力が抜けてきた。母国にいた頃、慰問や視察に行った先で演奏した時を思い出しながら、目を閉じ、足でリズムをとり、ただ音を楽しむ。

一曲弾き終えると、拍手が聞こえた。見れば、周りを取り囲んだ数十人のマギトが手を叩いてくれている。キツネ獣人の少年は尻尾をぱたぱたさせながら、飛び跳ねて喜んでいる。

「お兄ちゃん、すごーい！」

「ブルーノさん、あなたそんなに楽器がうまかったのね。素敵だったわ。……王妃様も」

すぐ向かいにいた中年の女性がブルーノに声をかけたあと、ぶっきらぼうにつけ加えた。負の感情が完全に消えたわけではないけれど、少し心を許してくれたのがわかって嬉しくなる。

その後ろで、カーテンが閉まっていたテントから、いくつかの顔が覗いていた。エリファスと目が合うとすぐに引っこんでしまったが、興味は持ってもらえたようだ。

「また来て違う曲も聞かせてよ。王妃様」

近くにいた狼獣人の青年が声をかけてくる。エリファスはホッと息を吐き、満面の笑みを返した。

「ええ、ぜひ。今日は、ありがとうございました……！」

見送ってくれる人々に手を振って、市場をあとにする。来る時は緊張でこわばっていた体が、今はとても軽かった。


その夜、エリファスは城の食堂で一人、レオンを待っていた。

この城に来てもう二月が経つというのに、レオンと食事をともにするのは今日が初めてだ。

(なんだか緊張する……それに、本当にこの格好でよかったのかな？)

エリファスが着ているのは、ルーディーン王国から持参した服だ。白いフリルのついた立ち襟のシャツに、光沢のある淡い水色の布地で作られた襟のない上着。上着は足首くらいまでの長さがあるので、金色の腰巻で締めている。胸元には色とりどりの花々の刺繍が施されていて、目にも華やかだ。

城下から帰ってきて着替える際、母国の衣装を着てはどうかとニコに勧められたのだ。

『記念すべき初めてのお食事ですよ！　あの華やかなお衣装で行ったほうが、陛下も喜ばれるのではないですか？』

手伝ってくれるメイドたちも乗り気で、こっちのほうがいい、あっちのほうが似合うと、エリファス本人よりも盛り上がりながら支度してくれた。

（みんなの気持ちは嬉しいけど、陛下に変に思われないかな……）

大陸から持ちこんだ衣装をこの国で着るのは、どこか気が引けていたのだ。レオンは服のことなど気にしないかもしれないが、やはりこの国の衣装のほうがよかったのではないか——。

そわそわしながら待っていると、扉が開き、侍従長を伴ったレオンがやって来た。

「すまない。待たせたな」

「い、いえ！」

レオンは黒のシャツに同色の脚衣姿で、少しリラックスした格好のように見える。

席に着くなり、レオンがエリファスの衣装に視線を向けた。無言のまま、華やかな服とエリファスの顔を交互に見ている。

やはりこの格好はおかしかったかと不安になっていると、一文字に結ばれていたレオンの唇が柔らかく弧を描いた。

「母国の衣装を着ている姿は久々に見たが、とてもいい。よく似合っている」

淡々とした口ぶりながら、声にはわずかに感嘆の色が滲んでいる。お世辞ではなく本心から言ってくれているのがわかって、エリファスは安堵と嬉しさにホッと息を吐いた。

「この国の衣装もいいが、母国のものも遠慮せず着るといい。……私も、また見たいと思う」

早口にそうつけ加えて、レオンがふいと視線を逸らした。これは照れ隠しだなとすぐにわかって、自然と口角が上がる。

緊張も和らいだところで、控えていたメイドたちが食事を運んできた。スープにパン、魚のムニエル。料理番が気を利かせてくれたのか、心なしかいつもの食事よりも手がこんでいる気がする。

大きな手で食器を器用に操りながら、レオンが尋ねてきた。

「市場は、どうであった」

「はいっ、皆さんの生活を知ることができて、とても勉強になりました。あっ、それから、楽器を弾いたら皆さんが興味を持ってくださったんです。最後には拍手してくれる方々もいて……」

楽しかった出来事や、学んだ知識。それらを選んで報告すると、レオンは相槌《あいづち》を打ちながら興味深そうに聞いてくれる。

「充実した視察になったようでなによりだ。……なにも、つらいことはなかったか？」

おもむろに問われて、一瞬、言葉に詰まった。

つらいことがなかったわけではない。皆が好意的に接してくれたわけではないし、最後まで警戒を解かない人たちももちろんいた。

でも、それをレオンに報告したら、きっと心配させてしまう。

「……いいえ。大丈夫です」

エリファスはにっこり笑って、そう答えた。せっかく外に出してもらっているのに、心配をかけるようなことを言うわけにはいかない。

「あっ、そうだ。実は陛下に、お渡ししたいものがあるんです」

自室から持って来ていた菓子の袋を差し出すと、レオンが眉を持ち上げた。

「これは？」

「コルシュっていうお菓子で、今城下で流行っているそうですよ！　すごくおいしかったので、陛下にもお見せしたくて」

毒見をしないと食べてもらえないだろうけれど、この場に持って来たのは市場の雰囲気だけでも感じてほしかったからだ。きっとレオンは、市場を自由に見て回れる立場ではないだろうから。

（でも、迷惑だったかな……）

レオンがなにも言わずに袋を凝視しているので、不安が頭をもたげてくる。

「し、市場のものは口にされないですよね。ただ、お見せするだけでもと思って……」

「いや。城下の市場でどのようなものが売り買いされているのか、私もすべては把握していない。まして民の間の流行など、これまでまったく知らなかった。……とても、興味深い」

囁くように言いながら、レオンが袋を一撫でした。大きな手のひらにすっぽり収まるそれを、ひどく大切そうに。

「献上品を受け取る機会は多々あるが……貴殿からのこの菓子は、なぜか特別に感じるな」

目尻を下げ、瞳を輝かせながら、レオンは宝物に向けるようなまなざしを手の中に落としている。

幼子のように屈託のない顔つきだ。エリファスは瞬きも忘れ、初めて目にするレオンの表情に見入ってしまった。

たった一つの、小さな土産。それだけでこんなにも喜んでくれるなんて。

「……また外で珍しいものを見つけたら、お土産にお持ちしますね。必ず」

「あぁ、ありがとう。楽しみにしている」

喜色を浮かべた、柔らかな笑み。この表情をもっと見たい。この人を喜ばせたい――。

自然と湧き上がってくるこの気持ちは一体なんだろう。わからないけれど、胸の奥がぽかぽかあたたまるような感覚は、とても心地よいものだった。


エリファスはそれから、ブルーノを案内人として何度も城下へ赴いた。

市場の次は、王都の中心にある広場へ。週末に大聖堂の前で開かれるバザーにも出かけた。王都のはずれにある農園も見にいった。

エリファスが驚いたのは、この国の生活基盤が思った以上に整っていることだった。

ルーディーン王国と同じで、病院もあるし養老院や孤児院もある。

ブルーノによれば、移住してきた当初、この土地は荒れ果てていて、生い茂る木々や雑草のほかは見渡す限りなにもない場所だったという。

そこから、ここまでの町を築き上げ、皆が暮らせるようにしてきたのだ。知れば知るほど、エリファスはマギトたちへの尊敬の念を深くした。

ほとんど毎日、町を見て回るうち、エリファスに対するマギトたちの反応も変化していった。

「どうやら本当に、王妃様はわしらのことを理解しようとしているらしい、と。少しずつですが、町のみんなもそう感じ始めているようですよ」

馬車で城へ戻る道中、ブルーノはどこか誇らしげにそう言ってくれる。

今日は子どもたちの学びの場である私塾を視察した。まだ学校と呼べるものは作られていないが、それぞれの街区には必ずいくつかの私塾があり、そこで教育を受けられるらしい。

私塾に集った子どもや親たちの多くは、最初こそビクビクした様子だったが、エリファスが積極的に話しかけるうちに、警戒心を解いて笑顔を見せてくれたので励まされた。

「王妃様は、わしらのような民にも真摯に向き合ってくれるし、話を聞いてくれる。知ろうとしてくれていることが皆も嬉しいんでしょう」

「そうですか……皆さんが少しでも心を開いてくださっているなら、僕も嬉しいです」

しかし当然、すべてのマギトがエリファスを受け入れてくれているわけではない。

特に、大陸で暮らした経験のある高齢者が集まる街区では、エリファスへの敵意も根強い。

昨日は、王都から少し離れた場所にある高齢者の多い集落に出かけた。ブルーノの友人で、エリファスの演奏を聴きたいという者がいるというので会いにいったのだが、エリファスが馬車を降りるなり家の窓を閉める者もいたし、『帰っとくれ！』と直接叫んでくる者もいた。

『あんたたち人間のせいで、わたしらはこんな暗い場所で一生を過ごさなきゃいけないんだよ』

そんな恨み言を直接ぶつけられたりもした。

人間とマギトの間の、根深い溝。少し努力したくらいで、それが埋まるわけではない。

けれど心が折れそうになると、エリファスは以前レオンに言われた言葉を思い出すようにしていた。

『すべての者とわかり合えるかどうかはわからぬし、時間もかかるだろう。しかし、私や侍従長のように、貴殿の心を理解する者も必ず現れるはずだ』

(すぐには無理でも、できることからやっていけば、なにかが変わるかもしれない)

レオンの言葉は、まるでお守りのようだ。つらい時に思い出すと、もう一度頑張ろうと元気が出る。

レオンとは毎日、出かける前に顔を合わせている。それだけでなく、週に一度は食事をともにするようになった。町の様子について報告を聞きたいと、時間をとってくれるのだ。

(なんだか少しずつ、夫婦らしくなれてるような気がする……)

いつの間にか、レオンの存在が支えになっていることを、エリファスは感じていた。


そうして、城下に出始めてから二月ほどが経った頃、ブルーノがある提案をしてきた。

『一通りの街区を回りましたし、そろそろ町に花の種を蒔いてみてはどうですかね。まずは近場の王都から始めて、様子を見てほかの街区にも広げていったらいかがでしょう』

これまでは色々な場所を視察させてもらうだけだったが、それだけではなく、なにか民のためになる活動がしたい。そう思っていたので、エリファスはブルーノの提案に喜んで同意した。

家臣たちとも相談し、まずは王都の広場に小さな光宮を作り、種を蒔くことに決まった。

広場は近隣に住むマギトたちの憩いの場だ。子どもを連れた親や散歩に来た年配者など、老若男女を問わず様々な人が行き交う。もしそこに花が咲けば、多くの人に楽しんでもらえるだろう。

城おかかえの大工たちに依頼し、急ぎ光宮の建設が進められた。花壇の設置や花の世話については、リオットなど城の庭師たちも手伝ってくれることになった。

ブルーノの提案から一月が経った今日、エリファスは家臣やブルーノを伴って広場に出かけた。

広場の中心には大きな噴水があり、その横には建国の祖であるオスロの彫像が鎮座している。

エリファスが馬車を降りると、遠巻きにしたり足早に広場を去ろうとしたりする者もいた。それでも、中にはお辞儀をしたり、手を振ってくれたりする者もいる。エリファスは手を振り返しながら、兵士の先導のもと、目的の場所へと歩を進めた。

「陛下、あちらです」

兵士が指し示した先、広場の端に光宮が建っている。三角屋根が可愛らしい木製の小屋で、真ん中に開いた小さな丸窓からは、中にたくさんの光の球が浮いているのが見てとれた。

扉の前には、リオットが立っていた。エリファスの姿を認めると、一礼して扉を開けてくれる。

「城の光宮よりは小規模ですが、ベンチもいくつか置けましたし、ここに花が咲けばみんな楽しめるんじゃないですかね」

室内中央にはレンガ作りの花壇があり、その周りに、擬似的な日光浴を楽しむためのベンチも並べられている。ここに座って花を眺める民の姿を想像すると心が躍り、早く花を咲かせたいという気持ちがいや増した。

リオットやブルーノ、家臣らに手伝われながら、花壇に敷きつめられた土に種を蒔く。

一通りの作業を終えて再び外に出ると、広場にいた人々が周りに集まっていた。

「なにかしら。なにか植えているの？　なんの種？」

若い女性が、小屋の周りを固める近衛兵に怯えながらも、こちらを不思議そうに見ている。エリファスは兵士に少し下がってもらい、女性に歩み寄った。

「こんにちは。今、お花の種を蒔いているんです。水色の可愛いお花が咲くんですよ」

「水色……？　それって、どういう色ですか？」

女性は首を傾げている。ニコと同じで、あまり花を見たことがないのだろう。

ニコや城の人たちに見せたハンカチを取り出して広げて見せると、女性は感嘆の吐息を漏らした。

「これが水色……優しい色ですね。お花の形も可愛らしいわ。こんなの、見たことがない」

女性の様子を見て興味を惹かれたのか、近くで遊んでいた子どもが数人、エリファスに近寄ってきた。彼らに見えるようにハンカチを掲げると、わっと歓声があがる。

「お兄ちゃん、本当にここにこれが咲くの？」

「どのくらい？　どのくらいで咲くの？」

頬を紅潮させながら、子どもたちが尋ねてくる。はちきれんばかりの期待と興奮が伝わってきて、こちらも嬉しくなった。

広場の花の世話には、城の庭師のほか、光の魔力や大地の魔力を持つ城の使用人たちが交代であたってくれることになったが、エリファスも頻繁に足を運ぶつもりでいる。マギトのように光をあてたり土に栄養を送ったりはできないので、やれることといえば水やりや草取りくらいだが、少しでも世話に協力したい。それに、広場に行くことで、王都のマギトとの交流にもなる。

この花が咲く頃には、この国の民ともっと距離を縮めていたい。そんな願いをこめて、エリファスは一つ、また一つと、種を蒔いていった。


王都から始めた花の種蒔きは、いつしかほかの街区にも波及していった。

王妃が花の種を王都に植えているらしい――そんな噂が近隣の街区にも伝わり、『試しにうちの広場にも植えてほしい』という声がちらほら城に届き始めたのだ。

『王都の外にも植えるとなると、もはや王妃や使用人たちだけでは対処できまい。各街区とも連携をとり、協力者を募って正式な事業としよう』

レオンや家臣らと相談した結果、まずは各街区の広場に一つずつ光宮を設置し、種を分配して蒔くことに決まった。光宮の管理と花の世話は、その街区の中から協力者を募って任せる仕組みだ。

協力してくれる者が現れるか不安だったが、意外なことにどの街区でもすぐに必要な人数が集まった。もしかしたら、エリファスへの不審感より好奇心が勝ったのかもしれない。エリファスに対する反発が強かった高齢者の多い街区でも、たくさんのマギトが募集に応じてくれた。

『まだあんたを王妃として認めたわけじゃないけどね。でも私らだって、花は見たいんだ』

先日、種を手交しに行った際、大陸の出身だという高齢の女性はそう言いながら、しかと種を受け取った。

種を預けたあとも、エリファスは各街区に足を運び、光宮を視察したり協力者と交流したりした。時にはコッティリアやヴィオリーヌを持って視察に行くこともあった。市場でのブルーノとの演奏が知らぬ間に評判になっていたらしく、よく『聴いてみたい』と乞われるからだ。

『そんな楽器、初めて見ました。繊細な音色で、聴いていると落ち着きますね』

ある時、ブルーノとの演奏を終えたあと、若い女性からそう声をかけられて、エリファスはこの国には弦楽器がないことを知った。

マギトの中にはブルーノのように大陸で音楽の仕事をしていた者もいたらしいが、彼らも着の身着のまま追放されたので、楽器を持ち出すことは困難だったそうだ。それゆえ、大陸で普及している楽器が、この国には広まっていない。木を加工した打楽器や、粘土で作る笛などがこの国で独自に生まれ、民の間で親しまれているが、弦楽器の類《たぐい》はまったくないらしい。

そのためだろうか。エリファスがブルーノとともに曲を披露すると、高齢のマギトの中には涙を流して聴き入る者もいる。彼らにとって弦楽器の調べは、遠い故郷の音色なのだろう。

エリファスは以前、ブルーノから聞いた話を思い出した。大陸にはあたり前にあったものが、この国にはない。そのことが、マギトにとっては痛みなのだと。

マギトの前で演奏を披露していると、時折、焦がれるような視線が楽器に注がれているのを感じることもある。大陸で弦楽器にふれたことがあり、本当は自分でも音を奏でたいと思っている者も多いのではないか。

「ここで弦楽器を作ることはできないのかな……」

王妃の私室で、エリファスは自分の楽器を触りながら思案していた。

コッティリアもヴィオリーヌも、材料に使われているのは木や動物の毛だ。どちらもこの国で手に入るものなのに、なぜ今まで作られてこなかったのだろう。

今日はちょうどブルーノが登城する日だから、事情を聞いてみようと思った。

数刻してやって来たブルーノに疑問をぶつけてみると、ブルーノは難しい顔で首をひねった。

「王妃様の言う通り、材料自体は揃いますよ。ただ、なにせ技術がないですからね。わしの父のように楽器職人だった者もわずかにいたんですが、もう皆亡くなってます」

「お弟子さんもいらっしゃらないんでしょうか？」

「ええ。建国してしばらくは皆、開墾やら住宅建設やらで手いっぱいでしたから、楽器を作って商売するなんて考えられない状態でした。ようやく落ち着いた頃には、数少ない職人は皆高齢になっていましたし、今さら弟子をとる気力もなかったんでしょう」

こんなところにも追放の爪痕が残っていることを知り、エリファスは悲しくなった。物資を持ってこられなかっただけでなく、人から人へと受け継がれるはずの技術も途切れてしまっているのだ。

「わしは親父の仕事をたまに工房で見ていたので、工程くらいはわかるんですがね。ただ、細かい技法はまったく……今思えば、もったいないことをしました」

ブルーノは悔やむように唇を噛んでいる。

エリファスも母国にいた頃、城仕えの楽器職人と交流があったので、製作技術の習得に何年もかかることは知っている。いくら父親の仕事を見たことがあるといっても、作るとなると難しいだろう。

（でも、材料があって工程がわかるなら、形にはできるんじゃないかな）

大陸とまったく同じものでなくてもいいのではないか。この国に今までなかった弦楽器を作ることができれば、マギトが楽しめる音楽の幅も広がるのではないか――。

そんな考えを話すと、ブルーノは少し考えこんだあと、頷いた。

「そうですね。不格好なものしかできないかもしれませんが、やってみる価値はあるかもしれません。大陸で音楽に携わっていた者にも声をかけて、作ってみましょうか」

「お願いします！」

その後、レオンやジュネ、家臣たちの承諾を得て、エリファスはブルーノに対し正式に楽器の試作を依頼し、王都内に作業場を設けた。ブルーノはそこに、大陸で音楽活動をしていた者や、自身と同じく楽器職人の家庭で育った者を呼び寄せ、コッティリアをモデルに弦楽器の試作を始めた。

エリファスも自身の楽器を手に、たびたび作業場を訪れ、どうすれば大陸の楽器に近いものが作れるか話し合った。

花を育てる活動に、楽器の試作。いまや正式に王妃肝いりの事業となった二つの仕事に懸命に取り組むうちに、またたく間に季節はめぐった。

毎日城下を飛び回るエリファスの姿に、民も少しずつ心を許し、親しみを覚え始めたようだった。

馬車の窓越しに手を振ってくれたり、花の世話をしている際に話しかけてくれたりする者も増えた。

そんな変化が嬉しくて、疲れも感じなかった。

だからエリファスは、自分の体に溜まる疲労に気づいていなかった。


ある夜、城下から戻り私室で着替えを済ませたエリファスに、ニコが遠慮がちに声をかけてきた。

「エリファス様。今日、なんだかお顔が赤くありませんか？」

言われてみれば、確かに少し熱っぽいような気がするし、頭もぼんやりする。

(この数か月、ずっと出かけてばかりだったからな)

少し横になりたい気がしたが、これからレオンとの夕食がある。今日も報告したいことがたくさんあるし、レオンと過ごせる機会をふいにするのは嫌だった。

(薬を飲んでおけば、大丈夫だよね)

大陸から持って来た薬もまだ数があるので、それを服用し、レオンとの食事に向かった。

食堂に赴くと、すでにレオンは到着していて、席で書類を読んでエリファスを待っていた。

「陛下！　申しわけありません。お待たせしてしまって」

「構わぬ。気にするな」

安心させるように、レオンが口の端を持ち上げる。

食事をともにし始めた頃は、エリファスのほうが先に着いているのが常だった。国王に対する礼儀としてはそれが当然だが、最近ではこうして、レオンがエリファスを待っていてくれることも多い。

(もしかして、この時間を楽しみにしてくれているのかな)

そうだったらいいなと願いながら席に着くと、レオンが訝しげに目を眇《すが》めた。

「今日の貴殿は……いつもと、顔色が違うのではないか」

鋭い指摘に、焦ると同時に驚いた。わずかな顔色の変化に、レオンが気づくと思わなかったからだ。それだけエリファスのことをよく見てくれているのは嬉しいけれど、体調が悪いことは気取られたくない。

「そんなことないですよ。今日、お花の世話でかなり体を動かしたので、そのせいかもしれません。さあ、食べましょう」

ちょうどよくスープが運ばれてきたので、食器を手に促すと、レオンはなにか言いたげな顔をしながらも食事を始めた。

「今日は港町に行ったのだったな。広場の花は順調に育っているか」

「はい。種から芽が出ていて、皆さんとても喜んでいました。世話をしてくれている方たちも、光宮ができてから町に活気が出たと話してくださいました」

最初は花を植えることに反発していた人たちも、徐々に興味を持ってくれている。

「お花もですし、果物とか楽器とか……大陸のものを、もっとこの国に持ちこめればよいのですが」

物質的には、やはりこの国は大陸より貧しい。それを改善できたなら、もっとマギトの生活がよくなるのにと思う。エリファスがそんなことを語っている間、レオンは真剣な顔で聞いてくれた。

「――貴殿のおかげで、私も民に対する理解が深まった」

「え……？」

「私はこれまで、民は人間を憎み、大陸を忌み嫌っているものとばかり思っていた。だが、貴殿が彼らと対話し理解に努めてくれたことで、必ずしもそうではないとわかった」

人間や大陸に、一切関わりたくない――そう思っているわけではない。むしろ、近づきたいのに近づけない、帰りたくても帰れないのがつらい。そのつらさが、人間への憎しみに転化していたのだと、エリファスもマギトと対話するうちに気づき始めていた。そのことを、レオンもわかったのだろう。

「時間はかかっても、いつか大陸と交流を交わすことができればいいのだが」

思いがけない言葉に、息をのんだ。まさか、レオンがそこまで前向きに考えてくれているとは思わなかったからだ。

でも、その考えは嬉しい。もし本当に国交が始まれば、人間とマギトの間に再び交流が生まれるかもしれない。

「僕も、そう願っています。そのために、王妃としてできることはなんでもやりたいです」

前のめりに決意を伝えると、レオンが軽く眉を持ち上げ、何度か目をしばたたかせた。

「……貴殿は、強いな」

「えっ？」

「私が貴殿の立場にあったなら、同じように行動できるだろうかと考えたことがある。おそらく、私にはできまい」

レオンは一度言葉を切って食器を置き、エリファスとしっかり目を合わせた。

「今、私は——敬意を感じているのだと思う。貴殿に対して」

突然のまっすぐな賛辞に、エリファスは時が止まったように固まってしまった。

なにか思ったことがあれば、なんでも言葉にしてほしい——エリファスのあの願いを受けて話してくれたのだろうが、ここまで直球で気持ちを伝えてくれるとは思わなかった。

「あ……ありがとうございます。そんな風に言っていただけるなんて」

頬が薔薇《ばら》色に染まっていくのが自分でもわかって、ごまかすように休めていたカトラリーを手にとろうとした。

（あれっ？）

でも、とり損ねてしまい、首を傾げた。なぜかフォークが二重に見える。パンの載った皿もゴブレットも、すべてが二重に映り、目の焦点が合わせられない。

不思議に思っていると、急に強い眩暈《めまい》に襲われた。とっさにテーブルに手をついたが、ぐらつく頭を支えきれなかった。

体が傾いで、椅子からずり落ちそうになる。クロスを摑もうとした手が空を切った。

「エリファス！」

焦ったようなレオンの声を遠くに聞きながら、エリファスは意識を手放した。

優しく、愛おしむように頬を撫でられている。

(いい気持ち……)

一体誰だろう。こんな風に自分にふれてくれるのは家族くらいだから、父か母か、それとも兄のどちらかか。でも、ここは母国ではないはずだから——。

「——ん……」

目が覚めると、私室のベッドに横になっていた。かたわらにはレオンがいて、エリファスの頬を撫でている。

「陛下……?」

レオンにふれられている。そのことが新鮮で、まだぼんやりする頭をずらし頬に添えられた手に視線を向けると、ぱっと手が引っこめられた。

「目覚めたか」

「あ……はい。すみません、僕……」

手のひらのあたたかさを名残惜しく思いながらどうにか記憶を手繰り寄せ、食事の最中に倒れたのだと思い出せた。

体を起こすと、レオンが素早く支えてくれた。少し頭を振ってみるが、倒れる前のようなぐらぐらした感じはしない。眩暈も熱っぽさも、嘘のように消えている。

「治癒の力をこめた薬草を飲ませた。体は楽になっただろうが、疲れていることには変わりない。しばらくは寝ていたほうがいい」

ベッドサイドを見ると、ゴブレットが置かれている。きっとこれが、薬草を煎じた飲み物だろう。

「すみません、陛下。ご迷惑をおかけしてしまって……」

「謝ることはない。私こそすまなかった。やはり、顔色がおかしいと気づいた時に私室に帰すべきであった。なにより、貴殿が倒れるまで疲弊していることに、もっと早く気づいておけば……」

悔いるようにレオンが俯くので、エリファスは慌てて両手を振った。

「陛下が謝ることじゃないです。自分でも、疲れていることに気づいていなくて……」

毎日が充実していたこともあり、体の疲労はあっても精神的なつらさはまったくなかった。それでも結果的に、レオンに心配をかけてしまった。忙しい身なのに、こうしてつき添いまでさせてしまっている。

申しわけなく思っていると、気にするなというようにレオンが緩く首を振った。

「民に歩み寄ろうとする貴殿の気持ちは尊い。だが、無理はしないでほしい。貴殿は喜ばしいことしか私に報告しないが、本当はつらいことも多いのだろう」

図星を指され、言葉に詰まってしまった。確かに、心配させたくなくて話さなかったこともたくさんある。

「貴殿の心を癒やしてやりたい。だがこういう時、なにをしたらいいのかわからない」

どこか所在なさげに視線を彷徨わせるレオンの姿に、自然と笑みがこぼれた。こんなにもレオンが自分のために心を砕いてくれていることに、喜びがこみあげる。

「こうして一緒にいてくださるだけでいいです。心が元気になります」

そう答えると、レオンは意外なことを言われたかのように目を見開いたあと、ふっと吐息を漏らした。

「貴殿は本当に奇特だ。私がそばにいて、怯えるどころか元気になるなどと」

「き、奇特って……そうでしょうか？」

「あぁ。……皆、ヴァルム獣人である私のこの姿を恐れる。親族も、城の者も、民たちもだ。皆があまりに怯えるので、私は自分から他人に近づくのを控えてきた」

そのことはジュネからも聞いている。婚礼式では、親族ですら怯えた目をしてレオンを見ていた。そして市場でも、ブルーノや民たちは、どこか畏怖を持ってレオンのことを語っていた。

「貴殿も最初は、私の姿を見て怯えていた。……それなのに、なぜか私に近づいてきた。そのうち私も、距離を置こうという心がけを忘れてしまっていた」

そう話すレオンの表情は穏やかだ。出会った当初の、感情の欠落したような顔つきではない。きっとこれが、本来のレオンの姿なのだろう。今まではただ、みずから心を殺していただけで。

「陛下がとってもお優しい方だってわかったから、もう全然怖くないですよ」

本心からそう思う。初めて会った日、あれだけ慄《おのの》いたのが自分でも不思議に思えるほど、レオンに対する恐怖はかけらもない。代わりに今、レオンのそばにいて感じるのは、親しみや安心感だ。

「私からふれても、構わないか？」

遠慮がちに投げられた問いに、エリファスは相好を崩した。

「はい。もちろん」

どこかこわごわとした手つきで、レオンがエリファスの頬にふれてくる。ふかふかした感触が心地よくて目を閉じると、大きな手が輪郭を撫でるように何度か往復した。

慈しむような手つきに、心が和んでいく。

「私にふれられて、そんな顔をするとは……やはり奇特だ。そなたは」

笑みを含んだ声に、よほど気持ちよさそうな顔をしていたのかと恥ずかしくなった時、はたと気づいた。

（あれ……今、陛下、そなたって言った？）

今まではずっと「貴殿」と、まるで客人に対するように堅苦しく呼ばれていたのに。

「そなた」もまだ堅いといえば堅いけれど、なんだかレオンが自分に心を開いてくれたことの証のような気がして、心が浮き立った。そういえば倒れる直前、名前を呼ばれたような気もする。

レオンの変化が嬉しくて、にこにこと笑顔を向けると、照れたように視線が逸らされた。

「あまり話していると疲れるだろう。そろそろ休んだほうがいい。よく眠り、体を癒やしてくれ」

「あっ、待ってください！」

席を立とうとするレオンの服の裾を、エリファスはとっさに摑んでいた。

「もう少し……眠るまで、そばにいてもらえませんか……？」

体が弱った時の人恋しさもあるけれど、なんだか名残惜しい気がしたのだ。せっかくこんな風に、お互いの心の内を見せ合えたのに、そのあたたかな時間がもう終わってしまうのは嫌だった。

国王として多忙であることはわかっているが、今日だけわがままを聞いてほしい。

「そなたは、本当に……」

吐息まじりの呟きに、呆れられたかと今の発言を後悔しかけたが、レオンは驚くほど優しいまなざしをこちらに向けていた。ベッドの脇の椅子に座り直し、熱さの引いた額にふれてくる。そのまま髪を、そして頬を撫でられた。

そうされているうちに、心地よさに目がとろんとしてきた。寄せる波のように、眠気が襲ってくる。

「あの……陛下。もう一つだけ、お願いしてもいいですか……？」

「なんだ」

「エリィって、呼んでくれませんか。母国では、家族にそう呼ばれていたんです。体調を崩した時は、母や兄がよく、枕元で名前を呼んでくれて……」

子どもみたいなことを言っているとわかっている。こんな風に国王に甘えるなんて、おこがましいことかもしれない。

でも今は、甘えてもいいような気がした。レオンならそれを受け入れてくれる、そう思えたのだ。

「……エリィ」

レオンは、まるで舌先で言葉を転がすように、大切に味わうように呟いた。

「よく眠れ。エリィ……わが妃」

額に柔らかい感触がする。

その感触がなんなのか。そして、胸の奥がむずむずするような、この気持ちはなんなのか。

きちんと考えたいけれど、襲ってくる眠気に耐えきれず、エリファスは深い眠りに落ちていった。


エリファスの体調は、翌日には快復した。

母国では、一度熱を出すとしばらく起き上がれなかったのだが、今回は復調が早かった。やはり、レオンが飲ませてくれた薬草の効果もあるのだろう。軽い病にしか効かず、内臓に関わる重病は治せないというが、エリファスのような体の弱い者にはとてもありがたい薬草だった。

体が治ってすぐ、また町に出たかったが、レオンが心配するので数日は城にいた。城の中でも、できることはある。登城してくれたブルーノから、楽器づくりの進捗状況について報告を聞いたり、各街区の光宮に関する報告の書面を読んだりして過ごした。

「陛下。明日はそろそろ、町に出てもいいですか？」

倒れてから三日が経った日の夕食中、エリファスはレオンに尋ねた。

この三日間、レオンは毎日エリファスと夕食をともにしている。体調を心配してのことだろう。

「あぁ。もう体は問題ないのか？」

「大丈夫ですよ！　休みすぎて、むしろ動きたいくらいです」

軽く肩を回しながら答えると、深紅の双眸《そうぼう》が安堵したように細められた。

「明日の行き先は、もう決めているのか？」

「はい。東の、リンド街区です」

高齢のマギトが多く集まる街区の名を告げた途端、レオンがぴたりと動きを止めた。

「そこは……明日、慰霊祭があるはずでは？」

「はい、陛下もご存じだったんですね」

追放により大陸からこの地へ移住してきたものの、環境の変化になじめなかったりで体を悪くして命を落としたマギトは多くいる。リンド街区では、そんなマギトを追悼し、魂を鎮めるための小さな慰霊祭が毎年行われているらしい。

「慰霊祭の主催者の方が、参加しませんかと誘ってくださったんです。小さな行事だけど、町にとって大切なものだから、一緒にどうかと」

リンド街区は当初、エリファスに対する反発が特に強かった場所だ。しかし、設置された光宮の様子をたびたび見にいき、町の人とともに花の世話をする中で、少しずつ打ち解けることができた。

「大陸から来た僕が参加していいのか、迷ったのですが……せっかくのご招待ですし、僕もマギトの皆さんに祈りを捧げたいので、お邪魔することにしたんです」

エリファスが事の顚末を説明すると、レオンは考えこむように難しい表情で顔を伏せた。

もしや、王妃が参加してはいけない行事だっただろうか。不安が頭をもたげたが、レオンの口から出たのは思いもよらない提案だった。

「エリィ。その慰霊祭、私もともに行ってもよいだろうか」

「陛下も一緒に？」

「あぁ。リンド街区に限らず、各街区では毎年、慰霊祭やそれに類する行事が開催される。把握していたのだが、私が姿を見せれば民が怯えるだろうと、挨拶状を送るに留めて参加は控えてきた。だが……」

レオンはそこで一度言葉を切って、真剣なまなざしでエリファスを見つめた。

「そなたの姿から学んだのだ。たとえ最初は恐れられようとも、民にみずから歩み寄り、向き合おうとすることも大事であると」

「陛下……」

その発言に、エリファスは顔を綻ばせた。民の前には姿を見せないようにしていたレオンが、一歩を踏み出そうとしている――それはとても尊いことのように思えた。

「無論、あちらの了承が得られればの話だが。……そなたは、承知してくれるか」

「もちろんです。陛下と一緒に行けたら、僕はすごく心強いです！」

勢いよく頷くと、レオンの眉間に刻まれていた皺が解かれ、体から力が抜けていくのがわかった。

その後、急ぎリンド街区と連絡をとり、レオンの慰霊祭参加が正式に決まった。

慰霊祭の主催者は、国王からの突然の申し出に驚愕しつつも、二つ返事で了承したそうだ。国王の列席を賜れるなら、こんなに光栄なことはない――そんな返答だった。

翌日、二人は馬車に乗り、リンド街区に向かった。

エリファスが町に出る際も、いつも三、四人の近衛兵が同行しているが、今日はレオンも一緒とあって、その数は倍以上だ。十名を超える兵士たちが、馬車の四方を囲んでいる。レオンは最低限の護衛でいいと言ったそうだが、家臣たちが『厳重な警備を』と言って聞かなかったらしい。

「ますます民を困惑させないとよいのだが。せめて現地では兵を少し下がらせよう」

ため息まじりにそう呟くレオンは、装飾の少ないシンプルな黒の長衣に、同色のマントといういでたちだ。正装ではあるが、慰霊祭ということもあって落ち着いた装いをしている。

エリファスも、黒のワンピースにケープを纏い、ベールのついた小さなヘッドドレスを着けている。

「それは、花輪……というのだったか。とてもよいな」

エリファスの膝には、小さな花輪が乗せられている。リンド街区には慰霊碑もあるそうなので、これを手向《たむ》けようと思い、城の光宮に咲いた花を摘んで手ずから編んだのだ。

「母国にいた頃、よく編んでいたんですよ。小さな子に編み方を教えたりもしました」

「そうか。そなたは幼子にも好かれそうだな」

レオンはわずかに口の端を持ち上げたが、見るからに顔がこわばっている。民の前に姿を見せるとあって、緊張しているのだろう。

少しでも気持ちを和らげてほしくて、エリファスは膝の上で硬く握られたレオンの拳を両手で包んだ。

「陛下。僕、陛下の笑ったお顔がとても好きです。もし陛下を怖がる人がいても、きっとあの優しい笑顔を見れば安心すると思います」

この大きな体の奥に、あたたかな心を抱いている。そのことを、多くの人に知ってほしいと思う。

「……あぁ。ありがとう、エリィ」

レオンはエリファスの言葉を嚙み締めるように目を閉じると、やがて深く頷いた。

馬車はリンド街区の広場の手前で停まった。広場にはすでに大勢の人が集まっていて、重厚な馬車や、それを取り巻く近衛兵を珍しそうに眺めている。

この街区を治める地方貴族や役場の者たち、慰霊祭の主催者などがずらりと並び、馬車を降りる二人を跪いて迎えた。

「国王陛下、妃殿下！　このたびはわが街区の行事に揃って足をお運びくださり、恐悦至極に存じます……！」

「そう硬くならずともよい。こちらのほうこそ、突然の申し出を受け入れてもらい、礼を言う」

レオンは穏やかに答えたが、跪く男たちはひどく緊張している様子だ。

その後ろでは、民が遠巻きにこちらの様子を窺っている。国王が来たことに驚き、その姿を恐れているようだ。

ふいに、群衆の中から子どもの泣き声が聞こえた。母親に抱かれたトラ獣人の男の子が、顔をくしゃくしゃにして泣いている。

男の子は、小さな耳をぴくぴく震わせながら、レオンを指さしている。母親が青い顔をして子どもをあやし、何度も頭を下げながら走り去っていった。

王都に住む者でなければなおのこと、完全獣人の国王を目にする機会はほとんどないだろう。この反応も仕方のないことなのかもしれない。

（とはいっても、こんな反応されたら陛下は傷つくよね……）

隣を窺うと、レオンはどこか寂しげに子どもが去ったほうを見つめている。

「陛下」

小さな声で呼びかけながら、レオンの腕にふれる。レオンがハッとしたようにエリファスに視線を向けたので、にっこりと笑みを返した。大丈夫——そんな思いをこめて。

エリファスにつられたのか、レオンの目元がわずかに和んだ。周囲の者には気づかれないくらいの変化だったが、気持ちが少しほぐれたのがわかって安堵した。

「で……では、お二人とも、まずこちらに……」

萎縮した様子の主催者に先導され、広場の中心にある慰霊碑の前に向かった。

例年、慰霊祭の始まりには、領主である地方貴族が代表して慰霊碑に祈りを捧げているそうだが、今年はレオンとエリファスにその役が任された。

慰霊碑は腰ほどの高さの石碑だった。魂に安寧あれ——碑の中央に、そう刻まれている。

エリファスはレオンと並んで石碑の前に跪き、持っていた花輪を台座の部分に捧げた。

二人で目を閉じ、しばらく黙禱《もくとう》したあと、立ち上がって振り向くと、民の多くは信じられないものを目にしたような顔でこちらを見ていた。

国王たるレオンが跪いて祈りを捧げるとは思いもしなかったのか、それとも、人間のエリファスがマギヘの慰霊碑に跪いたことに驚いているのか——どちらかはわからないけれど、悪い意味での驚きではないようだ。中には、感に堪えないといった様子で、目の端に浮かぶ涙を拭う者もいる。

このあとは、有志による追悼のための演奏と踊りがあるらしい。国王夫妻のために用意された観覧席へと移動するため、集まった民の前を通って歩く。

民たちはレオンが近づくと、頭を垂れながらわずかにあとずさる。やはり、間近で目にする完全獣人の姿に恐れを感じているのだろうか。

しかし、そんな群衆の中に一人、人垣をかき分けてこちらへ近づいてくる者がいた。

「陛下！　陛下！」

しわがれた声で叫びながら、年配の女性が走り寄ってくる。人間でいえば八十代後半くらいの見た目だろうか。銀髪をひっつめにして、耳には同色の三角耳が生えている。

すぐに近衛兵が間に立ちはだかろうとしたが、レオンは手で制し、みずから女性の前に歩み出た。

すると女性は、目にいっぱいの涙を溜めてレオンを見上げながら、その場に膝をついた。

「陛下……ありがとうございます。まさか陛下がここに来てくださるなんて」

女性の目から大粒の涙がぽろりとこぼれ落ち、それが地面を濡らす。

「私と主人は追放の際、先々代のオスロ様に大変お世話になりました。あの方はわれわれを守り導き、この国を築いてくださった。……主人はここへ来てすぐに亡くなってしまいましたが、ご子孫である陛下に祈りを捧げていただいて、喜んでいると思います」

時折声を詰まらせながら、女性はそう言って深々と頭を垂れた。

「……そうか。ならば、私もここへ馳《は》せ参じた甲斐があるというものだ」

跪く女性と目線を合わせるようにレオンが腰を落とし、女性に向かってそっと手を差し伸べた。

「貴殿も愛する者を早くに亡くし、苦労も多かったであろう。これまでよくやってこられた。今後も貴殿らが安心して暮らせるよう、努めてまいる」

レオンが優しい笑みを浮かべると、女性はこぼれんばかりに目を見開いたあと、ぼろぼろと涙を流しながらその手を握り額をこすりつけた。

「ありがとうございます、陛下……！」

気づけば、周囲の人々がざわめいていた。

「今、陛下が笑ってた……？　笑ったところを誰も見たことがないって噂だったのに」

「だよな。それに、意外と話し方が優しかった」

若い青年たちが囁き合っている。そうでしょう、本当はとても慈悲深く優しい方なんですよと声をかけたくなるのを、エリファスはぐっとこらえた。

その後、観覧席に移動し、慰霊碑の前で披露された演奏と踊りを鑑賞した。踊りはラフィ教の祭祀《さいし》でよく行われる舞のため、エリファスにも見慣れたものだったが、マギルス王国独自の打楽器や笛で伴奏がつけられているため、新しい舞踊のように見えた。

観覧のあとは、広場の隅に設置した光宮の視察を行った。協力者として花の世話に参加してくれている若いピューマ獣人の青年が、レオンを前にたどたどしく説明する。

「こっ、こちらが、王妃様にいただいた種を蒔いた場所になります……！　王妃様によりますと、黄色い大輪のお花が咲くのだとか。残念ながら、まだなにも変化はないのですが……」

「そうか。よければ私も、少しばかり協力してもよいだろうか」

「えっ!? ええ、もちろんです！」

レオンは軽く頷くと、そっと土に手をかざし、目を閉じた。

その口でなにか呟いたと思ったら、土が内側から光り出し、緑の芽がポンっと顔を覗かせた。

「わぁ……！　な、なにか出てきた！」

青年が目を丸くして、芽の前にしゃがみこむ。周りで見ていたマギトたちも感嘆の声をあげた。

「花の世話には時間も手間もかかると、王妃から聞いている。しかし、手をかけただけ美しい花が咲く、とも。どうか貴殿らの手で、大切に咲かせてほしい」

「は、はい！　ありがとうございます！」

光宮の管理に協力してくれている若者の中には、世話をしながらも本当に芽吹くのか半信半疑の者もいた。花がどのように育っていくか、知らないからだろう。でも、今こうして芽が出たことで、本当に咲かせることができるのだと、にわかにやる気が増したようだ。

レオンの魔力を以ってすれば、今ここですぐに花を咲かせることもできるだろうが、民の手で大切に育ててほしいから、芽を出すに留めたのだとエリファスは思った。

「陛下。ありがとうございます」

計らいが嬉しくて、小声で感謝を伝えると、レオンはエリファスに軽く笑みを返した。

そばにいた人々の中から、再びさざ波のように囁き声が起こる。

「また笑った……」

「王妃様とも仲がいいのね。なんだか素敵な夫婦だわ」

聞こえてくる声に、くすぐったいような気持ちがこみあげてきた。素敵な夫婦——その言葉を心の中で反芻《はんすう》すると、頬がだらしなく緩みそうになる。

その後、集まった人々と少し会話を交わし、二人は帰城の途についた。

広場を去る馬車の窓越しに、手を振って見送ってくれる人もいる。手を振り返すエリファスの横で、レオンも同じように応じている。

「……私は、王というものの役目について、考えが足りていなかったのかもしれない」

人々が見えなくなり、馬車が田舎道《いなか》に入った頃、レオンがぽつりと口にした。

「民の行事に参加し、交流するなど考えたこともなかった。むやみに民を怯えさせたくなかったのはもちろんだが、王として国政さえしっかり担っていれば責務を果たせていると思いこんでいたのだ。……しかし、今日わかった。民を思い、気にかけていることを行動で示すことも大切なのだと」

紅い瞳が、まっすぐにこちらを見つめている。

「そなたのおかげだ。民の心を理解しようと努めるそなたの存在があったからこそ、私も王として大切なことに気づけた」

「陛下……」

「そなたがこの国に来てくれて、よかった。……ありがとう」

穏やかに告げられた言葉に、涙がこぼれそうになった。

神託を果たすため、恐れ怯えながら嫁いできて、最初はレオンとろくに話すことすらできなかった。

それが今、こんな言葉をもらえるなんて。

言いようのない歓喜が、体の底から湧き上がってくる。それと同時に、隣に座るレオンの腕の中に飛びこみたいような衝動に駆られて、エリファスは手を伸ばしかけた。

（陛下――）

でもそこで、レオンが再び口を開いた。

「これからは民とじかに接し、言葉を交わす機会を増やしたいと思う。こうした行事だけでなく、そなたのように民の暮らしを視察することも必要だろう。……そなたも、ともに来てくれるか」

「えっ？　あっ……はい、もちろんです！」

勢いよく頷くと同時に、エリファスは自分がとろうとした行動に驚いた。

（今、僕、自分から陛下に抱きつこうとしてた？）

大胆な行為に顔が熱くなる。赤く染まった頬を隠すために俯くと、レオンが首を傾げながら覗きこんでくる。

「どうした。気分が悪いか？」

「いえっ、大丈夫です！　あはは……」

ごまかすように笑うと、レオンは不思議そうに目を瞬《またた》かせたあと、ふっと顔を綻ばせた。

その自然なほほ笑みに、また体温が上昇し、ますます頬が火照《ほて》ってしまう。

（な……なんだろう。この気持ち……）

親しみ。安心感。レオンに対して感じていたのは、そういう気持ちのはずだった。

それなのに、これではまるで、恋をしているようではないか。

笑顔を見ると胸が高鳴り、相手にふれたいと願ってしまう。それは恋の兆候だと、昔、教養として読まされた古典小説に書いてあったような——。

城までの道中、エリファスはずっと顔を赤らめ、俯いたままでいた。レオンがそんなエリファスを案じ、額にふれたり背中を撫でたりしてくるので、エリファスの体温はますます上がってしまった。


それからレオンは、時間がある時にはエリファスとともに町に出るようになった。

リンド街区の慰霊祭に国王が参加し、和やかに民と交流したという噂がほかの街区にも広まったからか、慰霊祭への列席を乞う書簡があちこちから届き始めたのだ。レオンにはほかの政務もあるので、すべてに応じられるわけではないが、エリファスとともにできる限り参加するようになった。

これまで民の前に姿を見せようとしなかった国王が、一体どうして——と、驚き戸惑う者もいたようだが、城下に姿を現すたびに積極的に民と接するレオンの姿に感銘を受け、みずから話しかける者も増えていった。

エリファスは、レオンと民との間の距離が縮まっていくのを、いつもそばで見守っていた。

レオンに対する気持ちについては、あれ以来、あまり深く考えないようにしていた。

ようやくレオンが心を開いてくれて、自然と話ができるようになったし、夫婦として一緒に外にも出られるようになったのだ。変に意識して、今のこの幸せが壊れてしまうのは嫌だった。

花を育てる活動に、楽器づくり。やりたいこともやるべきこともたくさんあるし、今はそちらに集中すべきだと、エリファスは自分に言い聞かせていた。

そして、国王夫妻が町に出る姿を民も見慣れ始めた頃、マギルス王国は大切な記念日を迎えた。

建国記念日。初代国王オスロがマギルス王国の建国を正式に宣言した日で、この日は毎年、国内各地で盛大な祭りが開かれる。さらに王都では、国の平和と繁栄を祈り、広場で式典が行われる。

朝、エリファスは式典への出席のため、身支度を整えていた。

半月ほど前、レオンに言われたのだ。国王の結婚後は、王妃も伴って式典に参加するのがならわしだから、エリファスにも出席してほしいと。

『そなたはこの数か月、民たちに歩み寄ろうと努力を重ねてきた。今ならばきっと、皆もそなたを迎え入れるのではないかと思う。それに私も、そなたの努力に少しでも報いたい』

ジュネたち家臣も賛成してくれたと聞き、エリファスは喜んで参加を決めたのだった。

今日は早朝から城下が賑やかで、馬車の蹄の音や人々の活気が城にまで伝わってくる。私室の窓からは、光の球を閉じこめたランタンが空にいくつも飛ばされているのが見える。

「さあエリファス様、できましたよ。すっごくお綺麗です！」

エリファスの肩にケープを着せ終えたニコが、感動の面持ちで称賛してくれる。

エリファスは照れながらも、誇らしい気持ちで自分の衣装を眺めた。

真っ白な絹の布地でできた詰襟の長衣。首元や袖には金銀のビーズ、胴の部分には金の飾りボタンがつけられている。肩から羽織った薄紫のケープには、浮かび上がるように花の紋様が染められていて、まるで花畑のようだ。

ルーディーン王国から嫁入り道具として持参した反物を使って、衣装係が縫い上げたものだ。基本はルーディーン王国の様式で仕立てられているが、ベルスリーブの袖や丈の短いケープは、マギルス王国の様式が採用されている。

もともとはこの国の衣装を着て臨むつもりでいたのだが、式典に向けての準備中、レオンがこんな望みを口にしてくれたのだ。

『式典の日は、そなたの国の衣装を着て参加してはどうだろうか。そなたはこれまで、この国に歩み寄ってくれた。今度はわれわれが、そなたを受け入れる番だと思う』

レオンの気持ちが嬉しくて、母国の衣装を着ることに決め、衣装係と相談を始めた。

こちらに来る時に着てきた正装の長衣でもいいかと思ったのだが、そういえばこんなものもあったと、嫁入り道具として持参した反物をなにげなく見せたところ、衣装係が目を輝かせた。

『せっかくですから、この布で新しいお衣装を作りませんか？　エリファス様のお国の衣装を参考にパターンを引いて、この国の様式も少し取り入れるのはいかがでしょう』

そう勧めてくれたのは以前、染料のことをエリファスに教えてくれた衣装係だ。彼女は大陸で暮らした経験があるそうで、エリファスが光宮や城下で花を育てているのを知ると、少しずつ話しかけてくれるようになった。

『衣装係の名に懸けて、必ず式典にふさわしい衣装をお作りしますわ』

その言葉通りに、彼女は短期間でこの凝った衣装を仕立ててくれたのだ。

母国の文化と、この国の文化が融合した衣装。まさにエリファスのため、そしてこの式典のために誂《あつら》えられたものだ。これを着てレオンの隣に立てると思うと、心が躍る。

式典は、初代国王オスロの像が飾られた広場で行われる。レオンが民に対して幸福を願う言葉を述べたあとで、皆で祈りを捧げるのだという。

エントランスで待っていると、式典用の正装に身を包んだレオンが階段から姿を現した。

視線がぶつかった瞬間、その目が眩《まぶ》しそうに細められたのがわかった。エリファスから視線を逸らさないまま、レオンは重い靴音を響かせ、まっすぐこちらに向かってくる。

「……美しいな」

眼前に立ったレオンは、小さく、でも確かにそう言って、エリファスに手を差し出した。

「まいろうか」

「はい……！」

婚礼の日と同じように、手をとり合って馬車へと向かう。でも、気持ちはあの時とはまったく違う。まるで今日が本当の婚礼のようだ。

二人で馬車に乗り、広場に向かった。以前の馬車行列の件があるので、兵士たちがぐるりと周りを囲み、厳重な警備態勢が敷かれている。

けれど、馬車の窓から町の人々を眺めていたエリファスは、こちらを見る人たちの表情が、以前とはずいぶん違っていることに気づいた。

警戒心や憎悪のまなざしを向けてくる者はおらず、好意的な笑顔を向けてくれる者が多い。馬車に向かって手を振ってくれる者もいる。

「王妃さまー！」

子どもがぴょんぴょん飛び跳ねながら、弾んだ声で呼びかけてくれる。母国にいた頃のような光景に、エリファスは思わず瞳を潤ませながら窓越しに手を振って応えた。

「そなたが来てから、この町は大きく変わった。人々の間にも活気が生まれたようだ」

レオンも穏やかなまなざしで、窓の外を見つめている。

馬車はいつしか速度を落とし、広場の入口に停まった。広場には一帯を埋め尽くすほどの民が集まって、国王夫妻の到着を待っていた。

二人が馬車を降りるや否や、集まる民たちから自然と拍手が起こった。エリファスの衣装を見て、うっとりとため息を漏らす者もいる。

光宮の前を通り、広場の中心に設置された演壇に近づく。

例年なら到着早々、レオンがここで皆に向けて挨拶するらしいが、今日はその前に出し物がある。

二人が演壇の手前の席に座ると、黒い燕尾服姿のブルーノと、同じく正装に身を包んだ数人の男女が家臣に促されて二人の前に歩み出た。

「国王陛下、王妃殿下。僭越《せんえつ》ながらわれわれより、歓迎の音楽を捧げます」

ブルーノはそう言って、手にしていた楽器を腹にかかえた。

先日ようやく完成した弦楽器だ。コッテァリアをモデルに、ブルーノたちが試作を重ねて作り上げた。

大きさはコッティリアより一回りほど大きいし弦も太く、形も一つ一つ不揃いだ。でも、弦楽器として十分に演奏できるし、硬質な音色は大陸の楽器とはまた違った趣がある。

ブルーノや協力者たちと話し合い、その名をマギトリアと名づけた。マギトの音色という意味だ。

ブルーノたちが穏やかなワルツを一曲披露すると、民の間から拍手が沸き起こった。エリファスとレオンも、大きく手を叩いて賛辞を贈る。

「それでは、国王陛下よりお言葉を賜ります！」

司会の家臣が声を張りあげると、レオンが立ち上がり、エリファスに手を差し出した。

「えっ？　ぼ、僕もですか？」

「あぁ。ともに来てくれ」

事前に家臣から説明された式次第では、壇上に上がるのはレオンだけだったはず――不思議に思いながらも、エリファスはレオンの手をとり演壇へと向かった。

レオンが立ち、その数歩後ろにエリファスが立つ。

皆が口を噤み、国王の言葉を待っている。レオンは群衆を見渡すと、落ち着いた口調で語り出した。

「毎年、この日はこの広場で式典を行っているが、今日ここから見る景色は昨年までとはまったく違って見える。光宮が建ち、これまでなかった楽器があり、そして……私の目には昨年より、貴殿ら一人一人の顔がはっきりと見えるようになった」

集まった群衆の最後列まで見通そうとするように、レオンが広場じゅうに視線をめぐらせた。

「即位してからの五年間、私は強き国王として貴殿らを守れるよう、政務に努めてきた。内政を安定させ、脅威から国を守る――それこそが王の務めと信じてきた。それが間違いだったとは思わないが、王として、民をもっと理解し、その心に寄り添う努力をすべきだったのではないかと最近考えるようになった。……それはほかでもない、ここにいる王妃のおかげだ」

レオンが振り返り、エリファスのほうを向いた。

「わが妻となったエリファスは、大陸よりたった一人でこの地にやって来た。慣れない生活の中でも、彼はわが国の民に歩み寄る努力を重ねてきた。そんな王妃に、私は深い敬意を抱いている」

レオンは再び、集まった民に向き直った。

「私はこれから、ここにいる王妃とともに、貴殿らがさらに幸福で平穏な生活を送れるよう、いっそう励んでいく。貴殿らには、われわれ二人に力を貸してもらえるよう、心から乞いたい」

力強い声でそう述べたあと、レオンはエリファスを手招いた。吸い寄せられるように歩み寄ると、優しく肩を抱かれ、隣に立つよう促される。

エリファスがレオンと並び立った瞬間、堰《せき》を切ったように万雷の拍手が響き渡った。

「国王陛下、王妃殿下、万歳！」

最初に叫んだのはブルーノだった。それが皮切りとなり、ほかの者たちも口々に万歳を叫び始める。

ここに嫁いできた時には想像もできなかった光景に、エリファスはしばらく呆然と立ち尽くした。

まさかレオンがこんな風に、この場でエリファスの努力を認め、二人でともに歩んでいくことを宣言してくれるとは思っていなかった。この式典に同席させてもらえただけでも十分嬉しかったのに、それ以上の喜びが待っているなんて。

拍手と歓声の中、潤んだ目でレオンを見上げると、レオンは慈しむような、愛おしむような笑みを浮かべて見つめ返してくれた。

その優しい表情を見た途端、今まで漠然と放置していた気持ちが確かな形を持った。

(陛下……僕、陛下のことが好きです)

この人の隣に立てることが幸せだ。ずっとこの人のそばにいたい――。

沸き立つ民に笑顔で手を振りながら、少しだけレオンに体を寄せると、肩を抱くレオンの手にさらに力がこもった。衣装越しにでも伝わるあたたかさが愛おしくて、なぜか泣きたいような気持ちになった。


城に戻ると、レオンはエリファスを私室まで送ってくれた。

「そなたのおかげで、今年は今までになく喜びに満ちた式典となった。改めて、礼を言う」

エリファスをソファに座らせ、労うように背中を摩《さす》ってくれる。その優しい仕草にたまらなくなり、こらえていた涙がぽろりと頬を伝った。

「エリィ……？」

「あ――す、すみません……」

壇上でも泣きそうだったところを、民の前だからとどうにかこらえたのだ。馬車で城に戻る道中も、見送ってくれる民が途切れず、ずっと手を振っていたから気を抜けなかった。

でも、ようやくレオンと二人きりになって、緊張の糸が切れてしまった。それと同時にふつふつとこみあげてくるのは、民に受け入れてもらえたことへの喜びと、レオンが好きだという思いだ。

「陛下……僕、今日、とても幸せでした。本当にありがとうございます……」

心配そうに肩に手を添えてくれているレオンに向け、声を詰まらせながら感謝を伝えた。

「陛下はこの前、僕がこの国に来てよかったって言ってくださいましたよね。僕も、ここに嫁いできてよかったって、今は心から思っています。最初は不安もあったけど、今は陛下のおそばにいられることが幸せです。陛下が言ってくださったように、この国のために陛下と二人で尽くしていきたいです……」

「エリィ……」

吐息まじりの声が耳をくすぐったかと思うと、レオンにそっと手を握られた。そのまま引き寄せられ、逞しい腕の中に閉じこめられる。

「私も同じ気持ちだ。そなたのような伴侶を得られたことは、身に余る幸運だと思っている」

耳元で囁かれ、どくどくと心臓が高鳴った。婚礼式の日も馬車の中でレオンに抱きしめられたけれど、今のこれはあの時とは意味合いが違うと、はっきりわかる。

「私は最初、形ばかりの夫婦でいいと、そなたに言った。その言葉を取り消させてほしい。これからは本当の夫婦として、二人支え合って歩んでいけたら嬉しい」

「本当の夫婦として……？」

「あぁ」

背中に回る腕の力が強くなった。肩のあたりにかかるレオンの手が熱い。

(それって……もしかして、陛下も同じように、僕を好きでいてくれてるってこと……？)

エリファスの胸に、淡い期待が生まれた。

大好きで、自分からもふれたいし、相手からもふれてほしい。信頼や親愛の情だけでなく、恋としてもレオンが好きなのだと、エリファスははっきり自覚している。

レオンも、そういう気持ちを抱いてくれているのだろうか。

あたたかなぬくもりを感じながら考えていると、レオンの腕の力が緩んだ。顔を覗きこまれ、頬を撫でられる。幾筋もの涙の跡を拭うように、黒く太い指が頬を這う。

気持ちよさとくすぐったさに、ふるりと軽く身を震わせる。その刹那、レオンが動きを止めた。

どうしたんだろうと視線を上げたその時、息をのむほどの至近距離に紅い瞳があった。

少し湿り気のある鼻先が、頰に、顎にふれた。そのまま、匂いを嗅ぐかのように首筋のあたりを何度か鼻先でこすられる。ぞわりと産毛が逆立つような感覚が走って、肩がびくんと跳ねた。

その直後、強い力で腰を抱かれ、体が密着する。

火石でも入れられたように、一気に腹のあたりが熱くなり、じんじんと疼《うず》く。

(なに、これ……)

初めての感覚に戸惑い、縋るようにレオンの服をぎゅっと握ると、顎にレオンの手が添えられた。

大きな舌に、唇を舐《な》められる。次に、なにか柔らかくてあたたかいものがふれた。

レオンの唇だと理解した途端、今度は顔に全身の熱が集まった。

(口づけされてる……!)

あたり前だが、こんな風にレオンにふれられたのは初めてだ。動揺と緊張で、心音がうるさい。

でも、まったく嫌ではない。むしろ、もっと――。

そんな思いをこめて、レオンの背中に遠慮がちに手を回すと、それに応えるように、レオンがエリファスの腰や臀部《でんぶ》のあたりを艶っぽく撫でる。

婚礼を挙げ夫婦になったとはいっても、まだ初夜も迎えていなかった。でも今日、ようやくその日を迎えるのかもしれない。自分はそれでも構わない――。

レオンが一度唇を離し、エリファスの頬に残る涙の跡に、そっと舌を這わせた。ざらりとした舌の肌ざわりに、背筋にぞわぞわした感触が走り、思わず悩ましい吐息が漏れた。

「あぁっ……」

途端、レオンが弾かれたように唇を離す。

(あれ……?)

目を開けて仰ぎ見ると、レオンが呆けたような顔で口元を手で覆っていた。なにが起こったのかわからない、とでもいうような表情で――。

「陛下……?」

「あ……いや。すまない、エリィ。突然、このようにふれて……」

「い、いえ！　そんな！」

謝ることじゃない。嬉しかったし、僕はもっと陛下にふれてほしい――そう言いたかったけれど、レオンがあまりにも動揺し困惑した顔をしているので、何を言ってもエリファスの声は届かないかもしれない。

「今日は疲れているだろう。ゆっくり体を休めたほうがいい」

「え……」

「おやすみ。よく休んでくれ」

レオンは短く告げると、ソファから立ち上がり、エリファスの返事も待たずに部屋を出ていった。

ばたん、と、どこか乱雑に扉が閉められる。その音を遠くに聞きながら、エリファスはしばらく動くこともできずに呆然としていた。

口づけをし、いよいよ契りを交わしそうな雰囲気だった。驚いたけれど、レオンも自分に恋愛感情を抱いてくれているのかと思って、嬉しかったのに。

変な声をあげたせいで、興が醒《さ》めてしまったのだろうか。自分でもびっくりするほど甘ったるい声だったし、引いてしまったのかもしれない。あるいは、舐められて嫌がっていると勘違いさせてしまったとか――。

体中を駆けめぐっていた熱が、驚くほど一気に引いていく。

ついさっきまでは幸福の絶頂のような心地だったのに、一瞬にして突き落とされたような気分だ。

感情の振り幅に気持ちがおいつかず、エリファスはソファに沈むことしかできなかった。

◇　◇　◇

エリィ、エリィ……と、自分を呼ぶ声がする。

暗闇の中で、エリファスは一人佇んでいる。周りには誰もいない。ただぼんやりと、呼び声だけが反響している。

また家族の夢だろうか――そう思ったけれど、この声は両親のものでも兄のものでもない。

そうだ。この声は、レオンの声だ。

そう気づいた時、暗闇にぽっと光が灯り、数歩先にレオンが現れた。

『エリィ。こちらへ』

レオンが腕を広げ、甘さを含んだ優しい表情でエリファスを促してくれている。

『陛下……』

エリファスはためらうことなくレオンのもとへ駆けてゆき、その広い胸に飛びこんだ。

この国へ来た当初は、夢の中でさえレオンを恐れたのに、今はこれっぽっちも怖くない。むしろ、大きくてあたたかいレオンの体にすっぽり包まれると、安心感が湧き上がる。

しっかりと厚みのある胸に、頬を擦り寄せてみる。レオンが小さく笑う気配がして、愛おしむようにさらりと髪を梳《す》かれた。

その手は髪からうなじ、背中へと下っていき、腰のあたりでいたずらに止まる。

見上げると、レオンは優しい、でも少し情欲のこもった目でこちらを見ていて――。

「――ファス様。エリファス様！　そろそろ起きられませんと！」

「ん……えっ、あ、朝っ!?」

軽く体を揺すられる感覚に、目を開ける。眼前に心配そうなニコの顔があって、エリファスは飛び起きた。

いつも通りの、王妃用の寝室だ。右手にあるアーチ形の窓からは、灰色に青を少し混ぜたような朝の空が見える。

当然、隣にレオンの姿はない。

（またあんな夢見ちゃって、僕ってば……）

レオンと口づけを交わしたあの日から、一月が経つ。

あれ以来、今朝のような夢を頻繁に見るようになった。レオンに優しく抱きしめられ、愛おしそうに体を撫でられる夢。日によっては、寝台で二人、裸で抱き合っている夢を見ることもある。

もっと深く、レオンとふれ合いたい――そんな欲望が夢に現れているのかもしれない。

一人赤面していると、肌着を手にしたニコが慌てた顔で声をかけてきた。

「エリファス様、会議まであまり時間がありませんよ。さあ、お着替えしましょう！」

「会議……あっ、もうそんな時間!?　ありがとうニコ、起こしてくれて」

「いいえ。本当はもう少し寝かせて差し上げたいのですが……最近、ますますお忙しくなられましたものね。お疲れでしょう」

「平気だよ。政務に携われるのは嬉しいことだから」

建国記念日以降、エリファスは少しずつ政務に関わり始めていて、以前は参加が許されていなかった家臣たちとの会議にも同席するようになった。

『この国をもっと民たちにとって暮らしやすく、幸せに満ちた国とするためには、わが妃の意見が必要だ。今後は妃を共同統治者として迎え、協力して政務を行っていきたい』

レオンが家臣たちに、そう宣言したからだ。

エリファス自身、この国のためにもっと働きたいと考えていたので、政務への参加は願ってもないことだった。毎日のように面談や会議が入るようになったので忙しいが、まったく苦ではない。

「今日のご予定ですが、家臣団の皆様との会議のあと、お昼には街区の長官との面談があります。植樹に関してのご相談だそうです。それから夕刻は、王都の広場への視察ですよね」

「うん。光宮を増設したばかりだから、様子を見ておきたくて」

城での政務のかたわら、視察のために城下へ赴く機会もさらに増やしている。花壇の視察や病院の慰労など、名目は様々だが、一番の目的は民と交流し、彼らの話を聞くことだ。民が暮らしの中でどんなことに不便を感じているか、改善してほしいことはあるか——統治に関わるようになった以上、民の生活の現状はできるだけ把握しておきたい。

嬉しいことに、エリファスのそんな思いを感じとり、視察の際に声をかけてくれる民も増えている。彼らから聞いたところでは、これまでにも地方貴族を通じて国王に陳情できる制度はあったそうだが、敷居が高くて利用できなかったそうだ。今は王妃みずから出向いて話を聞いてくれるので助かると言われた時は、報われたような思いがしたものだ。

他愛ない世間話をすることもあれば、病院や私塾の不足など、地域の問題に関する相談を聞くこともある。そうした民の声は、家臣たちとの会議にも反映させるようにしている。

王妃としての公的な生活は今、充実していて、順調と言っていい。

でもその反面、私生活は順風満帆には進んでいない。

朝食を終えて議場に赴くと、向かいの廊下からレオンがやって来た。

「陛下、おはようございます」

「……あぁ。おはよう、エリィ」

レオンはわずかに目元を和ませて挨拶を返してくれたが、どこか表情が硬い。なにか少しでも会話を交わせるかと思ったけれど、レオンはエリファスから距離をとろうとするように、そのまま議場に入ってしまった。

あの日から、ずっとこうだ。この数か月はエリファスと顔を合わせると柔らかくほほ笑んでくれることが増えていたのに、あまり笑顔を見せてくれなくなったし、目が合うと逸らされることさえある。そのくせ、なにか考えこむような顔をしながら、エリファスをじっと見つめてきたりする。

(やっぱり、僕が変な声なんか出したから引いちゃったのかも……)

母国で聞いた話だが、城下では婚礼式の際、伴侶としてともに歩んでいく誓いの証として、新郎が新婦に口づけることがあるらしい。その文化がこちらにも普及していて、レオンもそれを知っていたから、改めて誓いを立てる意味で口づけただけかもしれない。

それなのに勝手に盛り上がって、妙な声まで漏らしてしまったことを思い出すと、恥ずかしくてどこかに隠れてしまいたくなる。頬に舌を這わされたのだって、きっと泣いていたエリファスを慰めるための行為でしかなかったんだろうに。

レオンもエリファスに対して、好意は抱いてくれていると思う。でもそれは、友人や家族に対するものでしかないのではないか。

『本当の夫婦として歩んでいこう』——レオンはそう言ってくれたが、あれも単に、信頼し合う家族として、という意味だったのかもしれない。

(それなら、もうあんな風に口づけてくれないのかな)

もしあれが誓いの証としての口づけだったとしたら、何度もする必要はない。あの一度きりだろう。

そう考えると、目の前が暗くなるような心地がした。

ふれ合いたい。口づけ合いたい。そういう欲求を、エリファスは今まで抱いたことがなかった。夫婦間の性的な営みについても知識としては知っていたけれど、子を生すための義務のようなものだろうと漠然と考えていた。

でも、今ならわかる。誰かを心から好きになると、自然とふれ合いたくなるのだということを。

レオンにふれたいし、ふれてほしい。体を繋《つな》げて、本当の夫婦になりたい。

(でも、陛下はそう思っていないんだろうし——)

一人肩を落としていると、議長であるジュネが会議の開始を告げたので、慌ててレオンのことを頭から追い出した。今は会議に集中しなければならない。

会議にはいつも、十人ほどの家臣とジュネ、レオンとエリファスが参加している。各街区から送られてきた報告書や民からの陳情をもとに、内政に関する様々な議題が話し合われる。

一通り討議したあと、ジュネが切り出した。

「それでは、次の議題です。先日の国王陛下からのご提案により、大陸との貿易関係の樹立について検討がなされていますが、この件について皆さんの合意を得たいと思います。異論はありませんか」

わずかな緊張が走ったが、反対意見を述べようとする者はいないようだ。エリファスは胸を撫でおろした。

建国記念日の式典以降、レオンは大陸との関係改善に向け、貿易や国交樹立の可能性を模索し始めていて、前回の会議で家臣たちにもそのことが伝えられていた。反対意見があれば今回の会議で聞くことになっていたのだが、皆賛成のようだ。

「陛下のご提案に賛同します。貿易ができれば、民の暮らしは確実に豊かになるでしょうし」

「ええ。神託によって王妃殿下がこの地にやって来たのは、民のため、大陸と関係を結ぶべきという啓示かもしれませぬ」

家臣たちから、そんな声があがった。エリファスが嫁いできたことで、若者たちは大陸の文化に興味を持っているし、ブルーノのような年配者たちも、かつての故郷を懐かしがっている。大陸から食料や植物、衣服などを輸入できれば、人間とマギトとの文化的な交流にも繋がるだろう。

「それでは、具体的な方策については次回の会議で話し合いましょう。陛下の次のご予定がありますので、今日はこのあたりで」

ジュネがそう言って会議を閉じた。レオンが席を立つと、家臣たちも一斉に立ち上がり、レオンとエリファスに一礼する。軽く礼を返しながら、レオンとともに議場を出た。

「皆さんが賛成してくれて、よかったですね」

「あぁ。私も安堵した」

レオンも久々に和やかな雰囲気だ。提案したものの、不安はあったのだろう。

「わが国と大陸との関係が改善すれば、いつかそなたの家族をわが国に招待することも可能かもしれぬ。嫁いで以降、会うことが叶わず寂しい思いをさせているだろうが、再会できるよう、私も全力を尽くそう」

「陛下……」

そんなことまで考えてくれていたなんて知らなかった。やはりこの人は愛情深い人だと、じんわり心があたたかくなる。

（……これだけでも、満足するべきなのかもしれないな）

ともに歩む伴侶として信頼してもらえて、政務にもともに携われている。王妃として、家族として大切にしてもらっている。出会った当初のことを思えば、それだけでも十分すぎるほどに幸せだ。

でもどうしても、もっとふれてほしいと思ってしまう。家族として、というだけでは足りなくて、恋人のように好きになってほしいと願ってしまう。こんな自分は、浅ましいだろうか。

そんな初めての恋に思い悩むエリファスのもとに、小さな嵐が近づいていた。

その日も、エリファスはレオンとともに、家臣たちとの会議に出席していた。

貿易に関する話し合いは本格化し、どのように大陸に貿易協定を申し入れるかが話し合われているが、議論は紛糾している。

「これまで長く爪弾《つまはじ》きにされてきたわれわれです。素直に貿易を申し出たところで、そう簡単には承諾してもらえないでしょう」

「それに、大陸の国々の間では、わが国との関わりを禁じるという盟約が結ばれているのですよね。まずはその盟約そのものをどうにかしなければ……」

難しい顔で項垂れる家臣たちを前に、エリファスは申しわけない思いで眉を下げた。

カルデア大陸を構成する七つの国が加盟する対マギルス王国軍事同盟については、レオンやジュネ、家臣たちにすでに説明してある。この同盟の盟約により、大陸の国々はマギルス王国と関係を持つのを禁じられていることも。

「実際にはエリファス殿下がこちらに嫁いできているのですから、そんな盟約は形骸化しているようにも思えますがね」

ため息まじりに呟くジュネに、エリファスは苦笑を返した。

「実は同盟国は、神託に従って僕を嫁がせるために、盟約の内容を少しだけ変えたんです」

「変えた、とは？」

「『ただし、同盟が必要と認めた場合においては、この限りではない』――この一文を加えて、七か国のうち四か国以上の賛成が得られれば、マギルス王国と関わりを持つことが許されると決めたんです。『宿命の婚姻』という重大な神託が関わっていましたから、僕の場合は満場一致で承認されたそうです」

実際には承認どころか、なんとしても嫁いでもらわねば困ると圧力をかけられたと、出席したルーディーン王国の家臣が嘆いていた。百年に一度といわれる神託が出たのだから仕方のないことだが、同盟国も勝手なものだ。

そんなことを思い出していると、ふと背中にあたたかい手がふれるのを感じた。隣に座るレオンが、労わるような視線をこちらに向けながら、背中に手を添えてくれている。

半ば強制的に嫁がされた過去を思い出して、沈んでいるのではと心配したのだろうか。

やっぱり、レオンは優しい。こういうところが好きだ――と、心の中で幸福を噛み締めながら、平気だと示すように軽く笑ってみせた。

「つまり、わが国との同盟が必要と認められれば、貿易も許される可能性がある……ということですか？」

ジュネの質問に、エリファスは再び表情を引き締めて頷いた。

「はい。例えば、もしこちらからルーディーン王国に貿易を申し出る書状を送った場合、父はおそらく同盟の判断を仰ぐために会議を要請するはずです。その会議で七分の四の賛成を得られれば、盟約上は問題ないことになります」

「七分の四……」

家臣たちからため息が漏れる。ルーディーン王国は賛成するとしても、加えて三か国の賛成など得られるわけがないと考えているのだろう。

議場に諦念の空気が漂い始めて、エリファスは慌てた。

「待ってください。四か国というのは多いですが、それほど絶望的な数字ではないと思います」

「どういうことだ。王妃よ」

あと押しするように尋ねてくれるレオンに感謝し、話を続けた。

「……確かに大陸のどの国も、マギトとマギルス王国を恐れています。流布されてきた偽りの歴史や、民の間に広まる間違った噂の影響もあると思います。でも実は、恐怖の一番の原因は、マギトがどんな人たちなのか誰も知らないこと——未知への恐怖だったんじゃないかと思うんです」

百年前に追放されて以降、誰も姿を見たことがなかったマギトと、そんなマギトの集う夜の国。どんな人たちなのか、どんな国なのかわからないから、ますます恐れがふくらんでいたのではないか。

今は状況が変わった。エリファスがこの国に来て、彼らの実際の姿をこの目で見ているし、それを大陸に伝えることもできる。マギトは恐ろしい化け物などではないときちんと説明していけば、理解してくれる国も出てくるのではないか——。

そこで、レオンが口を開いた。

「そうだな。われわれも同じだ。私を含め、大陸で暮らした経験のない者たちの中には、未知なる人間への恐怖を抱いていた者も少なくない。しかしそなたがここへ来て、人間への印象がずいぶん変わった。相手を知ることは、恐怖を薄れさせてくれる」

レオンは家臣たちに向き直る。

「諦めてはならない。たとえ時間はかかろうとも、民のため、関係を築く道を模索していこう」

レオンの力強い言葉に、家臣たちも士気を取り戻したようだ。皆、前向きな表情を浮かべている。

「いずれにせよ、大陸に対してなにを輸出するかも考えなければなりませんね。われわれに対する理解が得られたとして、貿易相手として魅力がなければ話は進みませんから」

ジュネの言葉に、一同も首肯した。

マギルス王国の財政はそれほど豊かではないし、国庫支出での輸入には限界がある。こちらからもなにか輸出し、物々交換の形で取引するのが理想だ。

ただ、大陸に比べて物資に乏しいこの国から、輸出できるものがあるかどうか――。

「輸出品の候補については、次回話し合うことにしましょうか。予定の時間も過ぎてしまいましたし、今日のところはここまでに」

ジュネがそう言って、ひとまず会議を閉じた時だった。

忙《せわ》しない足音が近づいたかと思うと、扉がノックされ、近衛兵の一人が議場に飛びこんできた。

「陛下！　国王陛下！　至急、お伝えしたいことが……！」

「どうした」

「わが国の海域に、船が侵入しております！」

レオンの目つきが途端に鋭くなった。家臣たちも顔色を変えている。

「こちらを攻撃する様子は？」

「ありません。船は半壊状態で、救援を求める白旗を振っています。見たところ、難破船かと」

「どこの船か、なにか情報は？」

「赤い花の紋章を帆に掲げているそうです」

兵士の言葉に、エリファスは思わず身を乗り出した。

「赤い花——それは、バスチェ王国の旗です！」

カルデア大陸の西の大国、バスチェ王国の国章。

「どうして、あの国の船が……」

国章を掲げているということは、乗っているのは王族だと思って間違いない。でも、あの国の王族がマギルス王国にやって来る理由なんてなにもないはずなのに、どうして——。

「理由はどうあれ、海域への侵入を許すわけにはまいりません。陛下、どうか船の排除をお願いいたします」

重臣の一人が進言した。通常であれば、船の侵入が発見された場合、レオンが水の魔力によって潮の向きを操作し、海域から押し出して排除するのだ。

しかしレオンは思案するように俯いたあと、エリファスに視線を向けた。

「王妃よ。そのバスチェ王国とは、どのような国なのだ。関わりを持った場合、わが国に危険が及ぶと思うか」

「いえ、バスチェ王国は、大陸の中でも特に平和主義の国です。専守防衛を宣言していますし、この国に害をなしに来たとは思えないのですが……」

レオンはわずかの間黙考したのち、決然と兵士に命じた。

「早馬を出し、港の兵に伝えよ。わが国の船を出し、乗組員を救助せよと」

「しかし陛下……！」

「不審な船ならば通常通りに対処するが、明らかに救助を求めている船を見捨てるのは人道にもとる。それに、これから大陸との国交正常化を図ろうというのに、船を排除する行為はその志と矛盾するのではないか」

レオンが述べると、家臣たちはなにも言えなくなってしまった。

「まあ、いいのではないですか。ここで助けておけば、貿易の交渉を進める際に有益なこともあるかもしれませんし」

とりなすようなジュネの言葉に、家臣たちも互いに顔を見合わせ、承服した。

「急ぎ、港へ向かう。ともに来るか？」

「はい、もちろん！」

即座に頷き、エリファスはレオンとともに馬車に乗り、港へと急いだ。

到着すると、すでに救助活動はひと段落したところのようだった。

三十人ほどの男たちが、兵舎の前で毛布を被り輪になって座っている。男たちは皆一様にげっそりとやつれていて、髭《ひげ》は伸び放題だ。

岸には、ところどころ木が剝《は》がれて半壊状態になった中型船がある。もとは白かったのだろう帆は茶色く汚れてぼろぼろになっているが、掲げられた紋章は確かに、バスチェ王国の王家のものだった。

「一体、なにが……」

レオンとともに馬車を降りると、兵士が駆け寄ってきて敬礼した。

「救助は滞りなく終わりました。飢えて疲弊している様子でしたので、今、食料を配っております」

「ご苦労だった。彼らには、ここがマギトの国であることは伝えたのか」

「はい、すでに。ここが『夜の国』かと、怯えているようです。そのわりに食料は受け取っているのですが……」

兵士が少し呆れたように、男たちに視線を向ける。

救助された男たちは、渡された食料を貪るように食べながらも、周りを囲む兵士たちに怯え、警戒心をあらわにして互いに肩を寄せ合っている。マギトにとっては不愉快な態度だろうが、大陸でのマギルス王国に関する噂を考えれば、男たちが恐れ慄くのも仕方がない。

「私の姿を見れば彼らは余計に混乱するだろう。エリィ、すまぬが彼らに事情を聞いてきてもらえるか」

「わかりました」

エリファスは男たちの輪に駆け寄り、声を張りあげた。

「皆さん！　どうか怖がらないでください。ここは恐ろしい場所ではありません」

「あ、あなたは……？」

船員の一人が、おそるおそる尋ねてくる。

「僕はルーディーン王国の元王子、エリファスです。今は嫁いでこの国で暮らしています」

「エリファス王子……!?」

一斉に男たちがどよめいた。「ご無事だったのか」「本当に『夜の国』の花嫁に……」と、驚きの呟きが聞こえる。エリファスが神託によってマギルス王国に嫁入りしたことは、大陸の国々にも知らされていることだから、すぐに信じてもらえたようだ。

「マギトは恐ろしい人たちではありませんから、安心してください。まずは食料を食べてあたたまって――」

その時、輪の中から小さな声が聞こえた。

「エリィ……？」

愛称で呼ぶその声のほうに視線を向けると、輪の中心にいた一人の男が、ゆらりと立ち上がった。

「エリィ……エリィなのか」

男は呟きながら、こちらに向かってくる。

どこかで見たことがある男だ。上背が高く、がっしりした体格をしている。褐色の肌に、緩くウェーブがかった長い黒髪。目鼻立ちのはっきりした顔立ちに、エメラルドグリーンの瞳――。

「あっ……ルーカス!?」

髭や髪が伸びているので最初はわからなかったが、距離が縮まるにつれて確信した。

バスチェ王国の第七王子、ルーカスだ。

バスチェ王国とルーディーン王国は古くから友好関係にあることに加え、ダンテがバスチェ王国の王女と結婚したこともあって、王族同士も家族ぐるみで交流を重ねてきた。エリファスもよくバスチェ王国の城を訪れたり、王子たちがルーディーン王国を訪れた際にはもてなしたりしていたが、特にエリファスより五つ年上で人懐っこいルーカスとは仲がよく、幼なじみのように親しくして育った。

「エリィか、本当に！　よかった……また会えるなんて！」

ルーカスはそう叫ぶとエリファスに駆け寄り、勢いよく抱きついてきた。昔から距離の近い男だったが、久々に会えたことに興奮を抑えられないようで、力が強い。

「ちょっとルーカス、苦しい……！」

何度か背中を叩くと、ルーカスは我に返り、「悪い悪い」と体を離した。

「でも、驚いた。どうしてルーカスがここに？」

「いや、それがなぁ……」

ルーカスはばつの悪そうな苦笑を浮かべながら、ここにたどり着いた経緯を話してくれた。

王子でありながら自由人で、探検家を自称して世界中を旅しているルーカスは、この一月ほど、カルデア大陸の北方に存在すると噂される新大陸を発見しようと航海していたらしい。しかし一週間ほど前、嵐に遭い、いつの間にか霧の中に迷いこんでしまった。どう舵《かじ》をとっていいかもわからず、藁《わら》にも縋る思いで救援を求める旗を振ったのだという。

「それにしても、マギルス王国までたどり着くとは思わなかった。どんどん空が暗くなるから、もしやとは思っていたんだが」

「ルーカス、昔から旅が好きだったけど、そんな危ないことをしてたなんて……」

思わずため息がこぼれた。王子という立場に囚《とら》われたくないと、昔から奔放にあちこち出向いているのは知っていたけれど、まさか新大陸を求めて旅に出るなんて無謀なことをしていたとは。

「食料も尽きて万事休すかと思った時、この島の灯りが見えたんだ。まさかエリィのいる国だったとはな。こんな格好で恥ずかしいが、会えて嬉しいよ、エリィ！」

そう言って、ルーカスがまた腕を広げ、抱擁を交わそうとする。

その時、周囲にいたバスチェ王国の船員たちから、悲鳴があがった。

「うわぁぁぁっ！　ばっ、化け物……！」

「えっ？」

船員たちは皆、震えあがりながらエリファスの背後を凝視している。

振り返ると、レオンがエリファスに寄り添うようにして立っていた。

「あ、陛下！」

自分が姿を見せると場が混乱するからと、馬車の中にいたはずなのに、どうしたのだろうか。

無言でこちらを見下ろすレオンの姿にルーカスも動転したようで、エリファスから離れてあとずさった。

「ルーカス、皆さんも、安心してください。この人は僕の夫で、この国を治める国王です」

必死に訴えたが、船員たちは怯えた顔を崩さない。

一方、ルーカスはまだ距離を保ちながらも、興味深そうにレオンをしげしげと眺めている。

「夫……そうか。あなたが……」

ルーカスは呟くと、ゆっくりと数歩レオンに歩み寄り、おもむろに立膝をついた。

「このような格好で失礼いたします。私はバスチェ王国第七王子、ルーカス＝ディ・バスチェです。突然の侵入、どうかお許しを。船員ともども保護していただき、心より感謝申し上げます」

身なりはぼろぼろだが、拝礼する姿にはやはり王子の気品がある。それに、レオンの姿を見て驚きはしても恐怖してはいないようで、声を震わせることもなくはきはきと喋っている。

レオンも、堂々たるルーカスの態度に一瞬面食らったようだが、すぐに表情を戻し、胸に手をあて挨拶を返した。

「マギルス王国国王、レオン・マギルスだ」

ルーカスはもう一度深く頭を垂れたあと、勢いよく顔を上げ、きらきらした目でレオンを見上げた。

「いやぁ、噂には聞いていましたが、本当にヴァルムの獣人でいらっしゃるのですね！　大きくて立派な体だなぁ。そうだ、陛下は魔法が使えるのでしょう？　なにか見せていただくことは？」

「ちょっと、ルーカス……！」

まるで子どものような目でレオンを仰ぎ見ながら、矢継ぎ早に尋ねるルーカスを窘《たしな》める。

レオンはルーカスの質問には答えず、背後に控えた数台の馬車を振り返った。

「ひとまず、貴殿らをわが城で保護することになった。馬車を用意したので、分かれて移動してくれ。詳しいことはわが妃からのちほど説明申し上げるが、この国の民は人間を恐れている。あまり姿を見られないよう、注意されたい」

淡々と告げて、レオンはエリファスの肩を抱き、乗って来た国王用の馬車へと促した。

「あっ、エリィ……！」

ルーカスが名残惜しそうな声で呼ぶが、城でまた会えるだろうと、小さく手を振って別れた。

馬車に乗りこむや否や、エリファスはレオンに向き直り、礼を言った。

「陛下。彼らを助けてくださって、本当にありがとうございます」

「いや、構わない。……あの彼は、そなたの友人か？」

「ええ。ルーカスは僕の幼なじみのような人で、昔から交流があったんです」

「そうか。そなたの友人を救えたのなら僥倖《ぎょうこう》だ」

レオンはそう言ってくれるが、心なしか表情がこわばっている。

（陛下、怒ってるのかな……。ルーカスは人懐っこくていい人だけど、ちょっと距離が近いんだよなあ。陛下を珍しそうに見たりして……）

ルーカスだけでなく、船員たちにも悲鳴をあげられて、気を悪くしてしまったに違いない。せっかく厚意で手を差し伸べたのに、あんな風に怯えられていい気はしないだろう。

（陛下が嫌な思いをしないように、僕が陛下と彼らの間に立たないと）

彼らが帰るまで、責任を持って面倒を見なければと、エリファスは決意した。

その後、ルーカス一行は無事城に到着した。脱水症状や栄養失調の症状が出ている者もいたため、城仕えの医師が皆を診察したが、長期間の漂流と飢えから来る疲労で命には別条なく、一週間ほど療養すれば快復するだろうとの見立てだった。

『無事に彼らを国へ帰すためにも、体を休めてもらわねばなるまい。ひとまず一週間、この城で保護することとする』

レオンがそう決定したのはいいが、それからが大変だった。

なにしろ、三十人の人間の男たちを迎えるのだ。城は広く部屋も十分に余っているため、場所の面では問題はなかったが、使用人たちは突然やって来た大勢の人間を見て、目に見えて怯え狼狽した。

それも当然だ。たった一人で嫁いできたエリファスでさえ、到着当初は怖がられ、遠巻きにされていた。エリファスが皆と交流する中で、城の者たちも人間に対する恐れや警戒心を少しずつ解いてくれたが、それでもいきなり大勢の人間が押し寄せては、混乱するのも無理はない。

それに、小柄なエリファスと違ってルーカスは体格がいいし、船員たちはいかにも荒くれ者の海の男といった風情で言葉遣いも荒っぽい。マギトと人間の間の確執を差し引いても、女性の使用人たちはあまり彼らに近寄りたくないようだった。

城の者たちに負担をかけないためにも、自分が率先して彼らの世話をしなければ。

そう考えたエリファスは、甲斐甲斐しく彼らの面倒を見ていた。

「エリファス様、少しお休みくださいませ。王妃様にこのような下働きをさせられませんわ」

「いいんです。同じ大陸出身の人間として、お手伝いさせてください」

ルーカス一行が城に落ち着いて三日目の昼。恐縮するメイドたちを笑顔でとりなして、エリファスは食事の載ったワゴンを押しながら、船員たちが滞在している大きめの客室へと向かった。

「ええと、これで船員の皆さんのお食事は運んだから……」

エリファスは次に一番奥の客室に足を向けた。扉をノックし、中の様子を窺う。

「ルーカス、入ってもいい？」

「あぁ。どうぞ」

扉を開けると、ベッドで半身だけ起こしたルーカスが、明るい顔で手を振っていた。

「調子はどう？」

「もうずいぶんいいよ。悪いな、王妃殿下に食事を運ばせるなんて」

ルーカスも栄養をとり、寝台でぐっすり眠って、ずいぶん調子がよくなったようだ。上陸した時より顔色もずっといい。

ベッド脇のテーブルに昼食の皿を置くと、ルーカスは目を輝かせた。

「おぉ、今日の食事はオムレツか。フルーツソースまでついてる。俺たちに配慮してくれたのか」

「うん。厨房《ちゅうぼう》に、バスチェ王国出身の方がいてね」

百歳を超える高齢の料理番だ。バスチェ王国の王子が療養していると聞くと、複雑そうな表情を浮かべながらも、ルーカスや船員の料理担当を買って出てくれた。

「そうか……わが国からも大勢、追放の憂き目に遭っているのだろうな」

ルーカスには到着の翌日、マギトが追放された経緯について話しておいた。

意外にも、ルーカスはすんなり信じてくれた。彼は大陸中を旅する中で、マギトに関する様々な伝承を見聞きしており、エリファスが見つけたような詩や民謡の存在にも気づいていたらしい。大陸に伝わる歴史の真偽にも疑念を持っていたようで、エリファスの話に納得した様子でさえあった。

「しかし、人間が恐れられているこの国で、エリィは一人でよく頑張っているな。さすがルーディーンの天使様だ」

「そんなことないよ。最初はなかなか受け入れてもらえなかったし、今もまだみんなに認めてもらえているわけじゃないし」

「でも、エリィがいたからこそ俺たちは助けてもらえたんだろう。船の修復までしてくれていると聞く。ありがたいことだ」

ルーカスたちが城に落ち着いた翌日には、民にも事の次第が知らされた。国王陛下のご慈悲で、大陸から来た遭難船を救助したと。

エリファスの存在により、人間に対する心証も変化しているようで、家臣たちが案じたほどの混乱は生じていないようだ。むしろ、港での船の修復作業に協力を申し出てくれる民もいるらしい。

「実際にマギトに会ってみると、恐ろしいところなんてどこにもない。大陸に広まる偏見も、どうにかしないとな」

ルーカスが苦い顔でため息を吐く。

「エリィがここに嫁いで、マギトの王とともに元気に暮らしているとわかれば、少しは認識も変わるだろう。ご家族にには、手紙を書いたりはしてるのか？」

「うん。最近、何度かやり取りしてるよ。陛下が勧めてくれてね」

『夜明けの島』を経由するので時間がかかるけれど、家族と連絡がとれるのは、やはり嬉しいものだ。

「それならよかった。……ところで、大陸のことはなにか聞いてるか？」

「なにか？　家族からの手紙には、みんな元気でやってるとしか……」

「そうか。いや、それならいいんだ」

慌てたように手を振ってごまかすルーカスの様子に、首を傾げた。ルーカスにしては珍しく歯切れが悪い。なにかを隠しているようにも思える。

気になったけれど、エリファスが追及するより先に、ルーカスが話を変えた。

「しかし、あの王様には驚いたな。本当にヴァルムの獣人がいるなんて。エリィはうまくやれてるのか？」

「うん。とても優しい人なんだよ。ルーカスにも、ちゃんと紹介したいけど……」

「ぜひもっと話してみたい。陛下にも伝えてくれ。こちらにいるうちに、交流の機会を持ちたいと」

ルーカスの言葉に、必ず伝えると返事をしたものの、レオンが申し出に応じるかは疑わしい。

レオンはルーカスたちがやって来た日以降、彼らに一切近づこうとしない。きっと、船員たちを慮って、あえて距離を置いているのだろう。

（でも、ルーカスは陛下のことを怖がっていないし、一度くらいお話しできればいいんだけど）

そう考えながら、エリファスはレオンの執務室へと向かった。

この三日間、エリファスも彼らの世話で忙しいし、レオンのほうも、民の間に不安が広がらぬよう、各街区に直々に事情を説明して回っているため城を空けがちで、あまり会う時間がとれていない。

(今日は外には出ていないみたいだし、執務室にいらっしゃるかな。少しでも会えたら嬉しいな)

最近では侍従長を通さなくても、レオンの執務室には声をかけていいことになっている。ルーカスの言づてを伝えるという用事もあるし、訪ねてもおかしくはないだろう。

「陛下。僕ですが、入ってもよろしいですか?」

執務室をノックして声をかけると、「あぁ」と応じる声が聞こえた。

レオンは黒いシルクのシャツに脚衣というラフな服装で、机に積まれた書類に目を通していた。

「陛下。陛下のおかげで、ルーカス王子も船員の皆さんも、ずいぶん快復しています」

「そうか。それはなによりだ」

書類から顔を上げたレオンは、少しだけ口角を上げたものの、やはりどこか硬い表情だ。建国記念日以来ずっとそうだが、ルーカスが来てからますます態度がぎこちなくなったような気がする。

「そなたも、彼らの看病や世話で疲れているだろう。あまり無理しないでくれ」

それでも、こうして気遣いの言葉はかけてくれる。出会った頃に逆戻りしたわけではないのだからと、内心で自分を励ましながら、本来の用件に入った。

「陛下。実はルーカスが、陛下と交流の機会を持ちたいと言っているんです。彼らが帰るまでの間に、一度ルーカスとお食事でもいかがですか?」

「ルーカス王子と?」

レオンの眼光が、にわかに鋭くなった。

やはり、ルーカスの印象が悪かっただろうか。確かに初対面の時のルーカスの態度は、レオンにしてみれば失礼に感じても仕方ない。

「あ、あの。ルーカスはちょっと人懐っこすぎるところはありますが、いい人なんです。大陸との今後の関係改善のためにも、少しでも交流できたらと思って……」

必死に説明すると、レオンはハッとしたように眉間の皺を解いた。

「あぁ、そうだな。こうして彼らがここへ来たのも、なにかの導きかもしれない。考えておこう」

前向きなレオンの言葉にホッとする。安堵した勢いで、エリファスはもう一つの用事を切り出した。

「それから、陛下。お時間があれば今夜、夕食をご一緒しませんか？　あ、僕と二人で……！」

あの口づけの一件以降、夕食をともにする機会も減っていた。以前は週に一度は必ずレオンから誘ってくれたのに、あれ以来一度も声がかからない。半月ほど前、エリファスから誘ってみたら応じてくれたが、夕食中も口数が少なく、なにか考えこんでいる風だった。

(ずっとこのままなのは寂しいし……そろそろ、ちゃんと聞いたほうがいいのかも。僕がなにかしてしまったなら謝りたいし)

レオンの態度が変わってしまった理由がなんなのか知りたい。今日はレオンも城にいるようだし、夕食の時に落ち着いて話ができればと思ったのだ。

しかしレオンは、逡巡するようなわずかな間のあと、かぶりを振った。

「……いや。今日は執務が詰まっていて、時間がとれそうにないのだ。すまないな」

「そう、ですか……」

落胆で声が萎むのを抑えられなかった。嫁いできた当初はともかく、レオンに誘いを断られるなんて、ここ最近はなかったことだ。

肩を落とすエリファスに、レオンがさらに追い討ちをかけた。

「彼らがここに滞在する間は、ともに夕食をとったらどうだ」

「えっ……」

「そなたにとって、ルーカス王子は久々に会う大陸の友。積もる話もあるだろう。またいつ会えるともわからぬのだし、彼がここにいるうちに時間をともにするとよい」

レオンは淡々とそう言って、ぎこちなく頬を持ち上げる。

言葉だけ聞けばエリファスに対する気遣いだし、レオンの考えも正しい。ルーカスと会える機会なんてこの先またあるのかわからないし、大陸の話も聞きたい。

でも、どうしてだろう。なんだか突き放されたような気持ちになってしまうのは——。

「……はい。陛下がそうおっしゃるなら……お気遣い、ありがとうございます」

沈んだ気持ちを顔に出さないようこらえながら、エリファスは重い足取りで執務室を出た。

数日が経ち、ルーカス一行も体力を取り戻し、帰路につく日程も決まった。三日後の出航だ。

「改めて、此度の救援、心より感謝申し上げます」

王の間で、玉座に座るレオンの前にルーカスが膝をつき、胸に手をあてて敬礼の姿勢をとっている。纏っているエメラルドグリーンの長衣は、衣装係によって修繕されたバスチェ王国の衣装だ。

「目の前で危険に晒されている命を救うのは当然のこと。礼には及ばない」

レオンも今日は正装で、黒い軍服のような上下に、金刺繍の施された黒いマントを羽織っている。

エリファスはレオンの座る玉座の隣に立ち、対面する二人を見守っていた。

今日はレオンのほうからルーカスを呼んだのだ。レオンとの交流の機会が欲しいというルーカスの求めに応じ、出航前夜、レオンとエリファス、そしてルーカスの三人での食事の席が設けられることになった。

「陛下とゆっくりお話しできることを、楽しみにしております」

「あぁ。私も楽しみにしている」

にこやかな笑みを浮かべるルーカスに対し、レオンの返答はどこか儀礼的だ。

(陛下、やっぱりルーカスのこと、あんまりよく思ってないんだろうな……)

無表情な横顔を見つめていると、ルーカスが「ところで」と口を開いた。

「陛下。もう十分迷惑をかけているところを申しわけないのですが、一つ頼みがあるのです」

「頼み？」

「はい。せっかくの機会ですから、帰るまでにこの国を少しでも見て回りたいのです」

「えっ⁉」

レオンの反応を待たず、つい隣で身を乗り出してしまった。

確かに先日一緒に食事をした際、『城下を見てみたい』と言っていたけれど、本気だったなんて。

レオンがなにか言う前に、玉座の下に控えていたジュネが反対した。

「それは難しいです。王妃殿下と異なり、貴公は民たちにとって、よそ者の人間。軽々しく町に出れば民たちの反発を受け、危険な目に遭うかもしれません」

ジュネの懸念はもっともだ。エリファスが来てから少しずつ変化しているとはいえ、まだ人間に対する不安や反発心が完全に一掃されたわけではない。それに、もしルーカスの身になにかあれば、マギトやマギルス王国の責任になりかねない。

しかしルーカスは諦めずに食い下がった。

「人間とマギトの確執については、王妃から伺っています。危険が伴うことも承知していますが、今後この国に来られることはもうないかもしれない。少しでも町の様子を見たいのです」

「しかし……」

「私が帰国した暁には、この救援への感謝のしるしとして、わが国から貴国へなにか贈り物を献上したいと考えております。同盟国の承認を得なければなりませんが、人命救助の御礼ですから、おそらく特例として認められるでしょう。なにを贈れば喜ばれるか知るためにも、この国の生活をこの目で見ておきたい。どうかお願いします」

その真剣な訴えを聞いて、エリファスははたと思った。

ルーカスは大陸中を旅して回りながら、訪れた先で珍しい物品や文化財があればそれをバスチェ王国に輸入する。貿易面での買いつけ役のような役割も務めている。そんな彼にこの国を見てもらえば、もしかしたら貿易の糸口が見つかるのではないか。

「……陛下。ジュネさん。僕からも、お願いします。ルーカス王子はバスチェ王国の貿易に関わってきた人です。彼にこの国の文化を知ってもらったら、国交樹立のため、なにか役立つ助言がもらえるかもしれませんし……」

ルーカスの功績を説明すると、レオンは考えるように顎下のたてがみを撫でたあと、首肯した。

「承知した。ただし、私と王妃が同行することが条件だ。場所も一か所、城から近い王都の市場のみとする。それでもよいか」

「もちろんです。ご厚意に感謝します！」

日取りは追って調整することが決められ、謁見は終わり、ルーカスはジュネに先導されて王の間を出ていった。

玉座から立ち上がったレオンに、エリファスは頭を下げた。

「陛下、ありがとうございます。ルーカスの頼みを承諾してくださって」

「礼には及ばない。そなたの言う通り、わが国にとっても彼の視点は有益かもしれぬ」

レオンはそう答えてくれたが、なぜかエリファスと目が合うのを避けるように視線を彷徨わせている。表情も、どこか心ここにあらずといった様子だ。

(今回のことで、陛下に迷惑をかけてるのかもしれない)

ただでさえレオンは忙しいのに、ルーカスたちを受け入れてからというもの、政務はさらに増えている。それに加えて、エリファスがルーカスとの食事を進言したり、町に出ることをあと押ししたりして仕事を増やしているから、内心では面倒に思っているのかもしれない。

（もしかして僕、でしゃばりすぎたのかな）

民から受け入れてもらえて、政務にも参加できるようになったことで、無意識のうちに調子に乗っていたのかもしれない。レオンなら誘いに応じてくれる、提案を受け入れてくれると勝手に期待して、あれこれ求めすぎたのではないか。それがレオンには重荷になっていて、エリファスのことが疎ましくなっているとか。

そう思った瞬間、足元が崩れていくような感覚に陥った。

レオンがあの優しい笑顔を見せてくれなくなったらどうしよう。柔らかい声で「エリィ」と呼んでくれなくなったらどうしよう――。

不吉な想像をしているうちに、いつの間にか背中に冷や汗をかいていた。誰かから嫌われるのをこんなにも恐れたのは、生まれて初めてだ。


翌日、レオンとエリファス、そしてルーカスは、ジュネと護衛の兵士を伴い、馬車で王都の市場へと向かった。

市場にはすでに通達が行っていて、国王夫妻と大陸からの客人を迎える準備をしてくれているらしい。

ルーカスはまるで子どものように好奇心をあらわにしながら、窓の外を眺めている。

「町中も光のランプで結構明るいんだな。あのランプ、光が強くて羨《うらや》ましい。持ち帰れないのが残念だよ」

馬車の座席は対面式で、エリファスとレオンが並んで座り、向かいにルーカスが座っている。

いつもレオンと乗っている国王夫妻専用の馬車より横幅が小さいことで、隣に座るレオンと体が密着している。ふれ合っている腕から体温が感じられて嬉しいはずなのに、エリファスは素直に喜ぶことができずにいた。

レオンに嫌われてしまったかもしれない——その可能性に思いいたってからというもの、どう接したらいいかわからなくなってしまった。今まで通りに話しかけていいのか、もっと控えめに振る舞うべきかと、頭の中でぐるぐる考えてしまう。

「エリィから聞いてはいたが、やはり花が少ないな。帰ったら、わが国から種や苗を贈ろうか」

ルーカスの朗らかな声に、慌てて笑顔を作った。

「そうしてくれたら助かるよ。僕が持って来た種ももうほとんど蒔いてしまって、困ってたから」

「そうか。花の国で育ったエリィが、花の少ない場所で暮らすのは寂しいだろう。任せてくれ、たくさん贈るよ」

胸を叩いて請け合ったルーカスが、レオンに視線を移した。

「陛下はご存じですか？　エリィの母国は『花の国』と呼ばれていて、大陸でも随一の花大国なんですよ」

「あぁ。王妃から聞いている」

「ルーディーン王国では毎年、花の博覧会が開かれていて、エリィがいつもホストとして迎えてくれていたのです。私も来賓として参加しましたが、花々に囲まれるエリィは本当に天使のようでした」

「そうか。それは……見てみたかったものだな」

呟くように答えるレオンは、わずかだが眉根を寄せている。その表情を見て、エリファスは内心で「あぁ、やっぱり」と悲嘆に暮れた。

きっとレオンにとっては、今日の外出が負担なのだ。こんな雑談に興じている暇などない、早く帰って政務に戻りたいと思っているのだろう。余計な仕事を持ちこんだエリファスに対して、苛立《いらだ》ちを覚えているのかもしれない。

後ろ向きな性格ではないはずなのに、レオンのことになると、どんどん悪いほうに考えてしまうのが自分でも不思議だった。

間もなくして馬車が市場に着き、三人は護衛とともに馬車を降りた。

「国王陛下、王妃殿下。……そして、ルーカス殿下。お待ちしておりました」

入口で、王都を統治する貴族の長官が出迎えてくれた。屋台の店主や買い物客たちも、皆一斉に市場の入口を向き、膝を折って礼の姿勢をとっている。

エリファスはこの市場に何度も来ているが、いつもより人々の態度が硬い。レオンもエリファスとともにこの市場を数回訪れていて、皆も見慣れているはずだから、やはりルーカスに対して緊張しているのだろう。

それでも、表立って警戒心をあらわにしたりはせず、敬意を持って礼を尽くしてくれている。そんな彼らの姿に、エリファスは感謝した。

「少しの間、邪魔をする。かしこまらず、普段通りにしていてくれればいい」

レオンがそう告げると、皆ホッとした様子で頭を上げ、商いや買い物を再開した。

「おぉ、やはりわが国とは扱っている品物が違うな！」

「あっ……ちょっと、ルーカス殿下！」

勢いよく市場に飛び出していくルーカスを、ジュネが呆れたように追いかける。

「えっと……陛下。僕たちも回りましょうか」

「あぁ」

賑やかなルーカスがいなくなると、なにを喋っていいかわからず、気まずい空気が漂う。でも、せっかく久々にレオンと城下に出られたのだからと、エリファスは気を取り直した。

市場には今日もたくさんのテントが並び、果物や野菜、衣料品が商いされている。香辛料の香りがしたかと思えば、砂糖を煮詰めたような甘い菓子の香りが鼻をくすぐる。

市場のテントは入れ替わりも激しいため、いつ来ても飽きない。色とりどりの果実酒を売る店や、絵つけされた皿を売る店など、初めて見る屋台が珍しく、ついきょろきょろと首を動かしてしまう。

「エリィ、あまり夢中になっていると危ない。……ほら」

レオンに腕を引かれて足を止めると、はしゃいだ男の子がエリファスの脇を勢いよく駆け抜けていった。少し遅れて、恐縮した様子の母親が何度も頭を下げながら、子どもを追っていく。

「ルーカス王子もだが、そなたも今日は子どものようだ」

「す、すみません……！」

浮き立っている自分に気づいて、恥ずかしさに頰が赤くなる。

「構わん。そなたが楽しんでいるのなら、なによりだ」

くすりと笑ったあと、レオンはそっと自分の左腕を差し出した。

「摑まってくれ」

「はい……」

遠慮がちに右腕を絡めると、レオンは満足そうに目元を和ませ、歩を進めた。

（腕を組んで歩くなんて、初めてだな……）

後ろに護衛の兵士はいるが、まるで二人きりのデートのように錯覚してしまう。

寄り添って歩きながら、さらに市場の奥へと向かうと、ひときわ賑わう屋台を見つけた。

装飾品の屋台だ。紫や赤、紺碧《こんぺき》の琥珀《こはく》を指輪やペンダントにして売っている。

「おっ、王妃様！　どうですか、装飾品は。王妃様にお似合いのものもありますよ」

二十代くらいの若い店主が、気軽に声をかけてくる。

「琥珀のアクセサリー……綺麗ですね。僕の国にはあまりなかったから」

ルーディーン王国では、装飾品といえば金や銀を用いるのが主で、透き通った琥珀はあまり使われなかった。

（あ。これ、陛下の目の色にそっくり）

深い紅色をした琥珀のペンダントに、目が釘づけになった。

「欲しいのか？」

身を屈めたレオンの顔が肩のすぐ横にあって、びっくりしてしまう。

「い、いえ！　ただ、陛下の瞳の色だから、綺麗だなと……」

「私の？」

ペンダントに目を落としたレオンは、ふむ、とかすかに鼻先を動かしたあと、店主に呼びかけた。

「これをくれ。代金はここに」

「まいどありがとうございます！」

レオンは店主の手からペンダントを受け取ると、エリファスに差し出した。

「ありがとうございます、陛下……！」

「礼には及ばない。私が贈りたかったのだ」

レオンの声は笑みを含んで柔らかい。大きな口は弧を描いていて、瞳には慈愛の色が滲んでいる。

久しぶりに見る、レオンの自然で優しい表情に安堵が胸に満ちていく。

こんな顔を見せてくれるのだ。嫌われているかもだなんて、ただの勘違いだったのかもしれない。

「よかったですねぇ、王妃様」

屋台から身を乗り出して、店主が冷やかしてくる。恥ずかしさに頬を染めながら、エリファスは早速、ペンダントを首から下げた。

「……ああ。よく似合っている」

レオンが優しくまなじりを下げたので、頬がますます熱くなった。

「考えてみれば、そなたはなにも欲しがらぬ。ほかにも欲しいものがあれば言ってくれ。贈りたいと思う」

それなら、陛下の心が欲しいです――。

とっさにそう答えそうになって、慌てて飲みこんだ。そんなことを考えている自分に驚いてしまう。

レオンはこうして自分を気遣ってくれるし、大切に扱ってくれる。それだけでも十分幸せなのに、今以上のものを望むなんて、なんて欲張りなのだろう。

「エリィ！　陛下！」

その時、後ろからルーカスの声が聞こえた。振り返ると、ルーカスは薬草のようなものが詰まった袋を手にしている。

「この薬草、治癒の力をこめた薬草で、病やけがに効くと聞きましたが、本当ですか」

興奮した様子で、ルーカスが尋ねる。レオンは草の束を一瞥して答えた。

「あぁ。風の魔力がこめられた薬草だ。ある程度のけがや病であれば、これを煎じて飲めば治せる」

「どこまでなら治せるんですか？」

「体の治癒力を増幅させるものだから、侵された臓腑を治療するのは無理だ。ただ、弱った器官の働きを助けるまで」

「なるほど。それなら……」

薬草の袋に視線を戻し、ルーカスは難しい顔でひとり言を呟いている。

「ルーカス？　一体どうしたの？」

問うと、ルーカスはレオンとエリファスを交互に見てこう言った。

「城に戻ったら、少し時間をいただけませんか。お話ししたいことがあります」

思わずレオンと二人、顔を見合わせた。ルーカスはなにか決意したような、ただならぬ雰囲気を醸している。子どもの頃からのつき合いだけれど、ルーカスのこんな様子は見たことがない。

「承知した。帰り次第、貴殿の話を聞こう」

レオンの返答に、ルーカスは少し表情を緩め、「ありがとうございます」と頭を下げた。

その後もしばらく市場を回ったが、ルーカスの話が気になってしまい、あまり集中できなかった。

ルーカスはといえば、到着した時のはしゃぎぶりが嘘のように、冷静かつ真剣な表情で市場を観察していた。まるで、観光地に来た幼子から、買いつけに来た貿易商に早変わりしたかのようだ。

（もしかして、なにか買いつけたいものを見つけたのかな）

果たして、エリファスの予感はあたっていた。城に戻って応接室に落ち着くなり、ルーカスは神妙な顔でエリファスとレオンに懇願した。

「頼みがあります。先ほどの薬草を、大陸に輸出してもらえないでしょうか」

思ってもみない要求に、エリファスは息をのんだ。レオンも、同席しているジュネも、困惑したように視線を交わしている。

「エリィ。大陸で最後に会った時、君は俺に話してくれたよな。最近、子どもの間で奇病が流行っていて心配だと」

「あぁ……うん。急に肌に痣《あざ》みたいな模様が浮き上がって、高熱が出る子が増えてた」

国内各地の病院から城に報告が上がっていた病だ。死にいたった例はなく、数日経てば痣も消え熱も引くのだが、中には高熱で体重が減ってしまったり、痣が残ってしまったりする子もいるとのことだった。

「その病、どうやら今、大陸中で流行っているようなんだ。わが国でも最近増え始めて大問題になっているし、ほかの国も同様だ。悪化する子も出始めて、隣国では死者が出たと聞いた」

「死者まで……!?」

「あぁ。今度、七か国で集まって、対応を協議する予定らしい」

そんなにも重大事に発展していたとは知らなかった。城仕えの医師の話では、子どもの間ではこうした奇病がよく現れるが、たいてい自然に消えていくということだったのに。

「言い出せなくてすまなかったな。余計な心配をさせるかと思ったんだ」

申しわけなさそうに詫びるルーカスに、エリファスは首を振った。家族の手紙にも病のことは一切書かれていなかったけれど、きっとルーカスと同じで、心配させたくなくて伝えなかったのだろう。

「内臓まで影響するような病じゃないんだ。話を聞く限り、あの薬草で症状は抑えられるんじゃないかと思う。いや、効能があるかはわからなくても、試してみたい。……どうかお願いします」

そう言って、ルーカスは頭を下げた。

王子にしては奔放な行動の目立つルーカスだが、子どもたちのことは心配なのだろう。

「陛下。もしかして、僕が熱を出した時に飲ませてくださったのも、これを煎じたものですか？」

「あぁ。同じものだ」

「あの時、大陸にいた頃よりもずいぶん快復が早くて、すぐに体が楽になったんです。その流行病にも効くかもしれません」

ルーカスをあと押ししたくて告げると、レオンは考えこむように顎に手をあてた。

「薬草をこの国から輸出してもらう代わりに、大陸から植物や果物、穀物を輸入するというのはどうでしょう。もし病に効くとなれば、大金を積んでも欲しい国が多いでしょうから、貿易に関する交渉も相当有利に進められると思います」

必死なルーカスの訴えに、レオンは黙考ののち、表情を引き締め頷いた。

「承知した。まずは貴殿の提案について、家臣らと協議してみよう」

「ありがとうございます。感謝します！」

ルーカスは歯を見せて笑い、勢いよく手を差し出してレオンに握手を求めた。

握手という慣習を知らないのだろう。レオンは一瞬、訝るように眉を寄せたが、ためらいがちに、でもしっかりと、ルーカスの手を握り返した。

「それでは、私は出発の準備をいたしますので、失礼いたします。エリィ、またな」

「うん。なにか手伝うことがあったら言ってね」

「私も、家臣たちに今の話を伝えてまいります。ルーカス殿下、先にお部屋までお送りします」

ジュネがルーカスを促し、二人で応接室を出ていった。レオンと二人、その場に残される。

ぱたん、と扉が閉まるなり、レオンが気遣わしげな視線を向けてきた。

「大丈夫か。エリィ」

「心配です……母国が今、どうなっているのか。病院が少ない地域もありますし、子どもの診察ができるお医者様はあまりいないので、大変なことになっているのかも……」

現状がわからないだけに、悪い想像がどんどんふくらんでしまう。

でも、だからといって今すぐ帰ることはできないし、帰ったところでなにかができるわけでもない。

それなら、自分のすべきことは、薬草を多くの国の子どもたちに届けることだ。

「陛下。ルーカスの提案の件、どうかよろしくお願いします」

「あぁ。数多《あまた》の子どもが苦しんでいるとなれば、放ってはおけぬ。それに、彼の提案はわが国にとっても益のあるものだし、家臣たちからの反対も少ないだろう。きっとうまくいく」

力強い口調でそう言って、レオンは励ますように背中に手を添えてくれる。

「ありがとうございます。陛下」

気遣いが心に沁《し》みて、その広い胸に頬を擦り寄せ思いきり甘えてしまいたくなる。つい手を伸ばしかけたが、レオンに届く寸前で慌てて引っこめた。

ふれたい、ふれてほしいと思っているのは自分だけなのだろうし、今拒絶されたら立ち直れない。

「で……では、ルーカスたちの出発の準備を手伝ってきますね」

早口に告げて部屋を出ようとしたが、呼び止めるようにレオンに腕を引かれた。

「陛下……？」

なにか用かと首を傾げると、レオンは我に返ったように素早くエリファスの腕から手を離した。

「いや。なんでもない」

「でも……なにか、ご用なのでは？」

「よいのだ。行ってくれ。私も、家臣たちと話し合わねば」

視線を流しながらそう言って、レオンは逃げるように席を立った。

遠ざかる足音を聞きながら、なにか不満があるなら言ってほしい、だからどうか遠ざけないでほしいと願った。

首から下げたペンダントを、よすがのようにぎゅっと握る。

誰かを好きになることは、こんなにも苦しいことなのだろうか。それならいっそ、レオンへの恋情になど、気づかないほうがよかったのかもしれない。


ルーカス一行の出航を翌日に控えた夜、ルーカスとレオン、エリファスの三人での食事の席が設けられた。

大きな食卓には、料理番が腕を振るった料理が並んでいる。バスチェ王国で古くから食されているオムレツに、ルーディーン王国の伝統食であるチーズパイ、マギルス王国で広く民に親しまれている魚の煮こみ料理など、三つの国の食文化がまざり合った晩餐《ばんさん》だ。

来賓をもてなす際の席次にのっとり、レオンとエリファスが並んで座り、その向かいにルーカスが座している。いつもレオンと向かい合って食事をしているのに、こうして隣同士に並び、夫婦として誰かをもてなすのはなんだか新鮮な気分だ。

「一週間、本当にお世話になりました。おかげさまで、船員たちもすっかり快復しましたよ。エリィにも、むさ苦しい俺たちの世話をさせてしまって、面倒をかけたな」

「ううん。皆が無事に帰れそうでよかったよ。でもルーカス、もうあんまり無茶なことはしないようにね」

「そうだなぁ。今回ばかりはどうなるかと思った。でも遭難したおかげでエリィに会えたし、流行病の問題を解決する可能性も見えた」

そう言って、ルーカスは居住まいを正し、レオンに向かって頭を下げた。

「貿易の件、本当にありがとうございます。帰ったら、わが国でも大急ぎで協議を進めます。すぐにまた連絡をとることになるかと」

「いや。こちらも、貴殿のおかげでわが国の薬草の価値に気づくことができた。これで本当に貿易関係を築くことができれば、わが国にとっても画期的なことだ」

あのあと、レオンはすぐに家臣たちに薬草の件を諮《はか》ってくれ、協議の結果、ルーカスの提案を受け入れることが決まった。まずは薬草を持ち帰ってもらい、もし流行病に効果が見られて需要があるなら、マギルス王国から薬草を輸出する。代わりに大陸の苗や食べ物を輸入するという計画だ。

ただ、もし薬草が病に効いたとしても、マギルス王国に対する恐れやマギトへの差別心から、他国の賛成が得られない可能性も大いにある。特に、マギト迫害のきっかけを作ったジグムンド王国がどう出るかが気がかりだ。当代の君主は進歩主義的な若い国王だから望みはあるが、大国であるジグムンド王国がもし反対に回れば、他国も追随しかねない。

そこでエリファスは、少しでもマギトに対する偏見を解くあと押しになればと、ルーカスに文書を預けた。マギトとマギルス王国について、エリファスがここへ嫁いでから知り得た実態を詳細に記した報告書だ。『夜の国』と呼ばれ、忌み嫌われているけれど、マギルス王国はそのような国ではない、マギトは恐ろしい化け物などではないと、できる限りの言葉を尽くして記した。

ルーカスも、マギトに命を助けられ、親切に迎えられたことを公の場で発表すると約束してくれた。マギルス王国を直接見た二人の王族の証言が揃えば、この国への心証も少しは改善するだろう。

(これで本当に、人間とマギトとの交流が復活したらいいな)

百年の時を経て、遠く隔たった二つの種族がまた交流を始められたらいい。

やはり今回の神託は、そのための導きだったのだ。

ルーディーン王国側に降りた神託は、エリファスをレオンに嫁がせれば、『危難に打ち克つ光が与えられる』というものだった。

『危難』という言葉が流行病を指していて、『光』が薬草を指している――そう考えることも可能だ。

そしてマギルス王国側に降りた神託は、エリファスを花嫁として迎えれば『世界に益あり』というもの。もし今後、薬草を契機として貿易が開始されれば、大陸にとってもマギルス王国にとっても有益だ。

宿命の婚姻――神が自分をここへ嫁がせたのは、そのためだった。

「でも、よかったよ。エリィのことは心配していたんだ。無事なのか、元気なのかって」

ふいに、ルーカスがしみじみとした口調で切り出した。

「エリィはルーディーン王国の民だけでなく、大陸の多くの人々から愛されていました。そのエリィを娶ったのですから、絶対に大切にしてくださいね」

いつになく真剣な表情で、ルーカスがレオンを見据える。

(ルーカスったら、急になにを……)

エリファスは膝の上のナプキンを握りしめ、レオンから視線を逸らした。

レオンがどんな顔で答えるのか見るのが怖い。形式上は「あぁ」と答えるだろうが、もし少しでも気のない様子が見えたら、打ちのめされてしまう。

沈黙に耐えかね、エリファスはちらりと隣のレオンを窺った。

紅い瞳と目が合う。思いがけない強いまなざしに、どきりと心臓が跳ねた。

視線を外すこともできずにいると、レオンがおもむろにこちらに手を伸ばしてきた。

「わが名にかけて――否。私の命と、持てるすべてをかけて、彼を大切にすると約束しよう」

膝の上で握っていた拳が、レオンの大きな手に包まれる。エリファスの目を見ながら、まるで神聖な誓いの言葉を口にするように真剣な声音で、レオンは答えた。

(陛下……)

誠実な答えに、ホッとして体の力が抜ける。

けれど次の瞬間には、また後ろ向きな気持ちが頭をもたげた。

大切にする――その誓いは嬉しい。でもそれは王妃として、家族としてのことであって、恋愛感情ではないのだろう。エリファスがレオンを恋慕う思いとは、性質が違うものだ。

妻という立場にあり、そばにいることも許されているのに、思いの種類が違う――そのことが、こんなにもつらいとは思わなかった。

その後、互いの国の文化や慣習について三人で情報交換をしながら和やかに食事は進んだが、エリファスはどこか浮かない気持ちのままだった。

食事を終えて間もなく、ジュネが申しわけなさそうな顔でレオンを呼びに来た。明日のルーカスたちの出航に関して、確認したいことがあるらしい。レオンはすぐ執務室に戻ることになった。

「今夜は楽しいひと時であった。感謝する」

「こちらこそ、ゆっくりお話しできて光栄でした」

今度はレオンから手を差し伸べて、二人は握手を交わした。

「エリィ。部屋まで送れず、すまないな」

「気になさらないでください、陛下。また明日」

ジュネとともに部屋を去るレオンを、軽く膝を折って見送ってから、隣に立つルーカスを見上げた。

「じゃあルーカス、僕たちも部屋に戻ろうか。出航に備えて、しっかり休まないとね」

「あぁ。だが……エリィ。これから、ちょっと時間あるか？」

「これから？」

「あぁ。最後の夜だ。次いつ会えるかわからないし、もう少しだけ話さないか」

エリファスは少し迷った。ルーカスの滞在中、昼間や夕食中は二人で過ごすことも多かったが、夕食以降二人きりになるのは避けていたのだ。レオンは先日、せっかくの機会なのだからルーカスと時間をともに過ごせと言ってくれたが、王妃が他の男と夜に二人でいては、周囲からあらぬ誤解をされかねない。

(でもルーカスの言う通り、最後の夜だしな……)

それに、今一人でいると、余計なことを考えこんでしまいそうだ。開けた場所で、少し話すくらいなら問題ないだろう。結局、エリファスはルーカスを伴って、城のバルコニーに出た。

療養中、部屋にいるのに飽きたルーカスは、よくこのバルコニーに出て外を眺めていた。エリファスもルーカスにつき合い、ここでお茶をしたり、夕食前に星を眺めたりすることが多かった。

バルコニーの中央に置かれた椅子に、二人並んで座る。ニコがお茶を運んできてくれた。

「この国のお茶はうまいな。香りが独特だ。好みは分かれそうだが、大陸でも売れるんじゃないか」

「ここではハーブティーが主流なんだ。例の薬草以外にもいろんな種類があって、お茶やジュースにして飲むんだよ」

話しながら、嫁いできた当初にレオンが作ってくれていた薬草ジュースを思い出した。

あの頃は会話さえろくにできず、手紙を書いても返事ももらえなかった。どうやってレオンに近づいたらいいかわからず、途方に暮れていたものだ。

そこまで昔の話ではないのに、もうずいぶん遠い過去のように感じられる。

感傷的な気分になっていると、ルーカスに顔を覗きこまれた。

「おい、エリィ。大丈夫か？」

「大丈夫……って、なにが？」

「俺の目をごまかせると思ったか？　食事中、なんだか暗い顔をしていたから心配だったんだよ。今もぼんやりしてるし、なにか気がかりなことがあるんだろう。陛下と喧嘩《けんか》でもしたか？」

図星を指されて、なにも言えなくなった。喧嘩したわけではないが、レオンのことで悩んでいるのはその通りだ。

「一人で嫁いできて、相談相手もいないんじゃないか？　でも今日までは、せっかく俺がいるんだ。悩みがあるなら話してみろよ」

「ルーカス……」

幼なじみの気遣いが心に沁みる。優しさに促され、いつの間にかエリファスは口を開いていた。

「陛下のことなんだけど……最近、なんだか避けられている気がして――」

突然『夜の国』に嫁入りさせられて、最初はヴァルム獣人のレオンの姿が怖かったけれど、思いやりのある優しい人であることを少しずつ知っていき、信頼し、好きになっていったこと。

恋心を自覚したのとほぼ同時期に、レオンのほうから口づけてくれたけど、それ以来どこかぎこちない空気が流れていて、レオンからはふれてくれないこと。

近づいたと思ったら突き放されているようで、レオンの気持ちがわからず、つらいこと――。

話すうちに、なんだか自分がひどく身勝手なことを言っているような気がしてきた。最初は怖がっておきながら、勝手にレオンを好きになり、勝手に思い悩んでいる。レオンに心を開いてもらえて、王妃として大切にしてもらえているだけでも満足するべきなのに。

隣のルーカスを見ると、黙ったまま、なぜか肩を震わせている。

「や、やっぱり、こんな風に思うのって勝手というか、欲張りすぎるよね。僕、こういう気持ちになるのが初めてだから、すごく戸惑っちゃって……」

言いわけをするように早口でまくしたてると、突然、ルーカスが腹をかかえて笑い始めた。

「え……ちょっと、どうして笑うの!?」

「どうしてって……はぁ。もどかしいというか、なんというか。二人してなにをやってるんだか」

笑いすぎて目尻に滲んだ涙を拭いながら、ルーカスが肩を叩いてくる。

「心配することないって。あの王様、エリィに本気で惚《ほ》れてると思うぞ。わかりやすい態度だったじゃないか。俺に嫉妬して、むすっとしたりして」

「え。嫉妬……？」

思いがけない言葉に、口をぽかんと開けてしまった。

嫉妬。レオンが、ルーカスに？

「ルーカスから見て、そう見えたの？」

「あぁ。気づかなかったのか？　最初っから俺に敵意剝き出しだったじゃないか。初めて会った時だって、俺からエリィを引き離すみたいに連れ帰ってたしな」

（まさか、陛下が……？　でも。もしそうなら嬉しいけど……）

「エリィは恋愛事には疎かったからなぁ。多分あの王様も、そのへん鈍感なんじゃないか？」

「う……確かに」

誰かに恋するなんて、エリファスにとっては初めてのことだ。それに、ずっと人を遠ざけて生きてきたレオンもまた、恋とは縁遠かったのではないか。

「まずは、自分の思いを話してみろよ。きっと大丈夫だ。拒絶されることなんてないさ」

「うん。ありがとう、ルーカス」

ぽんぽんと、ルーカスがエリファスの頭に手を乗せる。この数日の憂いが少し晴れて、安堵から目が潤んでしまう。

「ほらほら、泣くなよ」

ルーカスがそっと頬にふれ、涙を拭おうとしてくる。自分で拭くよと体を引こうとしたが、聞き慣れた重い足音が聞こえて、エリファスは動きを止めた。

（あ、この音――）

間違えるはずがない。重厚感のあるこの足音は、レオンのものだ。

音は徐々にこちらに近づいてくる。なにもやましいことはしていないのだが、なぜか今、この場面をレオンに見られたらいけないような気がして、エリファスは立ち上がろうとした。

けれど、ルーカスが制するように腕を摑むので、動くに動けない。

「ちょっと、ルーカス――」

離して、と言おうとした時、バルコニーの入口で足音が止まった。

ジュネとの話を終え、私室に戻る途中だったのだろう。レオンも二人に出くわすとは思っていなかったのか、動揺したように目を見開いている。

「……こんな時間に、二人でなにを？」

問われて、エリファスは空を見上げた。月の位置がかなり動いている。話しこんでいて気づかなかったが、ずいぶん時間が経ってしまっている。

「すみません、陛下。ちょっと、ルーカスと話を――」

「見てわかりませんか？　陛下」

慌てて言い募ろうとするエリファスを、ルーカスが遮った。

「陛下がエリィを泣かせるから、僭越ながら俺が慰めていたんですよ。かわいそうに、こんなに涙を浮かべているじゃないですか」

ルーカスがぐいとエリファスの肩を抱き、顔を近づけてくる。その距離の近さに戸惑いながらも、なにを言っているのかと怪訝に思った。確かにさっき、目を潤ませた瞬間もあったが、レオンと鉢合わせた驚きでとうに乾いているのに。

抗議しようとすると、ルーカスがこちらに視線を向け、笑いまじりに片目を瞑った。ちょっと黙ってろ――そう言うかのように。

「大切にすると誓った舌の根も乾かぬうちに、こんな風に悲しませちゃ駄目じゃないですか。なぁ、エリィ？」

芝居がかった調子で言いながら、ルーカスがさらに顔を近づけ、頬に向かって手を伸ばしてくる。

瞬間、ブンと、なにかが空を切る音がした。巻き起こった風に煽《あお》られ、髪が乱れる。

レオンの尻尾が、大きく地面を掃いたのだ。そう理解した時には、黒い巨軀が目の前にあった。

驚く間もなく、ふわりと体が宙に浮く。ルーカスから奪うように、レオンがエリファスの体を抱き上げた。

「――わが妻に、気安くふれるな」

地響きのような声だ。軽々と自分の体を抱き上げている腕に、ぐっと力がこもる。

「エリィの涙を拭っていいのは、夫である私だけだ」

レオンは眼光を鋭くし、今まで見たことがない険しい顔でルーカスを睥睨している。顔や尻尾の毛は逆立っていて、その体全体から静かな怒気がピリピリと放たれているようだ。

さすがのルーカスも、レオンのこの迫力には気圧されたのか、椅子から転げ落ち、尻もちをつくような体勢で目をしばたたかせている。

けれどそれも束《つか》の間《ま》、にいっと口角を上げたと思ったら、大声で笑い出した。

「なにがおかしい」

「いえ、なんでも。まさかここまで怒るとは思わなくて。ふう、さすがに驚いた」

ルーカスはひとりごちながら立ち上がると、レオンに向き直り、肩をすくめた。

「陛下。今、俺が憎らしくてたまらないですよね？　その気持ちの名前を教えてあげましょうか。嫉妬、って言うんですよ」

「嫉妬……？」

「ええ。まったく、世話の焼ける王様だな」

よくわからないといった顔で、レオンは眉を寄せている。そんなレオンをよそに、ルーカスはゆったりと踵を返した。

「じゃあな、エリィ。さっき言ってたこと、全部素直に陛下に言えよ」

片手をひらひらさせて、ルーカスはバルコニーを去っていった。

静かになったバルコニーに、二人取り残される。どうしていいかわからずにいると、レオンの小さな呟きが耳に届いた。

「嫉妬。……嫉妬？」

異国の言葉を理解しようとするように、レオンが何度も繰り返している。眉を下げ、途方に暮れたような顔をしながら。

「嫉妬……そうか。これが……」

「へ、陛下……？」

「そうか。わかった。理解できた。……なんということか……」

呆然と呟いて、レオンはエリファスをそっと床に降ろした。そうかと思えば両手で自分の顔を覆い、天を仰ぐ。その姿は悲嘆に暮れているようにも、感慨に浸っているようにも見える。

「陛下、一体――」

どうされたのですか、と言い終えることは叶わなかった。肩にふれようとした手を強く引かれ、正面から抱きすくめられたからだ。

建国記念日のあの日と同じ体勢。ぴったり密着するように抱きしめられ、息が止まりそうになる。ちょうどレオンの左胸、心臓のあたりに耳がふれている。どくどく響く心音は、早鐘のように速い。命の証であるそこにそっと手をあてると、我に返ったのか、レオンが腕の力を緩めた。

「……すまない、エリィ。話をしてもいいだろうか。大切な話だ」

「はい……」

レオンはエリファスの肩を抱き、バルコニーの手すりへと導いた。下には、レオンに初めて花を咲かせてもらった庭園が見える。あのあと、また種を蒔いたので、今もフランカの花が数輪、可憐《かれん》に揺れている。

「どこから話せばよいか……そうだな。最初は、手紙だったな」

遠い目をして、レオンはそう切り出した。

「そなたからの手紙を初めて受け取った時、心底不思議だった。私に近づく必要はないと伝えたはずなのに、なぜ母国の貴重な紙を使い、私に手紙など送ってくるのだろうと。まだそなたの人柄も知らぬ頃だったから、なにか思惑があるのかと勘ぐり、反応を返さずにいた。……今思えば、返事も書かずにすまなかったな」

「いえ、そんな……」

マギトと人間の長きにわたる確執を思えば、レオンが抱いた疑念も当然のことだ。気にすることはないと首を振ると、レオンは感謝を示すように軽く目を閉じたあと、続けた。

「あの庭で花を咲かせた時、そなたは私の腕にふれ、身を近づけて自分の瞳を見せてきた。マギトでさえ恐れる私に、なぜこんなに無邪気に近づくのだろうと、ここでも不思議に思った。そして、婚礼式の日も……私の感じていることを知りたいと言われ、混乱した。どうしてそんなことを知りたがるのか、知ってどうするのかと。私自身でさえ、自分の感情に興味など持ってこなかったというのに」

あの婚礼式の日。思っていることを言葉にしてほしいと伝えた時、確かにレオンは戸惑っているようだった。ずっと感情を押し殺して生きてきたから、自分の心すら理解できていなかったのだ。

「あの時までは、そなたに対して疑問ばかり感じていた。変わり始めたのは……襲撃のあとだったろうか。私に向かってありがとうとほほ笑むそなたを見て、心のどこかがあたたまるような感覚を覚えた。石のように固まっていて、そこに心というものがあるなんて意識もしていなかったのに。……ただ、あの時の私には、その感覚を言葉でどう表現したらよいかわからなかった」

レオンは、自分で自分を理解しようとするように、ゆっくりと語る。

「その後、自分を攻撃してきた者を理解したいと望み、マギトと交流を始めたそなたを見ているうち、そなたを支えたいという思いが湧き始めた。そなたがつらそうにしているとどうにかしてやりたいと思い、そなたが笑うとこちらも心が躍った。自分が他人に対して、そんな思いを抱く日が来るとは思わず、自身でも驚いたものだ」

いったん言葉を切って、ふぅ……と長く息を吐いたあと、レオンは「ただ」と続けた。

「私はそれを、信頼や友愛の証だと思っていたのだ。でも、どうも違う」

射抜くようなまなざしが、エリファスを捕らえた。深紅の瞳の奥に光る熱情に気づいて、エリファスはハッと息をのんだ。

「式典の日……そなたが愛おしくてたまらず、衝動のままに口づけてしまった。あの時、もっとふれたいという思いが湧いたが、その思いがなんなのか、自分でもわからなかった。その後もそなたの顔を見るたび、また口づけたいと強く願ってしまい、そんな自分に戸惑っていた」

一歩、レオンがこちらに歩み寄り、距離が縮まる。迷いなくエリファスの頬に伸ばされた手は、普段よりずっと熱い。

「そなたに対する感情は家族としての愛情だと自分に言い聞かせ、距離を置くことで思いを鎮めようとしたがうまくいかなかった。それどころか、ルーカス王子が来てからますます感情が乱れることが増えた。彼と親しそうにしているのを見ると心が曇り、そなたに近づく彼に不満を抱いた。先ほども……そなたの涙を彼が拭おうとするのを見て、醜い感情に支配されてしまった。そなたの涙の一滴でも、ほかの誰かにふれさせたくないと強く思った」

熱烈な言葉の数々に、どんどん心拍数が上がっていく。

まさか。まさか本当に、レオンも同じ気持ちでいてくれたのだろうか――？

「そなたの涙も、笑顔も、私一人で独占したい。そなたをほかの誰にもふれさせたくない、自分こそがふれていたい。……教えてくれ、エリィ。この思いを、人は恋と呼ぶのだろうか」

レオンの両手が、エリファスの頬を柔く包みこむ。

目が合った。縋るような目だ、とエリファスは思った。まるで神に導きを乞う敬虔《けいけん》な信徒のように真摯で、そして必死なまなざし。

ああ、なんて――なんて愛しい人だろう。

「……はい。それが、恋です」

もうこらえきれず、エリファスはレオンの胸に飛びこんだ。突然のことに驚いたのか、屈強な体がわずかによろける。それも気にせず胸にぐりぐり顔を擦りつけると、ためらいがちに髪を撫でられた。

「陛下。僕も、陛下に恋をしています」

固まったように立ち尽くすレオンに、エリファスも自分の思いを打ち明けた。

最初は怖がってしまったけれど、レオンのなにげない優しさにふれるたび、惹かれていったこと。エリファスを守り、心に寄り添おうとしてくれるレオンを、いつしか好きになっていたこと。式典の日に口づけられて嬉しかったし、もっとふれ合いたいと思っていたこと――。

レオンは信じられないというような顔で、エリファスの言葉に耳を傾けている。

「でも、陛下はあの日から様子がおかしくて、前みたいに笑ってくれないし、ルーカスが来てからは怒ってるようだったし……壁ができてしまった気がして、不安でした」

拗ねた口調で言い募るうち、目の端からぽろりと涙がこぼれた。その雫《しずく》を、太い指でそっと拭われる。

「泣かないでくれ。エリィ」

頬に唇が降りてくる。くすぐったい感覚に身を震わせると、背中に腕が回って抱き寄せられた。

「不安にさせてすまなかった。このような思いを誰かに抱くのは初めてで、私自身も戸惑っていたのだ。情けない話だが……」

レオンが苦笑している気配がする。抱きしめられたまま、ぶんぶん首を横に振った。

確かに不安だったけれど、レオンが生まれて初めて恋愛感情を持った相手が自分だったという事実だけで、その不安も帳消しになるような気がした。

「いいんです。初めて恋をして、戸惑っていたのは僕も同じですから」

「初めて？　本当に？」

「そうですよ。どうして疑うんですか？」

「いや。疑っているわけではないが……そうか。それは、とても……嬉しいものだな」

喜びを抑えきれていない声音で呟いて、レオンが抱きしめる腕に力をこめてくる。エリファスも、広い背中に腕を回し、力の限り抱きしめ返した。

「僕の初恋は陛下のものです。陛下の初恋も、僕にくれますか……？」

市場で、欲しいものを聞かれた。あの時は秘密にしたけれど、レオンの初恋、レオンの心こそ、本当に欲しいものだ。

「……もうすでに、そなたの手の中にある」

レオンは一度体を離すと、その場に跪き、恭しくエリファスの手を握った。

「初恋だけではない。初めての愛も、この命も……私の持てるものすべて、そなたに差し出そう」

誓うように、手の甲に口づけが落とされる。ふれた唇は熱く、動き出したレオンの心を映しているようだった。

黒い大理石の床に、纏っていた衣装が一枚、また一枚と落とされる。

「あの……陛下。本当に一緒に入るんですか？」

「あぁ。何度も言っただろう。今、そなたと一瞬たりとも離れていたくないと」

みずからの着衣をすべて脱ぎ捨てたレオンが、エリファスの肌を隠す布を器用に剝いでいく。

湯殿の手前にある脱衣所は、光の球を閉じこめたランプが置かれていて明るい。目の前のレオンの体も、あたたかみのある光に照らされ、はっきりと目視できる。

黒く艶やかな体毛に覆われた、逞しい体。腕や胸、腹筋のあたりには、大きな筋肉の盛り上がりが見える。衣服を脱ぐと余計に、獣人としての強靭《きょうじん》さが強調されるようだ。

それに比べて、自分はどうだろう。男性とは思えないほど細くひょろりとした、吹けば飛びそうな貧相な体。透けるように白いと母国で褒めそやされた肌も、なんだか病弱そうに見える。

生まれた時から今まで、侍従に裸体を見られるのは日常茶飯事だったし、人前で服を脱ぐことにもそれほど抵抗はなかった。それなのに、相手がレオンだと恥ずかしくてたまらなくなる。

あのあとレオンはバルコニーで、エリファスにこう囁いた。

今夜、そなたとともにいたい。ともに眠り、朝を迎えたい――と。

その言葉がなにを意味するのか、エリファスにももちろんわかった。レオンとふれ合い、身も心も本当の夫婦になることを、エリファス自身ずっと願っていたから、迷いなく首を縦に振った。

けれど、いざその時を迎えると、緊張や不安が一気に襲ってくる。

エリファスを抱き上げ、すぐにでもベッドに縺《もつ》れこみそうなレオンを止めて、湯殿で体を清めたいと懇願したのは、いったん一人になって心の準備をしたかったからだ。それなのにレオンは不服そうな顔をして、湯浴みをするなら一緒に、などと言い出した。

一瞬たりとも離れていたくない――その気持ちは嬉しいけれど、エリファスに対する恋情に気づいた途端、急に積極的になったレオンに戸惑いを隠せない。

「……そなたの体は、美しいな」

感嘆をたっぷり含んだ声がした。神聖なものを見るようなまなざしで見つめられ、体温がさらに上昇してしまう。

とっさに手を交差させると、レオンが不満を訴えるように喉を鳴らした。エリファスの手をどけ、体を屈めて胸のあたりに鼻先を近づけたかと思うと、まるで味を確かめるように、ぺろりと舌で薄い胸を舐め上げる。

「あっ……」

湿り気を帯びた、高い声が漏れた。それを聞いたレオンの紅い瞳が、ぎらりと強い光を放つ。

「体を清めたいのだったな。手早く済ませよう」

「ちょっと、陛下……！」

横抱きに抱き上げられ、湯殿に入る。中央に埋めこまれている大きな浴槽の前まで大股で歩くと、レオンはエリファスをかかえたまま、湯の中に足を入れた。浴槽の中にある階段を降り、少しずつ湯に体を沈めていく。

腰の位置まで湯に浸《つ》かったところで、レオンは階段の一つに腰をおろし、エリファスを前に座らせた。ちょうどよい温度の湯が、胸のあたりでたぷたぷ揺れる。

落ち着く間もなく、腰に回された大きな手が、腹や胸をいたずらに這い出した。

「あ、待って……」

厚い手のひらで体をまさぐるように撫でられて、エリファスは身を捩《よじ》った。

とろみのある乳白色の湯には、洗浄効果のある鉱石を細かく砕いた粒子が入れられている。入浴の際には、それを肌に擦りつけるようにして体を洗うのが常だ。だからレオンの手の動きも、単に体を清めてくれていると捉えられなくもないのだが。

(気持ちいい……)

焦がれたレオンの手が、今、自分にふれている――そう思っただけで、腰にじんと熱が生まれる。

湯から出ているエリファスの肩のあたりを、レオンがおもむろに舌で舐め上げた。最初は獣が傷を癒やそうとするような、戯れめいた舐め方だったが、徐々に官能を孕《はら》んだものに変わっていく。

「んっ……あ、あぁ――」

「愛らしい声だ」

耳に唇をつけて低い声を直接流しこまれると、ぞくぞくした感覚が全身を駆けめぐる。

臍《へそ》のあたりを撫でていたレオンの手が移動し、控えめな胸の突起にふれた。指の腹でそこを挟み、こりこりと捏《こ》ねられて、背がしなってしまう。

今の今まで存在さえ意識したことがなかったのに、ここがこんなにも性的興奮をもたらす場所だなんて知らなかった。

「心地がいいか」

「はい……」

湯のあたたかさのせいもあるのか、頭がぼんやりしてきて、とろけた声で素直に答えた。レオンは小さく息を漏らして笑い、愛おしそうに首筋に鼻先を擦りつける。

「もっと心地よくしてやりたい」

熱っぽい囁きが耳に吹きこまれたのと同時、腰に電流のような刺激が走った。体の中心、ささやかに存在を主張するそこを、柔く握りこまれたのだ。

「だめ、です。そこ、いやっ……」

未知の感覚に、子どものようにふるふると首を振る。自分でここにふれ、慰めることはごく稀にあるが、今与えられている刺激はその時の比ではない。

弾力のある手のひらに包まれ、軽く圧迫しながら上下に動かされると、震えあがりそうなほどの快感が腹の底から湧き上がってきた。湯の中だからわからないけれど、先端からなにかが染み出てしまっているような気がする。体が密着しているせいで、陰嚢《いんのう》にレオンの体毛がこすれて、そこからもぞくぞくした感覚が襲ってくる。

（あ——もう、だめかも）

なにかがせり上がってくる感覚に戸惑い、エリファスは腰を揺らめかせた。これ以上刺激を与えられたら、ゴブレットに注いだ水があふれ出すように、快感が暴発してしまう。

「陛下、待って――」

制止しようとした時、レオンの親指の腹が、過敏になっているエリファスの花芯の先端を捏ねた。

「あ――あっ、あぁっ！」

悲鳴のような声をきれぎれにあげて、エリファスは体を震わせた。湯の中に精を吐き出す感覚は心地よく、無意識に腰を揺らしてしまう。

はあ、はあ、と、自分の息の音がうるさい。腰に回された腕に縋りつき、湯に沈みそうになる体をなんとか支えていると、レオンが無言でエリファスを抱き上げ立ち上がった。

「――もう、辛抱できぬ」

荒い吐息まじりにそう呟いたレオンは、なにかに耐えるように歯を軋ませたあと、焦がれるような切なげな視線をエリファスに向けた。

「そなたのすべてを食らいたい。よいか」

「はい……」

比喩ではなく、本当に食べられてしまってもかまわないと、エリファスは心から思った。


堰《せ》き止められていたものが一気にあふれ出すとは、まさにこういう状況を言うのだろうか。

紗幕《しゃまく》に囲まれた大きな寝台の上、覆い被さるレオンから口づけの雨を受けながら、エリファスはぼんやりとそんなことを考えていた。

「ちょ、陛下っ……待って――ん、ぅ……」

頬、うなじ、それから鎖骨。レオンの唇が忙しなくエリファスの肌を愛撫《あいぶ》し、痕を残していく。少しだけ牙を立てて甘く肌を吸い上げられると、腰にずくんと熱が灯って吐息が漏れた。

「陛下っ……そんなに――あ、んぅっ……！」

今エリファスにふれないと死んでしまうかのように、レオンは性急に体をまさぐってくる。そんなに急がなくてもどこにも逃げませんよと窘めたいけれど、うなじを優しく吸われながら脇腹のあたりを大きな手で撫であげられて、艶めいた声しか出せなかった。

「……すまない、エリィ」

耳や瞼《まぶた》に口づけながら、息を乱したレオンが詫びてくる。

「そなたにふれられる喜びが大きすぎて……止められないのだ。愛する者に受け入れてもらえることが、これほどの幸福だとは……」

感じ入ったように呟きながら、レオンがエリファスの唇に唇を重ねた。返事をする間もなく、ぬるりと舌が差しこまれる。ヴァルム獣人の舌は人間のそれより大きく肉厚で、エリファスの小さな口の中をいっぱいにしてしまった。

「ん――……！　んっ……ん、ぅ……」

ざらつきの強い舌で口腔《こうこう》内の柔らかい粘膜を探られると、背中にぞくぞくした快感が走った。漏れる喘《あえ》ぎすら飲みこむように、レオンは口づけをさらに深くし、エリファスの舌に自身のそれを絡めて吸い上げてくる。

両手を寝台に縫い留められ、口腔を深くまで侵されて、まるで本当に食べられているようだ。

でも、恐怖はない。むしろ愉悦すら感じる。愛する人の好きなように貪られたい、もっと激しく求めてほしい――そんな欲望につき動かされ、必死にレオンの舌を吸い返す。

寡黙で表情に乏しかったレオンが、胸の内にこんな熱情を秘めていたなんて意外だけれど、その思いの丈をまっすぐ自分にぶつけてくれているのが嬉しかった。

「へいか……もっと――」

口づけの合間にどうにか囁くと、レオンが息をのみ、なにかをこらえるように眉根を寄せた。

「エリィ――なんて愛らしい……」

どこか苦しそうな声音で呟いたレオンが、首筋に顔を埋めてくる。うなじに硬い毛がふれて、ぞわぞわした快感が走った。さらに、再び兆していた花芯を握りこまれて、たまらず抗議の声をあげる。

「や！　やぁっ、もう……そこは、さっき……」

「先ほどは湯の中で、よく見えなかった。もう一度、私の手で達するそなたが見たい」

睦言のように囁きながら、レオンが下半身に視線を落としてくる。先端にぷっくりと先走りの玉が浮かぶのを仔細《しさい》に眺められて、恥ずかしいはずなのに、その視線にさえ興奮してしまう。

レオンは熱に浮かされたような目でエリファスの全身を見つめたあと、上下する薄い胸に顔を寄せ、ピンと尖った小さな突起に舌を這わせた。先ほど湯殿で、指で捏ねられただけでも気持ちよくなってしまったのに、濡れた舌で刺激されると、悩ましい声を抑えられなくなってしまう。

「もうっ……あ、やぁっ……い、っちゃ……っ！」

胸を舐められながら花芯を扱《しご》く手を速められ、我慢できなかった。二度目の絶頂にもかかわらず、レオンの手に大量に吐精した。

「はっ……はぁっ……陛下――」

頬を紅潮させ、唇の端から唾液をこぼした自分はレオンの目にさぞかしいやらしく映っているだろうが、取り繕う余裕などまったくない。

「可愛いエリィ。もっと……私を感じてくれ」

瞼に口づけを一つ落とし、レオンが脚をそっと開かせてくる。

体のすべてをレオンの前に晒していることに羞恥を感じる間もなく、秘所に顔を寄せられた。

「あ――……！　そ、んな……」

慎《つつ》ましやかな蕾を舌でつつかれたと思ったら、ぬるりと不思議な感覚が走った。レオンの舌が、エリファスの中に侵入している。

異物感に息を詰めたのは一瞬だった。ざらざらした舌で内壁をこすられると、疼くような快感が走り、自然と体をくねらせてしまう。

（こんなところまで舐められるなんて……）

男同士の交わりではここを使うのだと、かつて母国で教えられた。こんな狭い場所に受け入れられるのだろうかと不思議に思っていたけれど、レオンに中を愛撫されると、まるでとろけるように蕾が綻び柔らかくなっていく。

やがてレオンが体を起こし、寝台の脇にある戸棚からなにかを取り出した。繊細な彫刻が施された陶器の小瓶だ。傾けると、とろりとした液体がレオンの手のひらを濡らす。

「緊張をほぐす魔力をこめた香油だ。そなたを迎える際、しきたりとして家臣らから渡された。このようなものは要《い》らぬと思っていたが、本当に使う日が来ようとは」

香油を塗りこめるように、太い指で窄《すぼ》まりを摩られる。何度かそうされるうち、入口のあたりの皮膚がじんじんと熱を持つように疼き始めた。

「効果は感じられるか？」

「た、ぶん……」

確かに、余計な力は体から抜けた気がする。でもその代わりに、香油を塗られた場所が、なにかを求めるようにひくつきだしたのは気のせいだろうか。

レオンも、その収縮を感じ取ったのだろう。興奮を抑えるように息を乱している。

「つらかったら、すぐに言ってくれ」

「えっ、あ……！」

つぷりと、人差し指が秘所に侵入してきた。痛みは感じなかったが、受け入れたその場所が、ひどく過敏になっているように思える。襞《ひだ》が喜んでレオンの指に纏わりつき、その指の腹の弾力、短く切り揃えられた硬い爪の感触までも味わっているようだ。少しずつ奥へ奥へと侵入する指に合わせて、中の粘膜が形を変えていくような感覚がする。

「へ、陛下っ……これ、本当に、緊張をほぐすためだけのものですか……？」

「あぁ、そう聞いている。効かないのか？」

「そうじゃない、ですけど……」

催淫剤の類も入っているのでは――そう疑いたくなるほど、中が熱いのだ。レオンが指を小さく動かすたび、飴《あめ》を練るような音が響き、その卑猥《ひわい》な音にまた官能を煽られる。

「あっ、はぁっ……ん――」

「痛みはなさそうだな。心地よさそうな顔をして……ここも、私の指に愛らしく吸いついてくる」

「や、違っ……」

レオンの言う通り、まるで喜んで迎え入れるかのように、エリファスの内壁はレオンの指をきゅうきゅうと食い締めている。

きっと香油のせいだと言いたい。でも、うまく言葉が出てこないほど、快感に翻弄されていた。初めてなのにこんな反応をして、はしたないと思われるかも――不安になったが、そんなエリファスの胸の内を見透かしたように、レオンがそっと頬に口づけてきた。

「なにも恥じることはない。そなたが感じてくれて、私は嬉しいのだから」

優しく片手で髪を梳きながら、中に沈めた指をレオンが動かす。その瞬間、指が粘膜のある一点を掠《かす》め、勝手に体が大きくびくついた。

「あっ！　あ――な、に……？」

下腹の裏側を撫でつけるようにこすられると、電流のような快楽が走った。経験したことのない感覚に戸惑うエリファスの頬を、レオンがあやすように撫でる。

「ここか」

呟いたレオンが指を増やし、その一点を集中的に攻め立ててくる。

「あっ……あ、やぁっ……！」

腹の奥から震えが走る。男の指の味を覚えたばかりの粘膜が、歓喜にひくついているのがわかる。

「……エリィ」

荒い吐息まじりに名前を呼ばれた。同時に指を引き抜かれ、物足りなさに腰を揺らめかせたのも束の間、ひくつく秘所に熱くたぎったものが宛がわれた。

「あ――……」

レオンの剛直が、今まさに体内に入ろうとしている。

その凶器のような大きさと太さに、エリファスはごくりと唾をのんだ。

「怖いか」

一瞬の恐れを感じ取ったのだろう。レオンが気遣うように尋ねてきたが、エリファスは髪が乱れるのもいとわず大きく首を振った。

「へいき。はやく、陛下がほしい……」

もう、はしたないとためらう余裕もなかった。懇願するように両手を伸ばすと、レオンはきつく眉根を寄せて、エリファスをかき抱いた。

「わが妃は、なんと健気で愛らしいことか」

震えのまじった声で囁かれる。それと同時に、レオンがゆっくりと腰を進めた。

「う、んぅっ……！」

入ってくる。レオンの雄が。

圧倒的な質量のものに割り開かれて苦しいはずなのに、感じるのは痺《しび》れるような快感で、エリファスは混乱した。

レオンの剛直は舌と同じで、幹の部分の表面が少しざらざらしている。敏感な粘膜がざらついた雄でこすられ、そこから疼きにも似た快感が走る。

レオンは慎重にエリファスの様子を窺いながら、小刻みに腰を揺すった。みっちりとレオンを咥《くわ》えこんだそこが、ぬちぬちと卑猥な音を立てる。

「あぁっ!?」

先ほどの快楽の点を、レオンの雄の先端が掠めた。途端、汗がどっと噴き出し、内壁がきゅうきゅうと蠕動《しゅんどう》した。

「……っ……すごいな。そなたの中は……」

感じいったような呟きも、うまく頭に入ってこない。何度もそこを突かれて、声が抑えられなくなっていく。

ふいにレオンが、エリファスの体を抱き起こした。膝の上に座らされ、自重でますます深く雄を飲みこんでしまう。最奥の柔らかい場所に硬い先端がふれて、あまりの快感にぶるりと震えが走った。

「あっ……あぁっ！」

必死にしがみつくと、応えるようにきつく抱き返してくれる。隙間なく抱き合って、本当に体が溶け合って一つになってしまったかのような錯覚に陥る。

「エリィ。私は今まで、感情というものを知らなかった。心配も、嫉妬心も、誰かを支えたい、守りたいと願う気持ちも……恋心も、愛情も。すべて、そなたが私に教えてくれたのだ」

熱を帯びた声でそう言いながら、レオンがゆっくりと腰を揺すった。剛直を咥えこんだ粘膜がこすられて、びりびりしたような感覚が走る。

「私のすべてはそなたのものだ。……愛している。エリィ」

「あっ……僕も、愛しています。陛下……！」

背中に回した腕に力をこめると、レオンはそれ以上の力で、苦しいほどに抱き返してくれた。

隙間なく抱き合って、腰を振り合う。互いの腰つきが、だんだんと淫らさを増していく。

いつしか意識は朦朧として、自分がどんな痴態を晒しているのかさえわからなくなる。

「あ――あっ、あぁっ」

「あ……陛下、もうっ……」

「く、ぅっ……」

苦しそうなレオンの声が聞こえた直後、中にいる雄がさらに大きくなった。

「エリィ……エリィっ」

言葉とともに、熱い子種を腹の中に注がれる。

レオンの射精は長かった。奥の奥に、強い拍動で何度も雄の証をぶちまけられる。中を濡らされる感覚は不思議と心地よく、エリファスは体を震わせながら、レオンがすべて出し切るまで受け入れた。

脱力した体を、そっと寝台に横たえられる。レオンが優しく髪を梳いてくれて、心地よさにうっとりする。

「……エリィ。大事ないか？」

「へいき……」

とろんとした目でレオンを見上げ、夢見心地に手を伸ばした。すぐにぎゅっと握り返してくれるレオンが愛おしい。

「陛下。好き。大好き」

ようやく本当の夫婦になれた。身も心も。

「あぁ。私もだ」

愛しげに名前を呼ぶ声に、エリファスは幸福の中で目を閉じた。

◇　◇　◇

「ほら、陛下。そろそろ侍従長が来る頃ですよ。起きましょう」

「……まだ、平気だろう」

「平気じゃないですってば！　今日は支度に時間がかかるんですからね。早く起きないと！」

逞しい腕の中から抜け出ようとすると、背中に回る手に力がこもり、さらにきつく抱きすくめられた。ふかふかした体毛に覆われた厚い胸板はあたたかくて心地よく、ついうっとりと瞼を閉じそうになるが、それをどうにかこらえて、絡みついてくるレオンの腕を軽く叩いた。

すっかり日常になった、二人の朝だ。

先に寝台を降りようとするのに、レオンに抱きこまれて動けないのも、毎朝のこと。

「もう。陛下、離してください」

「断る。……幸福な時間は、少しでも長く堪能していたいものだろう？」

耳元で囁かれた台詞《せりふ》が嬉しくて、つい目尻が下がってしまう。

初めて体を繋げたあの日から、三月《みつき》が経つ。

毎晩一緒に眠るようになって知ったことだが、レオンはあまり寝起きがよくない。決まって目覚めるのはエリファスのほうが先で、こうしてレオンを起こすのが日課になった。

「そなたの声で毎朝目覚められるのは、なんと幸せなことか」

レオンが戯れるように、うなじに鼻先を埋《うず》めてくる。くすぐったさに小さく笑うと、レオンも優しくまなじりを下げた。

近頃のレオンは、まるで口癖のように、日に何度も「幸福だ」「幸せだ」と言う。出会ったあの頃は、幸福の意味さえ知らなかったというのに。

レオンの口からその言葉が漏れるたび、エリファスの心は嬉しさであたたまる。

視線が絡まり、どちらからともなく顔を近づける。今にも唇がふれ合いそうになった時、コンコン、と控えめなノックの音が聞こえた。

「陛下、ならびに王妃殿下。おはようございます。お支度の時間です」

生真面目《まじめ》な侍従長の声に、慌ててレオンから離れて身を起こした。

「さあ、陛下。今日は大切な日なんですから、きちんと支度しないと」

乱れた夜着を整えながら早口で言うと、レオンは名残惜しそうにしながらも身を起こした。

そう。今日はマギルス王国にとって、歴史的な日。

大陸からの輸入品を初めて迎える日だ。

半月前、輸入品の受け取りのため、『夜明けの島』に向けて船が出航した。そして今日、当地で受け取った品々を乗せた船がついに帰港するのだ。

ルーカスが持ち帰った薬草は、大陸の流行病に効果があったそうだ。最初は『マギトの作ったものなど試すことはできない』と反発されたようだが、病に苦しむわが子の姿を見かねたバスチュ王国の貴族が、ルーカスから薬草をもらって子に与えたところ、数日ですっかり快復したことから、見る間に大陸中の民の間に『魔法の薬草』の噂が広まった。

バスチェ王国の国王は、息子であるルーカスの進言を受け、大陸七か国が集った流行病に関する会議でこの薬草について紹介し、マギルス王国からの輸入を検討すべきだと主張した。最初は『夜の国』を恐れ、関係を結ぶことをためらう国も多かったらしいが、子どもたちを救えるのならと、最終的には七か国すべてが輸入に賛同したそうだ。

罹患《りかん》する子どもの数が急増し、切迫した状況だったそうだから、各国君主も藁にも縋る思いだったのかもしれない。ただそれだけでなく、エリファスが記したマギルス王国についての報告書や、ルーカスによる証言も大きなあと押しになったようだ。二人の説明が仔細で、互いに矛盾のないものだったため、「マギトは恐ろしい種族ではない」という主張も説得力を持って受け止めてもらえたらしい。

結果的に、マギルス王国との関わりを禁じるという盟約は破棄され、貿易関係の樹立が認められた。ルーディーン王国とバスチェ王国とは、すでに貿易協定が結ばれ、ほかの国とも交渉が進んでいる。

今日はエリファスもレオンとともに港に赴き、直々に船を迎えることになっている。帰港は民にも知らされているから、きっと大勢の人々が港に集っていることだろう。

入室した侍従長とニコに手伝われ、それぞれに着替えを済ませた。記念すべき日なので、今日は二人とも正装だ。

「このお衣装をお召しになるのも久しぶりですね。何度見てもお似合いです」

弾んだ声で言いながら、ニコが髪を整えてくれる。今日纏っているのは、建国記念日に着用した衣装だ。エリファスにとっても思い出の衣装だから、袖を通すと心が弾む。

「いかがですか、陛下。エリファス様のお姿、とってもお美しいでしょう？」

「あぁ。わが妻はいつでも美しいが、この衣装はとりわけ似合っている」

エリファスを挟んで、ニコとレオンが頷き合っている。褒めそやされるのは照れくさいが、二人が自然に会話していることが嬉しくて、顔が綻んだ。

ニコはもう、レオンを恐れてはいない。エリファスに対して惜しむことなく愛情表現をするレオンを見ているうちに、いつの間にか恐怖心が薄れていったそうだ。

そしてそれはニコだけでなく、ほかの使用人たちも同じだった。

部屋で朝食を終え、エントランスに向かうと、使用人たちがにこやかに迎え声をかけてくれる。

「おはようございます。陛下、王妃殿下」

「お二人とも、お衣装がとても似合っておいでですわ」

使用人たちはエリファスだけでなく、レオンにも屈託のない笑顔を向けている。対するレオンも、目元を和ませながら軽く手を上げている。

以前は皆、レオンを前にすると緊張したように表情をこわばらせていたし、レオンも周囲から人を遠ざけていたのに、それも遠い昔のことのようだ。

嫁いできたあの頃より、城の中はずっと活気づいている。

「いってらっしゃいませ。お気をつけて」

「ありがとう、いってきます！」

朗らかな使用人たちの声に送られ、レオンと二人、馬車で港へと向かった。

到着すると、すでに港には大勢の民が集まり、船の帰還を待ち侘《わ》びていた。

「陛下！　王妃様！」

馬車を降りるや否や、ほうぼうからかけられる声に、エリファスは手を振って応えた。レオンも、口元に笑みを浮かべながら、民たちの呼びかけに応じている。

「へいか、ねぇ、見て。ふねがあそこにみえるよ！」

幼い男の子が駆け寄ってきて、飛び跳ねながらレオンに向かって話しかけた。レオンがその子を抱き上げると、そばにいた母親が嬉しそうに目を細め、軽く膝を折る。

レオンと二人で城下に出て、民と交流する機会を持つうちに、レオンを慕う子どもたちも増え始めた。赤子には泣かれてしまうことも多いが、中にはレオンの姿を「かっこいい」と無邪気に褒める子もいる。

「ねぇ、へいか。僕もいつか、たいりくに行けるかなぁ？」

小さな手でレオンのたてがみにふれながら、男の子が尋ねる。レオンは彼の目をまっすぐに見て、力強く答えた。

「そなたらが大陸をその目で見られるよう、力を尽くす。きっと、大陸の土を踏める日が来る」

エリファスも、男の子を抱くレオンの腕にそっと手を添え、思いは同じであることを示した。

実際、マギトが大陸に行けるようになる日も、そう遠くはないかもしれない。

エリファスの報告書は、マギルス王国に関する貴重な資料として複写され、大陸各国の王族や貴族の手に渡った。その結果、一部の貴族や学者たちの間に、これまで信じられてきたマギトにまつわる歴史の再検証に乗り出す動きが出始めているらしい。

マギトへの偏見が一掃されるには時間を要するだろうが、認識を改めようとしてくれる人たちが現れただけでも大きな進歩だ。理解の輪が徐々にでも広がれば、貿易品だけでなく、人の往来も可能になるかもしれない。

「船が着くぞー！」

高揚した民の声に海のほうを見やると、すでに船が岸に迫っていた。甲板で手を振っている兵士たちの姿が、はっきりと目視できる。

歓喜の声と拍手が沸き上がる中、船がゆっくりと着岸した。

兵士たちと水夫が、次々と積み荷を降ろしていく。重そうな木箱になにが入っているのかと、集まった者たちは興味津々の様子で見守っている。

今日迎えるのは、ルーディーン王国とバスチェ王国からの輸入品だ。ルーディーン王国からは、植物や穀物の種子や苗木、名産の果物など、民の生活にすぐ役立ちそうなものをエリファスが選んで買いつけた。バスチェ王国からは綿布や畜産物を輸入する予定だが、それに加え、ルーカスからのお礼の品として、貴重な香辛料や毛織物も送ってくれているらしい。

「王妃殿下。物資をご確認ください！」

兵士に請われ、エリファスは積み荷に駆け寄った。

木箱の一つを、兵士が開けて見せてくれる。その中にぎっしりと詰められていたのは、ルーディーン王国特産の果物だ。黄色くて丸い果実で、実は柔らかく、噛むと果汁が口の中いっぱいに広がる。

「またこれが食べられるなんて」

箱から匂いたつ懐かしい香りに、つい瞳を潤ませていると、群衆の中から咽《むせ》び泣きが聞こえた。

声のほうを見れば、ブルーノが目をこすりながら泣いていた。

「生きているうちに、故郷の味にまた出会えるとはなぁ……」

笑い泣きのような表情を浮かべながら、ブルーノは歓喜に震えている。群衆の中にはブルーノ同様、嬉し涙を流している人も大勢いる。

「本当によかったです。貿易を始められて」

「あぁ。私も、心からそう思う」

目尻に浮かんだ涙を、レオンがそっと拭ってくれる。

達成感と充実感に、二人でほほ笑み合っていると、遠慮がちな咳払いが聞こえた。いつの間にか、兵士が巻物を手に背後に控えている。

「王妃殿下。こちら、バスチェ王国のルーカス王子よりお預かりした、殿下宛の書簡です」

「ルーカスから？」

茶色い革で包まれた巻物は確かに、バスチェ王国のものだ。受け取って開いてみると、見慣れたルーカスの文字で、このように綴られていた。

『陛下と二人、仲よくやっているか？　仲を取り持った俺に感謝してくれよ。また必ず会おう』

その文面に、ルーカスがこの港を発った日のことを思い出し、顔に熱が集まった。

レオンと体を繋げた翌朝、エリファスはレオンとともにルーカスの見送りに行ったのだが、慣れない行為の余韻のせいか体がうまく動かず、立っているのもやっとの状態だった。レオンやニコに支えられているエリファスの姿を見て、ルーカスは前の晩に起きたことを悟ったようで、『よかったなぁ』と散々冷やかしてきたのだ。

あの時のことを思い返すたび、顔から火が出そうなほどの羞恥がこみあげる。

「ルーカス王子は、なんと？」

「いえ、別に……！」

とっさに巻物を背中に隠すと、レオンは不満そうに眉を寄せた。

「昔なじみとはいえ、私以外の者がそなたの頬を染めさせるのは気に入らぬ」

そう言いながら、レオンが手の甲でそっと頬を撫でてくる。そのふれ方がどこか官能的で、エリファスの体温は上昇するばかりだ。

抑えていたものがあふれ出たように、レオンはエリファスに愛情を注いでくれる。こそばゆくも嬉しいし、ようやく本当の夫婦になれた気がしていた。

「国王陛下は、本当に王妃様が大切なんだねぇ」

見物にやって来ていた年配の女性が、目を細めて声をかけてくる。エリファスは恥ずかしくなったけれど、レオンは照れた様子もなく、「当然だ」と頷いた。

「もう……」

自分に対して恋愛感情はないのではないかと、あんなに悩んだのがばからしくなるほど、レオンはエリファスへの好意をあらわにしている。

けれどそれは、民とレオンの関係にもいい影響を及ぼしているようだ。畏怖の念を抱いていた王も、妻を愛する一人の男。そのことを知った民たちは、レオンにさらに親しみを持ち始めているらしい。

「――あっ、これ！」

次々に開梱《かいこん》される木箱の中で、花の苗が入った箱が目に入った。箱に記された品種名を見て、エリファスは顔を輝かせた。

「陛下。この苗、すごく可愛い白いお花の苗なんです。ルーディーン王国では、年の最初にこの花を町じゅうに飾るんですよ」

古くから母国に伝わる慣習だ。白い花を植えれば、天使がその光を目印に祝福を授けにやって来てくれる――そんな言い伝えがある。

「この国にもいっぱい祝福が訪れるように、たくさん花を植えましょうね」

「あぁ。だが、天使ならもう来ている。ここに」

「え……？」

一瞬、レオンのマントに包まれたと思ったら、掠めるように軽く口づけられた。

「そなたこそが、私の天使だ」

人目から隠すように、エリファスをマントの中に閉じこめながら、レオンがほほ笑んでいる。

久しぶりに聞く二つ名に照れながらも、エリファスもつられるように笑った。

暗い夜の国に。あたたかい恋の光が灯っていた。

あとがき

はじめまして、雪下《ゆきした》みのりと申します。

この度は『獣王《じゅうおう》の嫁取《よめと》り～奥様《おくさま》は花《はな》の国《くに》の純潔王子《じゅんけつおうじ》～』をお手に取っていただき、ありがとうございます！

本作は、異形の容姿ゆえに孤独を抱えた王様と、神託により彼に嫁いだ心優しい王子との婚姻譚です。

根は良い人なのに、感情をうまく表現できずに誤解される攻めが好きです。今回のレオンはまさにそれで、そもそも自分の感情に無自覚・無頓着、他人と親しくすることをすでに諦めてしまっているという重症ぶり。遠方からはるばるやって来た花嫁に近づこうともしないし、ろくに喋らないしで、書いているこちらも「もう少し歩み寄らなきゃ！」「言葉にしないと伝わらないよ！」と何度も思いました。

そんなレオンに嫁ぐのが、花の国でまっすぐ育った王子エリファスです。純粋で心の温かいエリファスだからこそ、レオンの孤独に寄り添うことができたのだと思います。とはいえエリファス自身も初恋なので、レオンへの想いを自覚してからは悩み葛藤してしまいますが……。初めて同士、この先は二人でじっくり愛を育んでいってほしいものです。

このお話が本になるにあたり、たくさんの方のお力添えをいただきました。

イラストを担当してくださった小禄《ころく》先生。以前から先生の繊細で美麗な絵にうっとりしていた身としては、素敵すぎる表紙と挿絵を描いていただけて感無量です！　儚げで可愛いエリファスと、威厳に満ちたレオン。特にHシーンの挿絵を拝見した時は、レオンの肉体美にときめきが止まりませんでした……。実はお気に入りキャラなジュネも、想像以上に魅力的なクールビューティに仕上げていただきました。お忙しい中、素晴らしいイラストを描いていただき、ありがとうございました！

そして担当M様。右も左もわからない私を見捨てず、根気強くお付き合いいただいたおかげで、ここまでたどり着くことができました。どれだけご面倒をおかけしたことか……。このような機会をいただき、丁寧に導いてくださり、ありがとうございました！

最後に、ここまで読んでくださった皆様に、心からの感謝をお伝えしたいです。たくさんの本の中から本作を選んでいただき、本当にありがとうございました。

レオンとエリファスの物語が、ほんの少しでも皆様のお心に残ることをなにより願っております。

二〇二四年七月　雪下みのり

リンクスロマンスノベル

獣王の嫁取り ～奥様は花の国の純潔王子～

2024年8月31日 第1刷発行

著者 雪《ゆき》下《した》みのり
イラスト 小《こ》禄《ろく》
発行人 石原正康
発行元 株式会社 幻冬舎コミックス
〒151-0051 東京都渋谷区千駄ヶ谷4-9-7
電話03（5411）6431（編集）
発売元 株式会社 幻冬舎
〒151-0051 東京都渋谷区千駄ヶ谷4-9-7
電話03（5411）6222（営業）
振替00120-8-767643
デザイン Blankie
印刷・製本所 株式会社光邦

検印廃止